Mercedes Lackey est née en 1950 à Chicago. Elle a toujours écrit, d'abord par ennui et parce qu'elle n'avait jamais assez de lecture, puis elle ne put plus s'en passer. C.J. Cherryh et Marion Zimmer Bradley l'ont parrainée à ses débuts. Mercedes Lackey est mondialement célèbre pour son cycle de *Valdemar* qui compte à ce jour une vingtaine de romans.

Du même auteur,
chez Bragelonne
en grand format :

VALDEMAR :

L'Exilé :
1. *L'Honneur de l'exilé*
2. *La Vaillance de l'exilé*

Chez Milady,
en poche :

VALDEMAR :

Les Hérauts de Valdemar :
1. *Les Flèches de la reine*
2. *L'Envol de la Flèche*
3. *La Chute de la Flèche*

La Guerre des Mages,
écrit en collaboration avec
Larry Dixon :
1. *Le Griffon Noir*
2. *Le Griffon Blanc*
3. *Le Griffon d'Argent*

Les Serments et l'honneur :
1. *Sœurs de sang*
2. *Les Parjures*

La Légende de Kerowyn :
Par le fer

Le Dernier Héraut-Mage :
1. *La Proie de la magie*
2. *Les Promesses de la magie*
3. *Le Prix de la magie*

La Trilogie des Vents :
1. *Les Vents du destin*
2. *Les Vents du changement*
3. *Les Vents furieux*

La Trilogie des Tempêtes :
1. *L'Annonce des Tempêtes*
2. *L'Arrivée des Tempêtes*
3. *Au cœur des Tempêtes*

CE LIVRE EST ÉGALEMENT DISPONIBLE
AU FORMAT NUMÉRIQUE

www.milady.fr

Mercedes Lackey

L'Envol de la Flèche

Les Hérauts de Valdemar – 2

Traduit de l'anglais (États-Unis) par Rosalie Guillaume

Milady

Milady est un label des éditions Bragelonne

Illustration de couverture :
Amandine Labarre

ISBN : 978-2-8112-0052-7

1re édition : décembre 2008
2e tirage : mai 2012

Bragelonne – Milady
60-62, rue d'Hauteville – 75010 Paris

E-mail : info@milady.fr
Site Internet : www.milady.fr

À Carolyn, qui sait pourquoi…

LE ROYAUME DE VALDEMAR
(Règne de la reine Selenay)

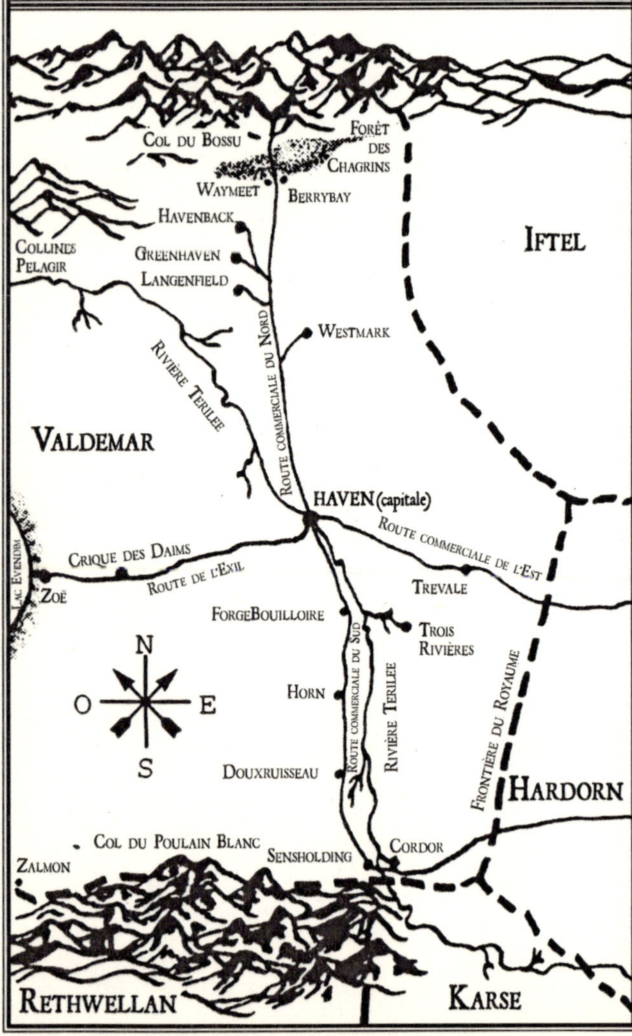

PALAIS-COLLÉGIA DE HAVEN (CAPITALE)

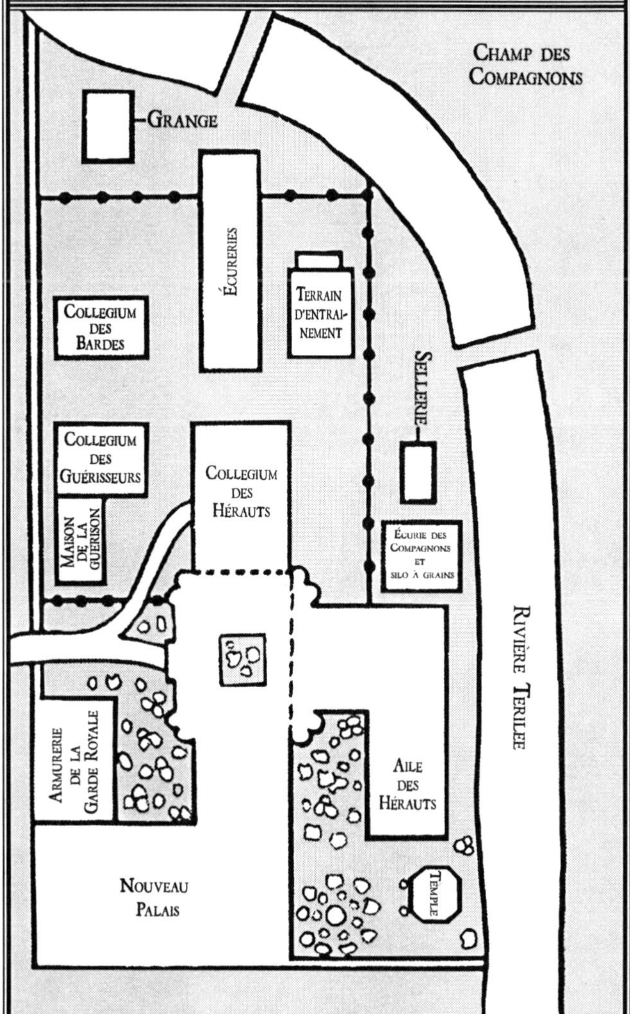

Prologue

À une époque si ancienne que le souvenir s'en perd dans la nuit des temps, le monde de Velgarth se trouva plongé dans l'horreur des guerres de sorciers. Grignoté par des forêts pleines de créatures magiques engendrées pour livrer la guerre, le pays retourna à l'état sauvage. Les survivants se réfugièrent sur les côtes orientales et entreprirent de reconstruire leurs existences. Bientôt, la population s'accrut et des colons commencèrent à repartir vers l'ouest. Ils fondèrent de nouveaux royaumes, arrachés de haute lutte aux terres hostiles.

Valdemar était un de ces nouveaux États. Créé par le baron Valdemar, décidé à échapper à la tyrannie d'un roitelet égoïste et cruel, il s'étendait le long de la frontière nord-ouest du monde civilisé. Valdemar étant ouvert aux fugitifs et aux exilés, sa culture devint au fil des ans un incroyable assemblage ethnique. Une des règles d'or des monarques de Valdemar était d'ailleurs qu'« il n'existe pas de règle universelle ».

Gouverner des sujets aussi dissemblables aurait été fort délicat sans l'appui des Hérauts de Valdemar.

Surveillants administratifs, défenseurs des lois et de la justice, agents de renseignements, conseillers militaires quand le besoin s'en faisait sentir, les Hérauts étaient tout cela. Ils ne rendaient de comptes qu'au monarque et à leurs pairs – un système qui semblait laisser la porte ouverte à toutes sortes d'abus. Heureusement, il y avait les Compagnons.

Pour un œil non averti, les Compagnons étaient des chevaux blancs particulièrement racés. En réalité, ils étaient bien plus que de simples animaux. Ces êtres, les envoyés d'une puissance inconnue, étaient apparus à la prière de Valdemar, le père fondateur en personne. Les Hérauts étaient choisis par les Compagnons, qui forgeaient avec leur Élu un lien mental que seule la mort pouvait rompre. Personne n'était sûr du niveau réel de leur intellect, mais chacun s'accordait à les croire au moins aussi intelligents que leurs partenaires humains. Le Choix des Compagnons s'effectuait indépendamment de l'âge et du sexe, mais on remarquait qu'il y avait généralement plus de garçons que de filles ; l'âge moyen des Élus correspondait souvent au début de l'adolescence. Les seuls points communs entre les Élus étaient une personnalité altruiste, patiente et capable de se consacrer entièrement au devoir, ainsi qu'une certaine quantité de pouvoirs psychiques. Le contact avec le Compagnon stimulait la croissance des capacités paranormales de l'Élu. Peu à peu, des méthodes de formation furent mises au point pour développer au maximum le Don particulier de chaque Élu. Ces pouvoirs en vinrent à remplacer la notion de « magie véritable », qui avait eu autrefois droit de cité à Valdemar et dont personne ne connaissait plus les arcanes.

Ainsi, le monarque, aidé du Conseil, édictait les lois. Les Hérauts se chargeaient de les faire respecter et rendaient la justice. Par nature, les Élus étaient incapables de succomber à la corruption ou d'abuser de leur pouvoir temporel. Ils étaient prêts à sacrifier leur vie à leur mission (plus d'un Héraut avait ainsi péri en accomplissant son devoir), mais ils étaient humains, jeunes, et vivaient dangereusement. Il semblait donc inévitable que leur vie privée soit tournée vers l'hédonisme et que la chasteté ne soit pas leur point fort. Les Hérauts tissaient rarement des liens profonds avec un autre humain. Ils se contentaient des plaisirs du moment et du lien fraternel qu'ils partageaient avec leurs pairs. À vrai dire, le lien affectif profond existant entre le Héraut et son Compagnon laissait peu de place pour un autre attachement permanent.

Peu de gens reprochaient cet état de fait aux Élus, car ils savaient que le Héraut, dès qu'il revêtait son uniforme immaculé, endossait une autre personnalité. Un Héraut en blanc était en mission ; il ne songeait qu'à son devoir et n'avait plus une pensée pour les frivolités.

Pourtant, certains personnages, parfois haut placés, avaient une autre opinion des Hérauts…

Le premier roi avait instauré la règle suivante : le monarque devait être un Héraut, une disposition qui garantissait l'intégrité morale du dirigeant de Valdemar.

Juste après le monarque venait le Héraut appelé « le Héraut du roi (ou de la reine) ». Cet Élu était choisi par un Compagnon spécial, qui ne vieillissait pas, même s'il était possible de le tuer. Il s'agissait toujours d'un étalon. Le Héraut royal jouait le rôle de confident, d'ami fidèle et de conseiller du dirigeant. Le monarque – et donc le gouvernement – y gagnait en stabilité et en confiance en soi.

Pendant des générations, il sembla que le système mis en place par Valdemar était à toute épreuve. Pourtant, le hasard fait parfois mal les choses…

Quand le roi Sendar fut tué au champ de bataille, lors de la guerre contre le royaume voisin de Karse, sa fille Selenay monta sur le trône. Elle venait juste de terminer sa formation de Héraut. Le Héraut de la reine était un vieil homme du nom de Talamir, qui se trouva fort embarrassé par son rôle de conseiller d'une jeune femme attirante et têtue. Ainsi Selenay contracta une union malencontreuse, qui faillit lui coûter son trône et la vie.

Elspeth, la princesse héritière, tomba sous l'influence de la nurse que son père avait amenée de son royaume. Elle devint une gamine gâtée au caractère impossible. Si elle ne changeait pas, jamais elle ne serait choisie par un Compagnon, et elle ne pourrait donc pas monter sur le trône. Selenay n'avait pas beaucoup d'options : se marier de nouveau, et tenter de donner un héritier convenable au trône, déclarer héritier un Héraut appartenant à sa lignée, ou s'arranger pour qu'Elspeth devienne digne de lui succéder. Talamir avait prévu d'envoyer l'enfant en pension dans une province éloignée pour la soustraire à l'influence de sa nurse et de la Cour.

Avant d'avoir pu agir, le vieil homme fut assassiné. Rolan, son Compagnon, choisit un nouveau Héraut de la reine : une adolescente nommée Talia.

Talia était issue d'une famille hold vivant près de la frontière. Élevée par un groupe de puritains opposés à toute ouverture sur le monde extérieur, Talia ignorait tout du choix des Compagnons et de ce que signifiait réellement sa rencontre avec Rolan. Son peuple tenait les femmes en piètre estime ; Talia la rebelle avait toujours été maintenue de force dans une situation de subordination. Elle n'était pas préparée du tout à la vie au Collegium des Hérauts. Pourtant elle avait une corde importante à son arc : depuis l'âge de neuf ans, elle s'occupait de l'éducation et de l'instruction des enfants des Hold.

Elle parvint à s'adapter à sa nouvelle vie, réussissant même à civiliser la Furie – la princesse Elspeth. Son entraînement terminé, elle dut se préparer pour l'année et demie de service sur le terrain qui attend tout Héraut nouvellement promu. Car bientôt elle devrait affronter des épreuves qu'elle n'aurait jamais imaginées !

Chapitre premier

Le plat de la lame d'Alberich claqua contre le flanc de Talia. Elle n'avait pas vu venir le coup. Décidément, le maître d'armes maniait avec beaucoup d'énergie l'épée d'entraînement en bois ! La jeune fille était sûre qu'elle aurait un bleu, malgré le justaucorps rembourré qui avait amorti la plus grande partie du choc.

Alberich grogna, dépité de la lenteur de sa réaction, et lui flanqua un nouveau coup sur son bras armé. Elle glapit et lâcha son épée.

L'homme approchait de la cinquantaine, mais il n'avait rien perdu de sa force et de son agilité depuis que Talia le connaissait. Elle haletait, et il semblait frais comme une rose ! Ses vêtements de cuir noir étaient impeccables. Unique Héraut que connaisse Talia à ne jamais porter de blanc, il avait un visage couturé de cicatrices qui lui donnaient un air démoniaque.

— Dommage que Skif ne soit pas là pour te voir ! Il serait mort de rire ! Dix-huit ans, et on dirait que tu en as huit ! Si j'avais été un véritable assassin…

— Je serais morte de peur avant même que vous m'ayez touchée.

—Oh, des fines plaisanteries, maintenant? Si j'ai besoin d'un bouffon, j'en appellerai un. Nous sommes là pour t'entraîner à te battre, pas pour nous amuser. Allez, recommence – et correctement, cette fois!

Quand elle fut près de s'écrouler de fatigue, il porta son attention sur Elspeth. Le maître d'armes leur donnait désormais des leçons particulières car il entendait accorder toute son attention au Héraut de la reine et à la princesse héritière. Ces cours avaient lieu à couvert, dans une immense bâtisse au sol de bois et aux murs tapissés de miroirs. Les hautes fenêtres laissaient entrer la lumière en abondance. Seuls quelques «privilégiés» suivaient régulièrement les cours dans la salle, car elle était trop petite pour les exercices de groupe des trois Collegia: des Hérauts, des Bardes et des Guérisseurs.

Talia laissa son attention dériver vers la surprise qu'elle avait eue l'après-midi même...

Talia se tortillait avec impatience en enfilant la tunique souple de cuir blanc. Elle la mit en place par-dessus la chemise de lin blanche et le haut-de-chausses blanc. Puis elle se tourna pour admirer son reflet dans le miroir de métal poli.

—Par le ciel! s'exclama-t-elle. Pourquoi les vêtements gris d'étudiant n'ont-ils pas la même allure?

—Parce que, dit une voix rauque depuis la pièce adjacente, vous autres les jeunots n'auriez pas l'esprit à vos études, si c'était le cas!

Talia rit, puis se pavana devant le miroir. Elle avait oublié que ce jour était celui de l'anniversaire de son arrivée au Collegium, cinq ans plus tôt. Keren et Sherrill, Hérauts confirmés toutes les deux et instructrices au Collegium, étaient entrées dans sa chambre un peu plus tôt, un large sourire aux lèvres et les bras chargés des pièces d'uniforme blanches.

Le Cercle Héraldique venait de nommer Hérauts Talia et ses camarades de classe. Cela n'avait été une surprise pour personne, bien que la tradition veuille que les étudiants ne sachent pas à l'avance qu'on allait les évaluer.

Keren et Sherrill, amies de longue date de Talia, avaient revendiqué l'honneur de lui apprendre la nouvelle.

Elles ne lui avaient pas laissé le temps de réfléchir, l'emmenant directement au bureau du sénéchal, où on lui avait indiqué quels seraient ses nouveaux quartiers. Debout devant le miroir de sa chambre, elle ne pouvait détacher les yeux de son reflet.

— Pour une fois, j'ai l'air d'une adulte.

— Oui, c'est l'idée générale, sourit Sherrill.

Talia pencha la tête et examina la silhouette menue que lui renvoyait le miroir. Ses boucles rousses donnaient maintenant l'impression d'avoir été soigneusement coiffées pour avoir cet aspect rebelle ; ses grands yeux bruns avaient l'air empreints de plus de sagesse ; jusqu'à son petit visage en forme de cœur qui ne semblait plus aussi enfantin. Tout cela grâce à un nouvel uniforme !

— Talia, si tu continues comme ça, ton crâne va enfler tellement que tu ne pourras plus passer par la porte !

Talia tourna la tête et rencontra le regard moqueur de Keren, l'instructrice d'équitation, qui était affalée sur le divan orné de coussins rouges de l'autre pièce.

— Ne te souviens-tu pas de ce que dit le *Livre de l'Unique* ? fit Sherrill en baissant les yeux d'un air faussement respectueux. Un grand orgueil amène souvent de grandes humiliations.

Talia rejoignit les deux compagnes dans le salon.

— Je suppose que vous allez prétendre n'avoir jamais perdu une minute à vous admirer dans la glace quand vous avez reçu vos vêtements blancs, ricana Talia en s'avançant vers elles.

— Qui, moi ? fit Sherrill avec une innocence affectée. Eh bien… un tout petit peu, peut-être…

— On m'a dit que tu avais traîné la moitié de la journée devant le miroir, à essayer toutes les coiffures possibles pour voir laquelle allait le mieux avec ton nouvel uniforme ! fit remarquer Keren en passant une main dans sa chevelure grisonnante coupée court.

Sherrill sourit et s'adossa plus confortablement aux coussins.

— Comme je n'ai pas accès aux informations sur ce que tu as fait ce jour-là, je trouve que c'est un coup plutôt bas !

— Oh, j'ai passé un certain temps devant ce fichu miroir ! Quand on a des formes aussi plates que les miennes, il est étonnant de se voir dans un uniforme qui, pour une fois, vous flatte un peu… Je ne sais pas comment ils font, c'est pourtant la même coupe pour tout le monde…

— Mais quelle différence ! termina Sherrill. Même Dirk a l'air presque présentable, dans son uniforme blanc.

— Et moi ? Qu'en pensez-vous ? dit Talia en tournant sur elle-même.

— Ce que j'en pense ? Tu as fabuleuse allure, petit démon ! Tu mériterais que je te jette dans l'auge des chevaux..., sourit Keren. T'a-t-on révélé quelque chose sur ta mission de probation ?

— Non. Ils m'ont juste dit que le Héraut qui serait mon superviseur était en mission pour l'instant. Ils n'ont pas précisé qui c'était.

— C'est normal, ils ne veulent pas que tu aies le temps de penser à la façon dont tu pourrais l'impressionner, dit Sherrill. Oh, j'ai une idée ! Et si c'est la bonne, Nerrissa va en mourir de dépit !

— Qui ? demanda Talia en penchant la tête.

— Kris et Dirk doivent bientôt rentrer. Dirk s'est occupé du dernier petit nouveau, comme tu le sais, puisqu'il s'agissait de Skif. Il semble donc que ce soit le tour de Kris. Oh, la tête que ferait Nerrissa !

— Sherrill, il ne s'agit que de ma mission de probation !

— Un an et demi à parcourir le royaume, seuls la plupart du temps, et tu penses qu'il ne s'agit que d'une *mission* ? Talia, tu es d'une froideur incroyable ! La moitié des femelles du Cercle – Nessa la première ! – donneraient un œil pour une *mission* comme celle-là ! Tu es bien sûre que tu n'as pas les mêmes... préférences que nous ?

— Tout à fait sûre, mes chéries, sourit Talia. Mais quel besoin Nessa a-t-elle de Kris ? Les trois quarts des mâles du Collegium soupirent après elle !

— L'attirance de l'impossible, je suppose, fit Keren. Kris n'a pas fait vœu de chasteté, du moins je ne crois pas, mais il est si prudent qu'il pourrait en donner l'impression ! Cela rend Nessa folle. Plus elle le poursuit de ses assiduités, plus il se dérobe. J'oserais dire qu'elle est plus intéressée par la chasse que par le gibier, à l'heure qu'il est.

— Je lui souhaite bonne chance. Le joli visage de Kris ne me fait aucun effet ! répliqua fermement Talia.

— Ni son corps voluptueux ? voulut savoir Sherrill.

— Ni son corps voluptueux, confirma Talia. Nessa peut l'avoir, pour ce que ça m'intéresse ! Les hommes des Hold sont de beaux spécimens, et je me passe très bien d'eux. Mon père, dans son jeune âge, aurait pu faire concurrence à Kris, et je vous ai dit quel tyran c'était. Et mon défunt mais nullement regretté frère, Justus, était encore plus beau, si on aime les blonds. Et c'était l'être le plus mauvais que j'aie jamais connu. Je préfère un cœur de valeur dans un emballage standard !

— Oui, mais Kris est un Héraut, fit remarquer Sherrill. La pureté de son cœur est garantie... Il n'y a pas de salaud au visage d'ange parmi nous !

— Sherrill, tout cela n'est que spéculations. Je m'intéresserai au sujet quand je saurai qui sera mon superviseur, pas avant, dit fermement Talia.

— Bof ! tu n'es pas bien drôle, bouda Sherrill.

— Je n'ai jamais prétendu l'être.

— Hum, fit Keren d'un ton pensif. Dirk a assuré la probation de ce brigand de Skif... Je me souviens des rumeurs qui ont couru sur lui et toi... C'est pour cela que tu ne t'intéresses pas au partenaire de Dirk ?

— Peut-être, sourit Talia, énigmatique.

Le fait que sa romance avec Skif n'ait jamais eu de suites était resté leur secret. Leur lien n'avait pas souffert des burlesques incidents qui avaient émaillé leurs tentatives de devenir plus que des amis. Jusqu'au jour où ils avaient renoncé à essayer, et fermement décidé de rester seulement des *amis* ! Peu à peu, Talia s'était aperçue qu'elle pensait de moins en moins à Skif (sauf pendant la période où il avait été blessé en mission) et de plus en plus à son mentor. À son propre étonnement, ses pensées divaguaient vers Dirk chaque fois qu'elle évoquait la mission de probation de son ami. Pourtant, elle l'avait rencontré trois fois en tout, une heure ou deux à chaque occasion. Cela n'avait pas de sens…

Talia s'ébroua pour chasser ces images fantaisistes. Elle n'avait pas de temps à perdre en rêvasseries !

— En tout cas, ton changement de tenue vestimentaire va sûrement surprendre la petite Elspeth, dit Sherrill.

— Oh, par la Dame !… Pauvre petite ! fit Talia en se laissant tomber sur un coussin, toute joie envolée…

— Que se passe-t-il ? demanda Keren en levant un sourcil.

— La même chose que d'habitude.

— C'est-à-dire ? Tu me connais, je ne fréquente pas beaucoup la Cour.

— Les commérages se transforment peu à peu en calomnies. Elle a presque quatorze ans et elle n'a pas encore été choisie. Les conseillers essaient de pousser Selenay à nommer un autre héritier…

— Qui ? demanda Sherrill, alarmée. Qui donc remue toute cette boue ?

— Tu sais que je n'ai pas le droit de te le dire ! Et Elspeth, pauvre cœur, en est toute perturbée. Elle a déjà fort à faire avec des sautes d'humeur normales pour une adolescente. Ces rumeurs ne pouvaient pas arriver à un pire moment. Elle est au bord des larmes la moitié du temps. Dès qu'elle a une minute, elle rôde autour du Champ des Compagnons…

— En espérant être enfin choisie. Par les dieux ! il n'est pas étonnant qu'elle ait une si triste mine ces temps-ci. Qu'en pense Rolan ?

— Du diable si j'en ai une idée ! Tu sais très bien qu'il ne communique pas verbalement avec moi.

— Désolée, dit Keren. J'oublie toujours.

— Il est préoccupé, reprit Talia, mais c'est peut-être à cause des machinations et des luttes de pouvoir. On murmure les noms de Jeri, de Kemoc et de votre délicieux Kris…

— Tous des gens formidables, mais dont l'arbre généalogique n'est pas forcément impeccable… Quant à Kris, on pourrait penser que son parent, le seigneur Orthallen, a assez à faire dans son rôle de Conseiller en chef sans vouloir en plus être l'oncle de l'héritier.

— Cet homme a une soif de pouvoir illimitée, fit remarquer Talia amèrement.

— Tout cela n'est pas bien drôle. Et dire que la pauvre petite est coincée au milieu de ces intrigues…

— En parlant de choses pas très drôles, je ferais mieux de filer. Alberich m'a fait savoir sans ambiguïté que mon nouveau statut ne me dispensait pas de ses cours particuliers. Et j'ai bien l'impression qu'il a l'intention de me faire ravaler ma fierté toute neuve à grands coups du plat de sa lame…

— Je pourrai regarder ? demanda Keren, taquine.

— Pourquoi pas ? Elspeth est toujours là. Rien de tel pour se remettre les idées en place que d'être moins bon à quelque chose qu'une gamine de treize ans !

Tandis qu'elles descendaient l'escalier en spirale, Talia observa ses deux amies, qui se tenaient par la main avec naturel. Les avoir réunies était une des choses dont elle était le plus fière. Leur lien était au moins aussi fort que celui que Keren avait partagé avec Ylsa. Celle-ci fût-elle encore en vie, Talia ne doutait pas que les trois femmes auraient fini par former une triade permanente. Pauvre Ylsa…

Les quartiers que Talia s'était choisis se trouvaient en haut d'une des tours, à l'extrémité de l'aile des Hérauts. Ces appartements étaient rarement utilisés, peut-être parce que leur accès n'était pas très pratique. La montée était longue et ardue, mais, pour elle, la vue et l'isolement valaient bien la dépense d'énergie.

Cette approche n'était pas partagée par tous ; Keren fut la première à s'en plaindre.

— Je vais te dire une bonne chose, ma chère petite : tes amis resteront en excellente forme s'ils viennent te voir régulièrement ! Je ne comprendrai jamais pourquoi tu as choisi d'habiter avec les oiseaux…

— Tu veux vraiment savoir pourquoi j'ai voulu cet appartement ? demanda Talia en souriant.

— Dis toujours.

— Souviens-toi : mon Don est l'Empathie. Vous rappelez-vous qui j'avais pour voisine au Collegium ?

— Oui. Destria, n'est-ce pas ? répondit Sherrill au bout d'un moment. Elle est devenue un excellent Héraut, en dépit de sa… heu… son…

— Appétence sexuelle, dit Keren en souriant. Grands dieux ! Cette fille était insatiable. Aucun mâle n'était en sécurité en sa présence. Je me demande où elle trouvait le temps d'étudier.

— Vous connaissez donc son habitude de… recevoir… fréquemment et… avec grand enthousiasme. Entre ses activités nocturnes et celles de Rolan, j'ai reçu une éducation des plus complètes, vous pouvez me croire ! C'est pourquoi je trouve qu'un peu de calme vaut bien quelques inconvénients. Je n'ai pas envie d'espionner involontairement les activités privées des autres, et je n'ai pas envie qu'on espionne les miennes non plus.

— Talia, je n'en crois pas un mot. Que peux-tu bien craindre des « espions » ? Tu te conduis comme une véritable vestale par rapport à nous !

— Vous devriez me faire confiance, car c'est la vérité ! Bien, c'est ici que nos chemins se séparent. Souhaitez-moi bonne chance. Je pense que je vais en avoir besoin…

Chance ou pas, elle était couverte de bleus à la fin de la session. Elle marcha de long en large pour que ses muscles ne se raidissent pas, puis regarda avec plaisir Elspeth à l'entraînement. La jeune fille se mouvait avec la grâce et l'agilité d'un danseur. Elle était excellente, meilleure que Jeri au même âge.

Elle accomplit tous les exercices avec une grâce innée. À la fin d'une reprise, elle exécuta un des sauts périlleux qu'Alberich tentait, en vain, d'apprendre à Talia, mais qu'il n'avait pas encore enseignés à Elspeth. Et elle porta un « coup mortel » au maître d'armes.

Il la regarda un instant, stupéfait.

— Bien ! dit-il enfin, à la grande surprise des deux jeunes filles. Très bien ! Mais, la prochaine fois, cela devra être parfait !

Malgré ce compliment inattendu, Elspeth était silencieuse et déprimée quand Talia lui apporta une serviette humide, à la fin de la leçon.

— Qu'est-ce qui ne va pas, ma petite puce ? demanda-t-elle.

Elspeth, songea Talia, ressemblait beaucoup à sa mère malgré leurs différences physiques. En ce moment, la jeune fille fronçait les sourcils avec la même expression que Selenay quand elle était soucieuse. Talia savait ce qui n'allait pas, mais cela ferait du bien à la gamine d'en parler.

— Je ne fais rien correctement, dit Elspeth. Je ne serai jamais aussi compétente que toi, quoi que je tente...

— Tu plaisantes, j'espère !

— Pas du tout. Tu es née dans une ferme perdue au bout du monde, et maintenant on ne te distingue pas des Hérauts de haute naissance. Tu as toujours eu de bonnes notes en classe ; les miennes sont catastrophiques. Et je n'arrive même pas à me débrouiller pour être choisie.

— Je pense que c'est surtout ça qui te ronge, non ? (Au bord des larmes, Elspeth fit signe que oui.) Ma puce, nous sommes deux personnes différentes, avec des capacités et des centres d'intérêt très divergents. En cinq ans, je n'ai jamais réussi à obtenir un « bien ! » de la bouche d'Alberich, sans parler d'un « très bien ! ». Et quand je danse, tout le monde dit que c'est comme si on valsait avec un balai !

— Hourra ! Je suis parfaitement coordonnée et capable de tuer tout ce qui bouge. Ce sont des qualifications très précieuses pour l'héritière de la couronne !

— Ma chérie, tu *as* les qualifications requises ! Je ne comprendrai jamais rien à la politique, même si je vis deux cents ans ; lors de la dernière réunion du Conseil, tu savais exactement pourquoi le vieux seigneur Cariodoc était irrité, par qui, et comment le calmer avant qu'il provoque un scandale. Moi, j'avais perçu vaguement qu'il n'était pas dans son assiette. Quant à tes notes, tu n'es peut-être pas l'élève la plus brillante, mais tu es loin d'être la pire, me disent tes professeurs. Pour ce qui est d'être choisie, treize ans est l'âge *moyen*, ce n'est pas un absolu. Jadus avait seize ans quand il a été choisi, et il était depuis trois ans au Collegium des Bardes. Et Teren ! C'était un homme adulte avec femme et enfants quand il a été choisi ! Ton Compagnon est sans doute trop jeune encore ; tu sais comme moi qu'ils ne se décident pas avant d'avoir dix ans, souvent plus. (Le visage d'Elspeth s'éclaira un peu.) Allons, ma chérie, reprends-toi. Viens, nous allons voir Rolan. Je suis sûre qu'il te laissera le monter si cela peut te rendre le sourire.

Elspeth se ragaillardit considérablement. Elle adorait l'équitation, autant que la danse et l'escrime. Il était rare qu'un Compagnon laisse quelqu'un d'autre que son Élu le monter. Rolan avait accepté plusieurs fois Elspeth sur son dos, et la jeune fille tenait ces moments pour les plus précieux de sa vie. Ce n'était pas la même chose que d'avoir son propre Compagnon, mais cela s'en rapprochait. Ensemble, elles se dirigèrent vers l'enclos boisé qui était le foyer des Compagnons – ceux qui avaient choisi, ceux qui étaient toujours sans partenaire, ainsi que les poulains. L'enclos abritait aussi le Bosquet, l'endroit sacré où les premiers Compagnons étaient apparus des centaines d'années auparavant.

Bien qu'elle parvienne à le cacher, Talia était inquiète. La situation actuelle, avec le statut incertain de l'héritière, ne pourrait pas durer bien longtemps.

Mais elle non plus ne savait pas comment résoudre le problème.

Talia se réveilla en sursaut. Elle n'y voyait goutte, et il y avait comme un claquement au-dessus de sa tête.

Puis elle se souvint qu'elle avait laissé ouverts les volets de la fenêtre de sa nouvelle chambre ; le vent avait dû se lever dans la nuit et les faisait claquer... Elle s'agenouilla sur son oreiller pour regarder dehors. Les bâtiments étaient encore obscurs, mais on sentait que l'aube n'était plus très loin. Talia frissonna lorsque le vent nocturne la fouetta. Elle s'apprêtait à se recoucher quand elle aperçut une ombre, en bas. Quelqu'un se dirigeait vers la barrière du Champ des Compagnons, une silhouette menue vêtue de couleurs claires.

Talia sut d'instinct qu'il s'agissait d'Elspeth.

Sans prendre le temps d'allumer une chandelle, elle sortit de son lit et s'habilla à tâtons. Elle lança une sonde mentale vers la jeune fille et perçut un *but* – une *urgence.*

Elle sortit de la pièce et descendit prudemment l'escalier en spirale, une main appuyée contre la lisse froideur de la rampe métallique. Elle frissonnait si fort que ses dents s'entrechoquaient.

Le pied de l'escalier était la seule partie éclairée par des lampes accrochées au mur de loin en loin. Talia se mit à courir, et déboula à l'extérieur par la première sortie qu'elle trouva.

Le vent était si violent qu'il manqua de lui arracher la porte des mains ; elle dut lutter pour la refermer. Elle se trouvait à l'extérieur de l'aile des Hérauts ; les écuries des Compagnons se trouvaient droit devant elle. Il n'y avait pas trace d'Elspeth.

Talia aurait voulu courir, mais le vent l'en empêcha. Il plaquait ses vêtements contre son corps. À demi aveuglée et plus qu'à demi sourde, elle avança obstinément. Elle commença à craindre pour la sécurité d'Elspeth : il serait si facile de faire un faux pas et de tomber dans la rivière...

Elle appela mentalement Rolan. Pas moyen de le contacter !

Ou plutôt si, elle pouvait le contacter. Mais il ne lui prêtait pas la moindre attention. Il était entièrement concentré sur quelque chose d'indéfini, mais qui monopolisait sa concentration.

Elle n'avait plus qu'à y aller. Elle avança péniblement jusqu'au pont qui menait à la partie principale du Champ des Compagnons. Soulagée, elle aperçut bientôt Elspeth. La jeune fille avait déjà traversé la rivière et se dirigeait vers...

Il n'y avait qu'un endroit où elle puisse aller : le Bosquet.

Talia se pencha en avant pour offrir moins de prise au vent, et avança de toute la vitesse dont elle était capable. Elle vit la tache blême qu'était Elspeth pénétrer dans le Bosquet.

Elle était à mi-chemin quand elle trébucha et tomba à genoux sur le Sentier. Levant les yeux, elle vit avec étonnement que le Bosquet émettait une faible luminescence.

Elle crut un instant que ses sens la trompaient. Mais non, c'était bien vrai. La lueur était bien réelle !

À ce moment, l'univers sembla se déchirer autour d'elle. Désorientée, elle s'accrocha à l'herbe. Tout tournait, lui rappelant l'unique fois où elle s'était évanouie. Comme si elle avait été perdue dans les ténèbres, la réalité cessa d'exister pour elle.

Puis le monde reparut, normal comme avant. Le vent mourut, les sons parvinrent de nouveau à ses oreilles, et son vertige cessa.

Elle ouvrit les yeux ; devant elle, Elspeth était debout entre deux Compagnons. Celui de gauche était Rolan. Talia perçut de nouveau sa présence mentale. Il était très fatigué, mais satisfait.

Talia se releva en titubant. Elspeth avait l'air absente. Sa peau claire était pâle comme le marbre.

Talia s'approcha d'elle et lui prit les épaules. Elle la secoua légèrement.

— Talia ? fit l'adolescente en clignant des yeux.

Puis elle sembla s'éveiller et se jeta au cou de son amie, un sourire radieux aux lèvres.

— Talia ! C'est… c'est enfin arrivé ! Gwena m'a choisie ! Elle m'a appelée pendant que je dormais ! Je suis venue, et elle m'a choisie !

Gwena ?

Talia connaissait les Compagnons presque aussi bien que Keren. Elle avait aidé à mettre au monde nombre de poulains, et ce nom ne lui disait rien.

Ça ne pouvait signifier qu'une chose : Gwena, comme Rolan, était apparue dans le Bosquet, à l'instar des Compagnons de l'ancien temps. Talia ouvrit la bouche. Avant qu'elle ait pu parler, la présence de Rolan envahit son esprit, teintée d'un vague regret.

Talia secoua la tête. Il lui semblait qu'elle avait oublié quelque chose. Mais Elspeth avait été choisie, c'était l'essentiel. À présent, Talia se souvenait vaguement de la jument ; c'était un des Compagnons les plus timides, qui se tenait toujours à l'écart des visiteurs. Rolan s'approcha de Talia et lui offrit son épaule pour point d'appui. Elle en avait bien besoin, sentant ses genoux se dérober après toutes ces émotions.

— Oh, ma petite chérie ! fit Talia, lâchant Rolan pour jeter ses bras autour du cou de l'adolescente.

Il ne leur vint pas à l'esprit de se demander pourquoi personne d'autre n'avait été tiré de son lit, ni pour quelle raison nul ne semblait avoir rien remarqué d'extraordinaire.

Talia laissa l'adolescente sous la garde de son Compagnon. Peut-être se rendormirait-elle, quand l'excitation serait un peu tombée. La jeune femme aurait bien aimé en faire autant, mais elle avait du pain sur la planche.

D'abord, informer la reine. Malgré l'heure matinale, Selenay était probablement déjà en train de travailler, sans doute entourée d'un ou plusieurs conseillers. Cela impliquait une annonce officielle, avec tout un fatras de formalisme. N'écoutant que son enthousiasme, Talia se serait plus volontiers jetée dans les bras de Selenay pour lui apprendre la bonne nouvelle.

La jeune femme retourna dans sa chambre s'habiller du mieux possible. Puis elle marcha – quand elle aurait souhaité courir ! – de l'aile des Hérauts à celle du « Nouveau palais », qui abritait les appartements de la reine et des courtisans.

Talia connaissait bien les deux gardes postés devant les appartements de Selenay. Elle aurait aimé leur faire part de la nouvelle, mais c'était impossible. En tant que Héraut de la reine, elle avait un droit d'accès permanent aux appartements royaux ; les gardes ouvrirent les lourdes portes de chêne.

Vêtue de son uniforme blanc de Héraut, Selenay était déjà en plein travail, assise à son bureau couvert de papiers. Le seigneur Orthallen et le sénéchal se trouvaient auprès d'elle. Elle leva les yeux à l'entrée de Talia. Bien que la journée commence à peine, son regard était las. Peut-être les nouvelles qu'apportait son Héraut changeraient-elles cela.

Talia s'inclina et attendit que Selenay lui fasse signe qu'elle pouvait parler.

— Majesté, je suis venue revendiquer pour un nouvel étudiant le droit d'entrer au Collegium, dit-elle avec sérieux tandis que son esprit pestait contre ce formalisme absurde.

Chacun leva la tête. Talia vit l'espoir naissant dans les yeux de Selenay.

— Quel est le Compagnon qui a choisi ? Et quels sont le nom et le rang de son Élu ?

— Le Compagnon Gwena a choisi, dit Talia avec exultation. Et son Élue est la princesse héritière Elspeth, maintenant héritière de plein droit. Ai-je la permission de Votre Majesté d'inscrire l'étudiante dans les rôles du Collegium ?

En moins de une heure, le Collegium et la Cour bourdonnèrent comme une ruche. Talia se chargea des tâches administratives relatives à l'inscription d'Elspeth. L'héroïne du jour ne sut rien de cette agitation. Ce n'était que justice: les premières heures étaient très importantes pour la formation du lien entre le Héraut et son Compagnon. Il revint donc à Talia de s'assurer que tout serait prêt pour le transfert d'Elspeth au Collegium quand celle-ci émergerait de sa retraite temporaire.

Vers la fin de la journée, Talia se dit qu'elle ferait mieux de dîner avec la Cour plutôt qu'avec le Collegium, car Selenay choisirait peut-être cette occasion pour annoncer officiellement le choix de son héritière.

La jeune fille finit de mettre au point les horaires des cours d'Elspeth avec le doyen Elcarth, puis se précipita dans sa chambre pour se changer.

Elle choisit une des tenues de velours blanc et l'enfila après s'être rafraîchie. Elle manqua de s'éborgner contre la porte d'un placard et jura quand les chaussures souples se dérobèrent sous ses pas habitués aux bottes. Puis, ouvrant un recueil de protocole, elle révisa rapidement la brève cérémonie du couronnement de l'héritière. Un bref coup d'œil au miroir pour s'assurer que ses cheveux rebelles n'étaient pas trop en bataille, et elle se rendit dans la salle d'apparat.

Elle se glissa sur son siège, entre la reine et Elspeth, et murmura:

—Alors?

—Elle va le faire dès que tout le monde sera arrivé, chuchota Elspeth. Oh, je crois que je vais *mourir*!

— Mais non, tu as l'habitude de ce genre de choses. Moi, en revanche, je me demande si je ne vais pas *vraiment* mourir !

Depuis son arrivée au Collegium, Talia n'avait pas souvent pris ses repas dans la salle d'apparat. Elle était toujours aussi impressionnée par l'immense pièce, la plus grande du palais, avec ses décorations héraldiques et son énorme voûte soutenue par des piliers étonnamment minces.

Quand la salle d'apparat fut pleine, la reine se leva tandis que les serviteurs réclamaient le silence. On aurait entendu une mouche voler quand elle commença à parler. Tous les yeux se tournèrent vers sa fière silhouette vêtue du blanc des Hérauts. Sur sa chevelure dorée brillait un mince cercle d'or rouge : l'unique emblème de son rang que Selenay accepte de porter.

— Depuis la mort de mon père, il n'y a plus d'héritier de la couronne. Je comprends ceux d'entre vous qui déplorent cet état de fait. Réjouissez-vous, car les incertitudes sont terminées. Ce jour, ma fille Elspeth a été choisie par le Compagnon Gwena, ce qui fait d'elle l'héritière de plein droit. Levez-vous, ma fille.

Elspeth et Talia se levèrent toutes deux. Elspeth alla se placer devant sa mère ; Talia prit le cercle d'argent de l'héritière des mains du serviteur qui l'avait apporté et le donna à la souveraine. Puis elle adopta sa position de Héraut de la reine, derrière Selenay, un peu en retrait et à droite. Même si ses mains tremblaient, la voix d'Elspeth resta ferme tandis qu'elle prononçait ses vœux. Elle chercha le regard de Talia et ne la quitta plus des yeux.

Elspeth était morte de peur. Peu importait qu'elle se soit préparée toute sa vie à ce moment. Seuls la présence et le soutien de Talia l'empêchèrent de paniquer – surtout quand elle se rendit compte qu'elle avait oublié la prochaine réponse qu'elle devait faire, et qu'elle vit les lèvres de la jeune femme bouger silencieusement pour la lui rappeler.

Talia était une amie, mais elle était bien plus que cela : une présence réconfortante et solide, quelqu'un sur qui elle pourrait s'appuyer. Quelqu'un qui l'aiderait pour les difficiles décisions qu'un chef d'État doit prendre, mais aussi quelqu'un qui l'appréciait et l'aimait pour elle-même. Quand sa mère lui posa le cercle d'argent sur la tête, Elspeth tenta de faire passer toute la gratitude qu'elle ressentait pour son amie dans le sourire qu'elle lui adressa.

Quand Selenay eut placé le diadème sur la chevelure d'Elspeth, une ovation spontanée retentit dans la salle. Oui, pensa Talia, contente, la Furie royale était bien oubliée !

Lorsque le repas commença, Talia se souvint qu'il y aurait bientôt une autre cérémonie, dans laquelle le Héraut de la reine avait un rôle important à jouer. Elle ne savait pas grand-chose du détail des festivités qui commenceraient dès que les pairs du royaume auraient été réunis. La bouche sèche, elle avala un grand verre d'eau.

Puis elle se raisonna. Kyril et Elcarth, le Héraut du sénéchal et le doyen du Collegium, sauraient sans doute lui en dire plus.

Le repas progressait avec une lenteur majestueuse. C'était la première fois que Talia participait à un banquet ; cela lui sembla terriblement terne et monotone.

— Vous vous ennuyez ? demanda la reine en entendant le petit soupir de frustration que poussa la jeune femme.

— Oh non ! fit Talia avec un sourire forcé.

— Oh si, répliqua Selenay avec un clin d'œil. Seul un abruti pourrait ne pas s'ennuyer. Quand je dois rester ainsi assise pendant des heures en souriant comme une poupée de cire, je finis par en avoir les muscles du visage et du postérieur endoloris !

— Comment parvenez-vous à supporter cela jour après jour ? demanda Talia en essayant de cacher son sourire.

— Mon père m'a appris un jeu. Elspeth et moi y jouons à chaque repas. Où en sommes-nous, ma chérie ?

— Aux animaux, répondit Elspeth. Il faut dire quel animal tel ou tel courtisan vous rappelle le plus. Nous changeons chaque fois : cela peut être un végétal, une pierre, le temps… Nous en sommes aux animaux, aujourd'hui, et celui-ci (elle désigna un vieux duc vêtu de gris qui marmonnait dans sa barbe) est un blaireau.

— Dans ce cas, sa femme est un chien de garde, fit Talia. Avez-vous vu le regard qu'elle a lancé à cette jolie serveuse quand son mari lui a souri ?

— Oh, je n'y aurais jamais pensé ! s'écria Elspeth. Excellent ! Nous allons bien nous amuser.

Elles parvinrent à garder leur apparence de sérieux, mais ce ne fut pas chose aisée !

Talia apprit bientôt de Kyril qu'elle disposait de trois semaines pour se préparer à l'investiture officielle d'Elspeth. Lui et Elcarth s'engagèrent à lui faire répéter tous les jours les procédures correctes.

La réunion suivante du Conseil fut une autre épreuve. Normalement, Talia et Elspeth auraient le droit de parler, mais elles ne pourraient pas voter tant qu'elles n'auraient pas accompli leur mission de probation. D'habitude, les Conseillers les ignoraient. Ce jour-là, ils les interrogèrent avec avidité. Quand Talia pensait-elle être prête à assumer pleinement son rôle de Héraut de la reine? Pouvait-on accélérer l'éducation d'Elspeth? Que fallait-il lui enseigner en plus des cours normaux du Collegium? Et ainsi de suite…

La plupart des Conseillers avaient seulement le désir d'aider les «enfants» (Talia maudit une fois de plus sa petite taille), mais certains autres…

Le seigneur Orthallen, par exemple: Talia ne percevait aucune émotion chez cet homme. Pour un Héraut dont le Don était l'Empathie, c'était très perturbant. Elle avait aussi l'impression qu'il n'était pas ravi qu'Elspeth ait enfin été choisie.

Le Barde Hyron, qui représentait le Cercle des Bardes, pensait que tout cela était trop rapide; il n'avait pas confiance en Talia.

Quant au seigneur Gartheser, il était mécontent de toute l'affaire, mais elle ne percevait pas pourquoi. Il était parent de Kemoc, un des trois héritiers possibles si Elspeth n'avait pas été choisie. Était-ce tout, ou y avait-il autre chose? Talia n'aurait su le dire.

Dame Wyrist était exaspérée. Avait-elle peur que Talia favorise les Hold, qui vivaient dans le secteur que représentait la Conseillère? Wyrist ne pouvait pas savoir que Talia n'avait aucune envie de s'occuper de sa famille.

Orthallen était le plus inquiétant. Pourtant, Talia comprit qu'elle ne devrait parler de ses doutes à personne. Elle n'aurait aucune preuve pour étayer ses dires. Chacun savait qu'elle et le seigneur avaient un contentieux sur la façon dont Orthallen avait traité Skif, le camarade de Talia, et l'avait presque fait expulser du Collegium.

Pourtant Talia lui sourit gentiment et le remercia de ses souhaits de réussite. Peu importait qu'il la prenne pour une demeurée. Elle garderait un œil sur lui.

Très bientôt, elle partirait pour son année et demie de probation sur le terrain. Cela lui interdirait de s'occuper des intrigues de la Cour.

Si Gartheser, Orthallen ou un autre nourrissaient des projets plus sinistres, il n'y aurait personne auprès d'Elspeth pour déjouer leurs complots.

Oui, une fois qu'elle serait partie… qui surveillerait les courtisans ?

Chapitre 2

Les trois semaines les séparant de l'investiture semblèrent durer trois ans à Talia.

Elle devait mémoriser une série complexe de vœux et d'engagements, mais ce n'était pas le plus grave.

Sa fonction principale serait de remplir les devoirs dévolus aux Hérauts avant que Valdemar fonde son royaume : annoncer chaque dignitaire par son nom et ses titres, puis l'accompagner devant le trône.

Mais en réalité son rôle le plus important consisterait à utiliser son Don pour évaluer et, espérait-on, neutraliser toute menace potentielle venant de ces hauts personnages.

L'habit de parade comportait nombre d'accessoires dangereux ; tous ces gens seraient assez proches de la reine et de l'héritière pour attaquer, si tel était leur but.

Le problème, c'était que Talia avait été élevée dans une ferme. Elle ne connaissait rien aux règles complexes qu'un enfant de haute naissance apprenait à déchiffrer quand il tétait encore sa nourrice.

De plus, ces nobles étaient pointilleux sur leur rang et prendraient très mal que l'un d'eux soit oublié. Elle dut donc passer des heures dans le bureau du Héraut Kyril à mémoriser des listes interminables de noms et de titres.

Elle y consacra tellement de temps qu'elle entendait la voix de Kyril la poursuivre jusque dans ses rêves.

Elle passait une heure au moins tous les jours dans la Chambre du Conseil, à écouter les conseillers débattre de tel ou tel point de protocole abscons concernant la cérémonie. Elle en aurait crié de frustration.

Ces âneries étaient au moins épargnées à Elspeth, qui avait fort à faire avec ses cours au Collegium et ses nouveaux devoirs.

Dès que la cérémonie serait terminée, et pour les cinq ans à venir, elle serait ni plus ni moins importante que les autres étudiants, avec certaines nuances. Elle assisterait de nouveau aux sessions du Conseil dès qu'elle se serait habituée à son changement de vie, et participerait à certains événements de la Cour. Il s'agissait plus d'obligations que de plaisir. Talia était sûre qu'Elspeth aurait volontiers renoncé aux banquets et autres mondanités si elle avait eu le choix.

La jeune fille semblait satisfaite ; elle prenait grand plaisir à son nouveau lien avec Gwena, son Compagnon. Keren avait rapporté à Talia qu'on les voyait ensemble dans le Champ dès qu'Elspeth avait un moment de libre.

C'était bien ainsi que les choses étaient supposées se passer.

Pourtant, un sentiment bizarre, au sujet des sessions du Conseil, empêchait Talia de s'endormir. Elle en concevait un malaise qui contrastait avec l'atmosphère de réjouissance prévalant à la Cour et au Collegium.

Plus d'une fois, elle surprit les regards étranges que lui lançaient conseillers et courtisans quand ils pensaient qu'elle ne les voyait pas. Si cela ne s'était pas produit si souvent, elle aurait cru être le jouet de son imagination.

Mais elle ne rêvait pas : tous la regardaient comme si elle était quelque créature sauvage susceptible de se révéler dangereuse. Elle aurait aimé que Skif soit auprès d'elle, avec son inimitable talent pour l'espionnage et les subterfuges. Mais il était bien loin. Elle devrait se débrouiller seule et espérer que les rumeurs qui circulaient sur elle (car elle était bien sûre que ces bruits la concernaient) finiraient par s'éteindre toutes seules ou par être exposées au grand jour, où elle pourrait les affronter.

Une bonne partie des journées de Talia se passait à entraîner une jeune Guérisseuse, Rynee, qui la remplacerait pendant sa mission de probation. Comme Talia, Rynee était une Guérisseuse mentale. Elle ferait de son mieux pour pallier l'absence de Talia et aider les Hérauts montrant des signes de stress.

Enfin, il y avait l'entraînement avec Alberich, le but de ces leçons étant de donner à Talia et Elspeth les réflexes adéquats en cas de tentative d'assassinat lors de la cérémonie.

— Je ne comprends vraiment pas pourquoi vous faites ça, dit Elspeth, environ une semaine avant la célébration. Je suis la meilleure combattante des deux.

Assise un peu à l'écart, elle observait depuis un moment Talia et Alberich. La jeune femme était trempée de sueur et couverte de bleus, et – miracle – Alberich ne semblait guère en meilleur état.

Il fit signe à Talia qu'elle pouvait se reposer et se tourna vers Elspeth.

— Pour protéger les apparences, dit-il. Je n'ai aucune envie que quiconque, à part les Hérauts, sache à quel point tu es habile. Un jour, cela peut te sauver la vie. Il est par ailleurs traditionnel que la défense des têtes couronnées soit assurée par d'autres.

— À moins qu'elles n'aient plus le choix, n'est-ce pas ?

Alberich fit signe que oui.

Elspeth soupira.

— Je crois que j'aurais préféré ne pas devenir héritière en titre ! Je n'aurai même plus le droit de m'amuser.

— Si c'est ton idée de l'amusement, je te le laisse, ma chérie ! haleta Talia.

Elspeth et Alberich échangèrent un regard et haussèrent les épaules simultanément. Talia eut du mal à s'empêcher d'éclater de rire.

Le jour tant attendu – et tant redouté – arriva enfin. Talia était en retard, comme d'habitude.

Elle se rua vers la salle de bains, puis vers sa chambre, en haut de la tour, où une servante avait fort heureusement préparé sa tenue de cérémonie. Elle n'avait jamais porté de vêtements aussi somptueux que cette robe de soie et de velours.

— Par l'enfer ! soupira-t-elle en essayant d'attacher les rubans et de mettre les ornements à leur place, il faudra bien qu'ils se contentent de ce que je peux faire...

Elle savait qu'elle ne ressemblait pas vraiment à une dame de la Cour.

— Ah, si seulement...

— Si seulement ?

Jeri et Keren se tenaient sur le seuil de sa porte. Talia en gémit de dépit ; que ne pouvait-elle avoir l'allure et la classe de Jeri !

— Si seulement j'avais l'air étonnant, comme toi... et pas simplement étonnée !

Jeri éclata de rire. À la voir, nul ne se serait douté que cette belle dame de la Cour était presque l'égale d'Alberich dans les arts guerriers.

— C'est une question d'habitude, ma chérie. Tu veux un coup de main ?

— Si tu parviens à me faire ressembler un peu moins à une fermière demeurée, je t'en serai éternellement reconnaissante !

— Je crois, dit Jeri joyeusement, que c'est du domaine du possible !

Quand elle lui tendit un miroir, une demi-heure plus tard, Talia s'écria :

— C'est vraiment moi, ça ? Et cette coiffure... Je peux bouger ? Elle ne va pas s'effondrer ?

— Mais non ! C'est à ça que sert le ruban que j'ai tressé dans tes cheveux. Nous espérons tous qu'il n'arrivera rien de tel cette fois, mais tu sais comme moi que le devoir du Héraut de la reine est de défendre son monarque à la pointe de l'épée, si nécessaire.

» Voilà pourquoi ta robe ne descend que jusqu'à la cheville, qu'elle n'a pas de traîne et qu'il suffit de tirer d'un coup sec sur les manches pour qu'elles se détachent – c'est vrai, ne prends pas un air aussi étonné ! J'ai supervisé sa fabrication. Tu pourrais suivre une séance d'entraînement avec Alberich sans qu'une boucle s'échappe de tes cheveux et sans froisser ton costume. Mais ne te frotte surtout pas les yeux, ou tu auras l'air d'avoir été battue. Nous devrions y aller, ou nous serons en retard.

— N'oublie pas de t'occuper de la partie la plus importante de ton costume, petite, lui rappela Keren.

Talia n'aurait pas oublié. Elle attacha d'abord à sa taille et à sa cuisse une longue dague et son fourreau, puis s'assura qu'elle pouvait l'atteindre sans mal par une fente de la robe stratégiquement placée.

Elle fixa un couteau de lancer à chacun de ses avant-bras. Enfin, elle inséra délicatement deux stylets acérés, mais ornés de pierres colorées, dans le chignon soigneusement élaboré par Jeri.

Un Héraut n'était jamais désarmé, surtout pas celui de la reine. Ces précautions avaient déjà sauvé la vie à plus d'un monarque.

Comme Talia s'apprêtait à sortir, on frappa de nouveau à sa porte. Elle ouvrit ; c'était le doyen Elcarth, accompagné de deux Hérauts, l'un blond, l'autre brun, qui semblaient de vivantes représentations du jour et de la nuit. Dirk et Kris. Talia ne savait pas qu'ils étaient rentrés de mission.

— Aucun de ces jeunes gens n'a de cavalière, dit le doyen avec un brin de taquinerie. Comme vous n'avez pas de cavalier non plus, j'ai pensé aussitôt à vous.

— Que c'est gentil, dit Talia un peu sèchement. Et je suppose que vous n'avez rien d'autre à l'esprit, n'est-ce pas ?

— Eh bien, comme vous effectuerez votre mission de probation sous la supervision de Kris, j'ai pensé qu'il vous serait agréable d'apprendre à vous connaître dans des conditions plus paisibles que la fois précédente.

Sherrill avait donc raison, songea Talia

— Plus paisibles ? Vous appelez ça *paisible* ?

— Elcarth ! intervint Dirk. Héraut Talia, il vous taquine. Il nous a demandé de vous aider car nous connaissons de vue la plupart des nobles présents. Nous vous rafraîchirons la mémoire en cas de problème.

— Et nous savons aussi qui sont les éventuels fauteurs de troubles, ajouta Kris en souriant. Il est improbable qu'ils décident de passer à l'action s'il y a deux immenses brutes comme nous debout derrière la reine.

— Oh ! je ne sais comment vous remercier, s'exclama Talia. Je me demandais comment je ferais si j'oubliais un nom ou si je confondais deux personnes.

Elle évita soigneusement de mentionner la possibilité d'une tentative d'assassinat, mais tous quatre savaient à quel point les deux hommes seraient utiles dans un tel cas.

Kris eut un large sourire et Dirk fit une révérence d'une profondeur exagérée.

— Nous sommes vos serviteurs, ô plus divine des femmes, déclama Dirk, avec le ton et l'expression d'un mauvais acteur dans une pièce au romantisme sucré.

— Ne soyez pas ridicule, dit Talia en rougissant, étrangement flattée mais un peu mal à l'aise. Vous savez bien qu'à côté de Nessa et de Sherrill je ressemble à une gamine mal fagotée. La dernière fois que nous nous sommes vus, je me suis évanouie à vos pieds et je devais avoir l'air encore plus idiot ! Mes amis m'appellent Talia. Talia tout court !

Le doyen tourna les talons et s'en fut, l'air très satisfait de lui-même. Kris rit doucement et Dirk sourit largement. Tous deux offrirent leur bras à Talia. L'escalier était à peine assez large pour les laisser passer de front.

— Ma foi, tu as encore réussi ton coup, dit Dirk à son partenaire quand ils arrivèrent dans le hall brillamment éclairé. J'ai hérité d'un ancien voleur malingre affligé d'un appétit insatiable, et regarde ce que *tu* as ! Ce n'est pas juste.

Il examina Talia du haut de toute sa taille, plus de deux mètres, et lui dit d'un ton plaintif :

— Maintenant que vous avez jeté un coup d'œil sur le visage angélique de mon partenaire, je suppose que nous autres, simples mortels, n'avons plus la moindre chance avec vous.

— Je ne parierais pas ma chemise là-dessus à votre place, dit Talia d'un ton un peu acide. Ce n'est pas la première fois que je le vois. Et je ne suis pas près de me pâmer à ses pieds. Mon père et mes frères sont aussi avantagés que lui.

» Je ne veux pas vous insulter, Kris, mais j'ai de bonnes raisons de me méfier des hommes beaux. Il me paraîtrait préférable que vous soyez un peu moins parfait, que vous ayez des verrues ou quelque chose de ce genre.

Dirk hurla de rire à l'expression sidérée de son ami.

— Voilà qui est nouveau pour toi, mon cher ami ! Rejeté par une femme ! Quel effet cela fait-il d'être à ma place, pour une fois ?

— C'est étrange, répondit Kris avec un sourire. Pourtant, je dois avouer que je me sens aussi soulagé. Je me demandais si Elcarth n'avait pas perdu la tête pour m'avoir affecté un Héraut en probation de sexe féminin. J'avais peur que vous ne soyez comme Nessa. Je me sens comme un cerf aux abois quand je suis en sa présence.

Il eut soudain l'air un peu honteux.

—Je suis désolé, reprit-il. J'espère que vous ne m'en voulez pas de ma franchise?

—Pas du tout. On prétend que c'est aussi mon défaut principal.

—Ma foi, vous m'avez l'air exceptionnellement raisonnable. Je crois que nous nous entendrons très bien, tous les deux.

—Qui vous assure que *je* suis prête à m'entendre avec vous? fit Talia, un peu exaspérée par son assurance. Ne vous a-t-on jamais dit qu'il ne fallait pas vendre la peau de l'ours avant de l'avoir tué?

Kris eut l'air encore plus ébahi; Dirk s'étouffa de rire.

—Elle te tient, mon vieux! Par les cieux! Le jour est enfin venu où c'est toi qui te fais remettre à ta place par une dame!

—Oh, par le ciel! fit Talia, ne vous inquiétez pas. Nous sommes des Hérauts tous les deux, donc nous nous débrouillerons pour nous entendre. Ce ne sera que pour un an et demi. Ce n'est pas comme si on m'obligeait à vous épouser!

—Je ne dirais pas que c'est une insulte, mais ce n'est pas non plus un compliment, fit Kris d'un ton lugubre. Je me demande si je ne préfère pas l'attitude de Nessa, finalement!

Dirk riait si fort que des larmes roulaient sur ses joues. Kris et Talia lui donnèrent de grandes claques sur le dos pour lui faire reprendre ses esprits.

—Par... le ciel!... voilà quelque chose... que je n'aurais jamais cru voir! hoqueta-t-il. Pardonne-moi, partenaire, mais quand elle a dit ça, tu as fait une de ces têtes! On aurait cru que tu venais d'avaler un crapaud vivant!

— Ce qui veut dire que rien de pire ne peut lui arriver pour l'instant, conclut Talia. Dépêchons-nous, ou nous allons vraiment être en retard pour la cérémonie.

— Elle a raison, une fois de plus, dit Dirk.

— Que veux-tu dire par « une fois de plus » ? demanda Kris d'un air soupçonneux.

Comme ils arrivaient à la salle d'apparat, Dirk n'eut pas besoin de répondre à cette question.

Dirk ne savait trop quoi penser au sujet de Talia. La dernière fois qu'il l'avait vue, elle s'était évanouie d'épuisement après avoir subi une épreuve mentale et émotionnelle très pénible. Il avait appris plus tard qu'elle avait vécu « en direct » la mort du Héraut Ylsa, puis qu'elle avait sauvé la vie de sa compagne, Keren. Sans prendre le moindre repos, elle les avait ensuite guidés mentalement, Kris et lui, jusqu'à l'endroit où Ylsa avait été assassinée.

Cette femme-enfant d'aspect fragile avait éveillé ses instincts protecteurs et suscité son admiration. Il l'avait portée dans sa chambre et s'était assuré qu'elle reposait paisiblement avant de partir. Il lui avait aussi laissé une infusion médicinale contre la migraine qu'elle ne manquerait pas d'avoir au réveil.

Elle avait l'air si frêle qu'il était aisé de se sentir protecteur en face d'elle ; du moins c'était ce qu'il avait cru à l'époque. Mais la revoir avait éveillé en lui quelque chose d'un peu plus compliqué que cela. Quelque chose qu'il n'était pas sûr d'avoir envie de s'avouer. Faire le clown avec Kris lui avait paru la meilleure façon de désamorcer la situation. Mais une petite voix lui murmurait qu'il ne serait pas capable de refuser beaucoup plus longtemps de reconnaître ce qui naissait dans son esprit.

Talia faisait son possible pour ne pas montrer sa nervosité, mais, à l'évidence, elle se voyait malgré tout. Elle espéra que Kris comprendrait qu'elle avait en partie passé ses nerfs sur lui.

La salle d'apparat scintillait de mille feux. Les tables avaient été enlevées et les bancs disposés le long des murs. Les courtisans et les notables avaient revêtu leurs plus beaux atours ; la lumière se reflétait sur l'or, l'argent et les pierres précieuses de leurs bijoux.

Au milieu des nobles, on remarquait l'écarlate des uniformes des Bardes, le vert émeraude des Guérisseurs, le bleu profond des officiers de la Garde, et le blanc éblouissant des tenues des Hérauts. Tous ceux qui devaient être présentés portaient les armoiries de leur famille ou de leur guilde. Le long des murs, les hommes et les femmes de la Garde de service pour l'investiture formaient un contrepoint bleu nuit et argent à cette débauche de brillance.

Le Héraut de la reine et son escorte prirent place ; Talia se plaça derrière Selenay, un peu à sa droite, Kris et Dirk un pas en arrière. Talia eut l'impression qu'à eux trois ils renvoyaient une image de force et de stabilité à ceux qui auraient cherché des signes de faiblesse.

Mais elle ressentait un certain malaise, le même depuis trois semaines, et elle était incapable d'en déterminer la raison.

La cérémonie commença. Talia fit de son mieux pour avoir l'air à la fois inoffensive et compétente. Elle ignorait si elle y réussissait, mais au bout d'un moment le niveau général de nervosité sembla décroître.

Elle essaya de projeter un peu d'assurance vers la jeune héritière, qui semblait ployer sous le stress. Elle voulut croiser son regard pour la réconforter, mais l'expression de la jeune fille était tendue et nerveuse et elle détourna les yeux.

Pour Elspeth, tout n'allait pas aussi bien que pour Talia. La cérémonie exigeait qu'elle réponde à chacun de ses nouveaux hommes liges avec un discours personnalisé ; à la moitié de la cérémonie, elle se trouva à court d'idées.

Kris fut le premier à se rendre compte que la jeune fille commençait à bafouiller et à hésiter. Comme le notable suivant se présentait devant elle, il lui souffla :

— Son fils aîné vient juste de lui donner son premier petit-fils.

Elspeth lui lança un regard reconnaissant et alla accueillir l'homme. Le vieux seigneur se releva péniblement. Elle le congratula de sa bonne fortune. Quand le notable repartit, son visage reflétait l'étonnement et le plaisir, car il n'aurait pas cru que quelqu'un soit au courant de l'événement, en dehors de ses proches.

Elspeth décida que Kris était un saint. Quand le notable suivant arriva, elle jeta un regard entendu aux deux partenaires.

Dirk comprit aussitôt et lui fournit les informations nécessaires. Kris le relaya pour les deux seigneurs suivants. Sous les regards approbateurs des courtisans, Elspeth sembla revivre. Ils continuèrent ainsi, formant une étrange équipe. La reine, quant à elle, semblait avoir fort à faire pour ne pas éclater de rire.

Quand le dernier dignitaire eut prononcé ses vœux d'allégeance, le Cercle Héraldique tout entier vint prononcer les siens, suivi du Cercle des Guérisseurs et de celui des Bardes.

La cérémonie se termina sans une seule fausse note.

La suite de la reine quitta l'estrade et laissa la place à un orchestre instrumental du Cercle des Bardes, qui attaqua aussitôt un morceau à danser.

Talia rejoignit Elspeth dans l'alcôve équipée de bancs à coussins de velours réservée à l'entourage de la reine.

—Les deux Hérauts qui sont arrivés avec toi, lui confia Elspeth avec enthousiasme, ont été vraiment formidables ! Je ne savais plus quoi dire ; chaque fois ils m'ont donné les renseignements dont j'avais besoin. Des petites choses personnelles sur les notables qu'on me présentait. Puis ils ont commencé à faire un concours et à discuter des « points » que valait telle ou telle information. Ils étaient si drôles que ma mère a eu du mal à se retenir de rire tout haut.

—Je comprends, sourit Talia. Et qui a gagné ?

—Moi, dit Kris, derrière elle.

—Tu n'aurais pas gagné si j'avais pensé aux moutons le premier, répliqua Dirk.

—Les moutons ? demanda Talia. J'ai peur de demander de quoi il s'agit !

Dirk ricana et Kris lui jeta un regard noir.

—C'est tout à fait innocent, dit-il, un peu irrité. Quand l'époux de la dame Fiona est mort, elle et Arawell, la maîtresse de sa guilde, ont lancé un projet commun pour renflouer leurs finances – celles de la famille de

Fiona et de la branche de la Guilde des Tisserands dont est responsable Arawell. Elles ont fait venir du Sud des moutons dont la laine est particulièrement douce et fine. Elles les ont habitués à notre climat ; maintenant les moutons prospèrent, les agneaux du printemps ont plus que doublé le troupeau, et tout le monde se bouscule pour commander du tissu fait avec cette laine.

—Ce n'est pas pour ça que nous sommes venus, dit Dirk. Talia, je retiens votre première danse. C'est justice, puisque mon partenaire va vous avoir pour lui tout seul pendant un an et demi.

—N'ayant pas de cavalière, j'aimerais demander à notre plus récente Élue de m'accorder la même faveur, dit Kris à son tour.

—Mère ? demanda Elspeth d'un ton implorant.

La beauté de Kris lui avait fait forte impression ; elle était tout excitée à l'idée qu'il veuille danser avec elle.

—Ma chérie, ce jour t'appartient. Si tu voulais, tu pourrais galoper dans la salle d'apparat sur le dos de ton Compagnon !

Sans attendre d'autre commentaire, il entraîna la jeune fille dans la danse.

Dirk leva un sourcil en regardant Talia.

—Oh, non ! fit-elle en riant. Vous ne savez pas ce que vous demandez ! Je danse comme un garçon vacher. Je n'ai aucun sens du rythme et je vous écraserais les pieds.

—Peu importe, sourit Dirk en secouant sa chevelure blonde. C'est parce que vous n'avez jamais essayé avec le bon partenaire.

—Et c'est vous ? Dire que je pensais que Kris était vaniteux !

— Ma chère Talia, fit Dirk, imperturbable, la conscience de sa valeur ne peut se confondre avec la vanité. Je sais de source sûre que mes capacités de danseur compensent largement la médiocrité de mon apparence.

Ce disant, il l'entraîna sur la piste. Elle dut vite reconnaître qu'il avait raison. Pour la première fois de sa vie, elle prit plaisir à danser. Dirk ne sembla pas mécontent de sa performance et il l'abandonna à contrecœur à d'autres partenaires.

En dépit des regards énamourés lancés par la plupart des coquettes présentes, Kris ne dansa qu'avec des femmes beaucoup plus âgées que lui, ou avec Elspeth et Talia.

— J'espère que vous ne m'en voulez pas de vous utiliser comme ça, dit-il, penaud, à la sixième ou septième danse.

— Utiliser ?

— Oui, comme protection. Je danse avec vous pour éviter de me faire dévorer tout cru par ces jeunes houris. (Il montra de la tête un groupe de beautés de la Cour qui roulaient des yeux de biche dans sa direction.) Les seules à qui je puisse faire confiance à part vous et Elspeth sont Keren et Sherrill, et elles ne dansent pas.

— Ça fait plaisir d'être recherchée ainsi !

— Oups ! J'ai encore fait un faux pas.

— Non, ne vous inquiétez pas ! De plus, maintenant que chacun sait que nous allons être partenaires, on supposera que nous en profitons pour faire connaissance. Vous pourrez éviter vos admiratrices sans blesser leur ego.

— Je suis content que vous compreniez, dit-il, soulagé. Elles semblent croire qu'en essayant assez longtemps, elles finiront par me faire céder. Personne ne se soucie de ce que je veux *réellement*.

— Et que voulez-vous donc ?

— Le Collegium, dit-il, à l'étonnement de Talia. Je lui consacre la plus grande partie de mon temps et de mon énergie. J'étudie nombre de matières de mon propre chef. Je voudrais être le successeur d'Elcarth quand il prendra sa retraite, et cela demande une sacrée préparation. Je n'ai pas beaucoup de temps pour les jeux amoureux.

— C'est… impressionnant. Le travail d'Elcarth est sans doute encore plus dur et ingrat que le mien. Vous êtes peut-être l'homme qu'il faut pour l'assumer. Je ne crois pas que vous puissiez servir ainsi le Collegium et… et donner à une autre personne…

— … l'attention nécessaire à un attachement durable, termina-t-il. Merci. Savez-vous que vous êtes la seule, à part Dirk, à ne pas penser que j'ai perdu la tête ?

— Kris, que ferez-vous si vous rencontrez un jour la personne idéale ?

— Je n'en sais rien. Mais ce n'est pas très probable. Vous savez que les Hérauts forment rarement des liens permanents. Nous sommes amis, parfois cela va un peu plus loin, mais ça ne dure pas.

» Peut-être est-ce parce que notre cœur appartient d'abord à un Compagnon, puis à notre devoir. Peu d'entre nous semblent l'avoir assez grand pour un troisième amour. Keren et Sherrill sont parmi nous le seul couple uni pour la vie. Voilà pourquoi je me cache derrière vous.

— Vous ne pourrez pas vous cacher éternellement.

— Non, jusqu'à la fin des réjouissances. Après, je serai en mission, accompagné de la seule personne qui tienne pour une amélioration que je sois couvert de verrues !

Elle dansa ensuite avec Dirk ; à ce moment, elle remarqua que le nombre d'uniformes blancs diminuait rapidement dans la grande salle.

— Où sont-ils tous partis ? demanda-t-elle, intriguée.

— Nous n'avons pas souvent l'occasion d'être réunis. Petit à petit, nous nous éclipsons pour rejoindre notre fête privée. Voulez-vous venir ?

— Oh ! oui, s'écria Talia avec enthousiasme.

— Une minute, laissez-moi faire signe à Kris.

Un instant plus tard, celui-ci les rejoignit près de la porte.

— Je suis prêt, dit-il. Je suppose que Talia est au courant ?

— Oui, confirma Dirk. Talia, allez mettre un vêtement confortable, et un manteau au cas où nous nous retrouverions dehors. Prenez quelque chose pour vous asseoir dessus ; si vous jouez d'un instrument de musique, apportez-le. Puis retrouvez-nous à la bibliothèque.

— On dirait que nous allons jouer aux espions ! fit-elle en gloussant.

— C'est un peu ça, dit Kris. Nous tenons beaucoup à ce que nos fêtes restent privées. Dépêchez-vous, ou nous partirons sans vous !

Talia courut à sa chambre et se hâta de se changer. Elle prit tout de même soin de ranger sa robe pour éviter de l'abîmer. Puis elle attrapa sa flûte de berger, qu'elle fourra dans sa ceinture, et suspendit l'étui de sa harpe à son épaule. Enfin elle ramassa un coussin et jeta un vieux manteau de laine sur ses épaules.

Dirk et Kris étaient déjà là. Eux aussi s'étaient changés. Kris était tout en noir, et Dirk portait une tenue mal assortie et plutôt froissée.

— Oh ! Talia, vous êtes bien plus rapide que mes sœurs, fit Dirk. Venez là, nous allons vous révéler le grand secret : les premiers qui quittent la fête posent toujours ici un signe indiquant où nous nous retrouverons. Dans ce cas, ils ont laissé ça.

Il brandit un ouvrage sur le marquage des harnais.

— Laissez-moi deviner, dit Talia. Les écuries ?

— Presque. Le hangar aux équipements, dans le Champ des Compagnons. Regardez, le livre est ouvert au chapitre des harnais spéciaux que nous utilisons.

Les trois amis se glissèrent hors du palais.

Les fenêtres de la sellerie étaient fermées pour ne laisser passer aucune lumière. Un bon feu brûlait dans les deux cheminées, afin de lutter contre le froid nocturne. Ils entrèrent aussi discrètement que possible, attentifs à ne pas perturber le divertissement en cours. Un Héraut d'âge moyen racontait une histoire avec talent.

— La nuit sera calme, souffla Kris. En général, nos fêtes se déroulent à l'inverse de celles du palais.

Les Hérauts, assis sur le sol, très détendus, prêtaient tous grande attention au conteur. Ils étaient environ soixante-dix, le plus grand nombre d'Élus que Talia ait jamais vu en une seule fois. Quand le récit fut terminé, certains se levèrent et vinrent accueillir les nouveaux venus. Talia n'en connaissait aucun ; elle se ratatina dans son coin.

— Oh ! là, du calme les amis ! sourit Dirk. Nous voulons vous présenter quelqu'un !

Il prit Talia par le bras et l'attira dans la lumière.

— Vous savez que nous avons enfin un véritable Héraut de la reine. Voici le spécimen ! annonça-t-il d'un ton triomphal.

Avant que quiconque ait pu ouvrir la bouche, un cri de joie retentit de l'autre côté de la pièce. Quelqu'un se précipita, virevolta, sauta par-dessus les autres Hérauts qui se protégèrent la tête en riant. Arrivé près de Talia, l'acrobate la prit à bras-le-corps et l'embrassa fougueusement.

— Skif ? haleta-t-elle.

— C'est bien moi !

— Mais… tu es si *grand* !

Quand il avait reçu son uniforme blanc, il ne mesurait que quatre ou cinq centimètres de plus que Talia. Maintenant, il était presque aussi impressionnant que Dirk.

— Je suppose que l'air du Sud fait pousser les plantes ! fit-il en riant.

— Pousser est un mot bien faible, intervint Dirk. Par le ciel, j'ai passé un an et demi à le nourrir ! Je jure qu'il mangeait plus que nos deux mules réunies !

— Tu t'en es drôlement bien tirée, Talia, fit Skif, ignorant ostensiblement l'interruption. Tu avais l'air très chic. Nous sommes tous sacrément fiers de toi.

Talia rougit.

— On m'a beaucoup aidée, dit-elle, presque penaude.

— Même avec de l'aide, ça reste un exploit ! Oh ! par le diable, nous ne sommes pas là pour parler boulot ! Vous deux, vous connaissez les règles. Vous devez vous acquitter de votre droit d'entrée !

Dirk et Kris remplacèrent le conteur au milieu de la pièce.

— Quelqu'un a apporté une harpe ? demanda Kris. La mienne est toujours dans mes bagages, car je viens juste de rentrer.

— J'en ai une, dit Talia.

— Oh ! fit Kris en reconnaissant l'instrument. Je me demandais à qui Jadus l'avait léguée.

Il joua quelques accords.

— Elle est parfaitement accordée, Talia. Vous en avez pris soin comme elle le mérite.

Sans attendre de réponse, il se mit à exécuter une ancienne berceuse. Kris jouait extraordinairement bien pour un amateur, mieux que Talia. Tout de noir vêtu, ses cheveux aile-de-corbeau brillant dans la lumière douce du feu, le bois poli luisant doucement entre ses mains, il était l'image même de la séduction et du charme.

— Que voulez-vous que je joue ? demanda Kris à la cantonade quand il eut terminé.

— *Ombre et Soleil*, demandèrent plusieurs voix.

— D'accord, intervint Dirk, mais je voudrais quelqu'un pour chanter la partition de Danseuse d'Ombre. La dernière fois que j'ai chanté les deux rôles, j'ai eu la voix cassée pendant un mois !

— Je pourrais m'en charger, proposa Talia, à son propre étonnement.

— Oh ? Vous êtes décidément pleine de surprises...

Ombre et Soleil était une ballade relatant la rencontre de Rothas ChanteSoleil et de Lythe Danseuse d'Ombre, deux Hérauts des temps anciens.

Dès que Talia répondit au premier couplet de Dirk par le premier vers de Danseuse d'Ombre, le jeune homme compris que le récital improvisé serait un succès. Il y avait la marque de Jadus dans la façon dont Talia modulait sa voix.

Se laissant emporter par la musique, Dirk ne se rendit pas compte qu'il chantait mieux que jamais. Kris s'en aperçut, et regretta de ne pas avoir un moyen d'immortaliser ce moment.

Les applaudissements spontanés qui éclatèrent à la fin de la ballade tirèrent Dirk et Talia de la transe où les avait plongés la musique. Dirk sourit avec une chaleur inhabituelle à la minuscule jeune femme qui se cachait à moitié derrière lui. Il constata qu'on lui rendait son sourire.

— Bien, nous avons payé notre écot ; à qui le tour, maintenant ?

— Ce n'est pas juste, se plaignit une voix. Comment espérer égaler ce que nous venons d'entendre ?

Les réjouissances continuèrent. Le musicien improvisé suivant emprunta la flûte de Talia pour jouer une gigue que deux hommes et une femme dansèrent avec entrain au milieu de la pièce.

Ceux qui n'avaient pas envie de jouer ou de chanter payaient leur « droit d'entrée » en nourriture et en boissons. Il y avait plus d'une outre de vin, de cidre et de bière rangées le long des murs, ainsi que des paniers de fruits, de saucisses, de pain et de fromage.

On gardait toujours des chopes à disposition dans la sellerie, pour les Hérauts et les étudiants qui avaient besoin de se rafraîchir, surtout en été. Les récipients passaient de main en main, remplis, vidés, de nouveau remplis.

Beaucoup de Hérauts, comme Talia, avaient apporté des coussins. Avec leurs selles et leurs paquetages, ils avaient été entassés pour former des niches douillettes. Des murmures montaient des coins les plus sombres. Leur nature fit détourner vivement les yeux à Talia. De temps en temps, ceux qui restaient ainsi isolés se levaient et partaient, ou rejoignaient ceux qui étaient réunis près du feu.

L'ambiance générale était chaleureuse ; il n'y avait personne ici qui ne soit apprécié, aimé et accueilli à bras ouverts par les autres. C'était la première fois que Talia se trouvait parmi ses pairs en des circonstances aussi heureuses ; elle perçut peu à peu que le sentiment d'unité s'étendait au-delà des murs, vers les Compagnons, et, encore plus loin, vers ceux d'entre eux qui ne pouvaient pas être présents ce soir.

Talia ne s'étonnait pas que les Hérauts aient ainsi déserté la fête principale. L'ambiance suffisait presque à lui faire oublier l'étrange malaise qu'elle ressentait depuis trois semaines.

Dès qu'elle put le prendre à part, Talia entraîna Skif vers le grenier, après avoir vérifié qu'aucun couple d'amoureux ne se l'était déjà approprié.

— Je ne veux pas déranger les autres, mais je n'ai pas envie de partir. Allons là-haut.

Le « grenier » était en fait un étroit balcon qui courait le long d'un mur et permettait d'accéder aux silos de stockage. Talia remarqua aussitôt que Skif marchait le plus près possible du mur. Dès qu'ils arrivèrent en haut, il s'installa aussi loin du bord qu'il le put.

— Par le ciel, ça fait plaisir de te revoir ! dit-il en la serrant dans ses bras. Nous n'étions pas sûrs de revenir à temps. En fait, nous avons laissé nos bagages et les mules à un abri de voyage pour gagner du temps. Tu m'as manqué, petite sœur. Les lettres étaient mieux que rien, mais j'aurais aimé pouvoir te parler, surtout…

Talia sentit en lui une émotion qui ne pouvait être que la peur.

— Surtout ?

— Après… l'accident…

Elle se rapprocha de lui et prit ses mains dans les siennes. Elle n'avait pas besoin de le voir pour savoir qu'il avait pâli.

— Raconte-moi.

— Je ne peux pas…

Elle abaissa ses boucliers ; il était truffé de peurs phobiques, peur de l'orage, des lieux clos, et surtout peur de tomber. Dans l'état où il était, elle doutait qu'il soit capable de se pencher à une fenêtre, même du premier étage, sans faire un effort surhumain. Et dire qu'il l'avait entraînée dans une escalade nocturne de la façade du palais, par une nuit noire !

— Tu te souviens de ce que je suis ? Commence par le commencement, prends ton temps… Je peux t'aider à faire face à tout ça.

— Ça… ça a commencé par un orage. Nous avons été pris dans les montagnes ; il faisait si noir et la pluie tombait si dru que je n'y voyais rien, pas même la pointe des oreilles de Cymry. Je fermais la marche, c'était censé être l'endroit le moins dangereux.

» Nous avancions à l'aveuglette. D'un côté il y avait une paroi rocheuse, de l'autre le ravin. Tout à coup, la piste s'est effondrée sous les sabots de Cymry. Je n'ai même pas eu le temps d'appeler à l'aide. Nous sommes tombés.

En état de réceptivité, Talia toucha doucement la peur tapie dans l'esprit du jeune homme et se mit en devoir de l'éradiquer.

— Nous avons été arrêtés par des arbres à mi-chemin du ravin. Cymry était à demi assommée, j'avais un bras et la plupart des côtes cassés. Je ne me souviens pas de grand-chose. Je ne suis même pas parvenu à appeler à l'aide. Trop sonné pour crier ; et je ne suis pas très doué en communication mentale.

— Mais Dirk t'a tout de même retrouvé, souligna Talia.

— Les dieux seuls savent comment il a fait ! Il n'avait aucune raison de penser que nous étions encore en vie.

Les tensions et les peurs le quittaient rapidement car Talia purgeait sa mémoire des impressions phobiques. Ce n'était pas suffisant pour qu'il oublie tout, mais assez pour que les souvenirs soient adoucis, comme lointains.

— Il nous a attachés avec des cordes pour que nous ne tombions pas plus bas. Il est resté auprès de nous tant que l'orage a duré, puis il a envoyé Ahrodie chercher de l'aide pendant qu'il me hissait sur la piste. Je ne me souviens pas du tout de cette partie-là de l'aventure. J'avais dû m'évanouir de douleur.

La peur avait presque disparu. Le moment était venu de parachever son œuvre.

— Tu devais ressembler à un rat à demi noyé, dit-elle en souriant.

Il la regarda un instant, sidéré, puis se mit à rire lui aussi – un rire encore proche des larmes. Elle le laissa éliminer le reste de ses tensions grâce à la crise de fou rire hystérique dont il avait bien besoin.

La peur qui le tenaillait depuis des mois avait disparu. Il lui avait fallu toute sa volonté pour raconter à Talia ce qui s'était passé, qu'il revivait dans ses cauchemars toutes les nuits ou presque. Mais peu à peu il avait senti les mots couler plus librement, le fardeau s'alléger. Il comprit vers la fin de son récit ce que Talia avait accompli.

— Tu… tu l'as fait, n'est-ce pas ? Tu as utilisé tes Dons de Guérison avec moi, comme pour Vostel et les autres ?

— Oui, fit-elle. Je ne pensais pas que tu y verrais une objection.

— Plus de cauchemars, alors ?

— Plus de cauchemars, grand frère. Tu n'auras plus envie de te cacher quand un orage éclatera. De nouveau tu pourras te pencher à flanc de falaise. Et tu pourras même raconter ton histoire, dans une semaine ou deux, sans trembler comme un poulain nouveau-né. Ça te permettra de gagner la sympathie de quelque jolie dame !

— Tu es formidable, dit-il enfin, la serrant dans ses bras.

— Toi aussi, pour avoir lutté tout ce temps contre ta peur et ne pas l'avoir laissée prendre le dessus.

Ils restèrent un moment assis tranquillement. Puis le murmure des voix, au-dessous d'eux, les rappela à la réalité.

— Par le diable ! C'est une fête, tu es censée y prendre du bon temps ! dit Skif.

— C'est le cas, maintenant que tu vas bien. Je vais retourner écouter les chants. Il me semble que ta camarade, Mavry, a l'air un peu solitaire…

— Ma foi oui, fit-il après avoir jeté un coup d'œil en bas. Je vais aller lui tenir compagnie, termina-t-il avec un clin d'œil.

Il posa un léger baiser sur le front de Talia et descendit les marches. Il traversa la pièce ; Mavry lui fit aussitôt une place à côté d'elle.

Talia rejoignit les musiciens juste à temps pour que Dirk l'embarque dans un autre duo. Elle dut se plaindre d'avoir la gorge sèche avant qu'on laisse quelqu'un d'autre prendre sa place.

Elle ne vit pas le temps passer jusqu'à ce qu'elle se surprenne en train de bâiller à s'en décrocher la mâchoire. Elle se glissa dehors. À son grand étonnement, elle vit que le jour était sur le point de se lever. Alors elle sentit la fatigue s'abattre d'un coup sur ses épaules ; elle commença à rassembler ses affaires, prête à s'écrouler de sommeil.

Affalé sur un amas de vieilles couvertures de selle, Dirk semblait endormi. Elle tenta de passer près de lui sans le déranger, mais il entrouvrit un œil au bruit léger de ses pas.

— Vous abandonnez ? demanda-t-il à voix basse. (Elle fit signe que oui en étouffant un bâillement.) Vous avez passé une bonne soirée ?

Il sourit à son hochement de tête enthousiaste. Son sourire était chaleureux mais *intime*. Il semblait exclure le reste du monde, et n'être destiné, entre tous, qu'à elle seule.

— Je retournerai bientôt vers mon lit, dit-il. Les festivités s'arrêtent généralement d'elles-mêmes à cette heure. Dormez bien, et ne vous inquiétez pas, personne ne sera là pour remarquer que vous serez en retard ce matin.

Il fit un signe de tête vers sa gauche. Talia regarda et fut stupéfaite de voir la reine, vêtue de vieux vêtements de cuir, la tête posée sur l'épaule du conteur. Près d'elle, Alberich partageait une outre de vin avec Keren, Sherrill et Jeri.

— Comment Selenay et Alberich sont-ils entrés sans que je m'en aperçoive ? demanda Talia.

— Vous étiez en train de chanter. Vous voyez bien, personne ne remarquera que vous êtes un peu en retard. Dormez tout votre saoul, et faites de beaux rêves, Talia.

— Vous aussi, Dirk, répondit-elle.

— Je n'en doute pas, fit-il en fermant les yeux avec un petit rire. Je n'en doute absolument pas.

Chapitre 3

Talia ne dormait jamais très longtemps ; pourtant, alors qu'elle avait pour habitude de se lever tôt, il fallut que le soleil brille directement dans ses yeux pour la tirer du lit.

Son lit était positionné de façon que les rayons ne l'atteignent que bien après l'heure normale de son réveil. Elle avait toujours eu du mal à supporter la claustrophobie que provoquait chez elle la vision de volets fermés ; des fins rideaux étaient la seule chose qui s'interposait entre elle et la lumière du jour.

En se frottant les yeux, encore à demi endormie, elle réalisa qu'il devait être près de midi. Comme une confirmation, elle entendit les cloches du Collegium sonner l'appel de la mi-journée.

Le peu de vin qu'elle avait bu la veille au soir lui avait tout de même donné un vague mal de tête. En marmonnant, elle tenta un instant de se renfoncer dans ses oreillers et de dormir, mais le sens du devoir (et un besoin urgent d'utiliser les commodités) la rappela au monde éveillé.

Elle était si fatiguée, la veille, qu'elle avait jeté ses vêtements en vrac et était pratiquement tombée dans le sommeil avant d'avoir touché l'oreiller. Maintenant, elle ressentait le besoin de prendre un bon bain. Elle grogna. Oui, il était temps de se lever !

Enveloppée d'un peignoir, elle prit ses vêtements sales et les déposa dans un panier. Le serviteur qui s'occupait des Hérauts dans cette section les ramasserait et les porterait à la buanderie. C'était un luxe auquel Talia n'avait jamais été habituée, ni chez elle, chez les Hold, ni en tant qu'élève.

La tiédeur agréable du bois poli sous ses pieds la décida : elle ne mettrait pas de tapis sur le sol de ses nouveaux quartiers. Elle aimait la sensation des planches chauffées par le soleil, et la façon dont le bois brillait.

Elle choisit un uniforme propre dans son armoire, prit ses affaires de toilette et s'apprêta à emprunter l'escalier en spirale qui menait à la salle de bains commune. Celle-ci était située tout en bas de la tour. Mais Talia était pour l'instant le seul occupant. Au moins n'aurait-elle pas à faire la queue !

Elle vit la note, sur sa porte, dès qu'elle l'ouvrit pour s'engager dans l'escalier. Elle se massa les tempes pour dissiper sa migraine, prit la lettre et commença à la lire en descendant l'escalier. Elle s'arrêta net. Le mot était signé de Kyril.

« J'ai conscience que cette notification est plus qu'abrupte, mais une urgence s'est présentée depuis la nuit dernière. Le Héraut chargé des secteurs de la frontière du nord a eu un accident ; nous n'avons personne de disponible qui ait sillonné cette région. Kris la connaît un peu, car il y est allé en visite avec son partenaire, Dirk. Et vous avez été élevée sur la frontière. Il m'a semblé que la solution était de vous affecter à ce secteur durant votre mission de probation. L'inconvénient, c'est que vous devrez prendre la route dès que possible – demain serait l'idéal. Venez me voir aussitôt que vous aurez lu cette note, pour que je vous communique les dernières informations. »

Sa première pensée fut assez irrévérencieuse ; Kyril n'avait pas quitté le lieu des réjouissances avant elle. Comment diable pouvait-il être déjà debout et en train de régler des problèmes majeurs à une heure aussi indue ?

Sa seconde pensée fut plus sérieuse. Elle devait partir dès le lendemain ! Elle n'avait pas prévu de commencer sa mission si vite. Il n'y avait pas de temps à perdre. Elle se précipita vers la salle de bains. Elle ne voulait surtout pas donner à Kyril l'impression qu'elle était insouciante ou incompétente.

Remise en forme par un bon bain chaud, elle ne prit pas le temps de prendre un repas complet, mais subtilisa un bout de pain et de fromage dans la cuisine. De toute façon elle était trop énervée pour avoir très faim. Ce serait la première fois qu'elle rencontrerait Kyril comme un égal. Jusque-là, ils avaient eu une relation d'élève à professeur.

Elle prit quelques instants pour consulter Rolan. Il était frustrant de ne pouvoir communiquer avec lui avec des mots, mais le simple fait d'être en relation avec son esprit lui apporta calme et confiance. Il lui fit comprendre que Kyril ne l'attendait pas depuis si longtemps que cela, et lui rappela qu'il était toujours prêt à l'aider. Regonflée à bloc, elle se dirigea d'un pas assuré vers le palais.

La salle des archives, qui servait également de bureau à Kyril, était aussi rangée que le fief du doyen Elcarth était désordonné. Les deux fenêtres étaient grandes ouvertes, laissant entrer à flots le soleil et les odeurs du jardin. La pièce était pleine d'étagères débordant de livres. Le bureau de Kyril se trouvait sous une des fenêtres, une astuce pour profiter pleinement du soleil. Le Héraut était appuyé à l'embrasure de la croisée, visiblement en train de l'attendre. Talia remarqua quelque chose d'étrange sur son bureau : un carquois plein de flèches blanches.

— Maître ? fit-elle doucement.

Il se tourna vers elle en souriant, content de voir qu'elle avait l'air alerte et prête à entreprendre n'importe quoi. Après avoir travaillé avec elle ces dernières semaines, il était enclin à croire ce que ses professeurs en disaient : le Héraut de la reine était toujours un être d'exception, mais Talia donnait l'impression d'être *spéciale*, même au sein de cette catégorie. Il se demanda pourquoi elle avait la réputation, auprès des autres Hérauts, d'être une fille gentille mais simple. Peut-être était-ce à cause de sa timidité, car elle parlait rarement si on ne lui adressait pas la parole d'abord. Ou à cause de sa facilité de contact avec les enfants ; la plupart des gens, il fallait bien le reconnaître, n'alliaient pas instinct parental puissant et haut niveau intellectuel.

Kyril regrettait d'avoir eu si peu de temps à lui consacrer. Il s'inquiétait parfois du Don étrange qu'elle avait. Une Empathie aussi forte était plutôt du domaine des Guérisseurs. Il avait apprécié qu'elle passe autant de temps avec ces derniers : sans doute pourraient-ils l'aider sur ce plan. Ah ! s'il avait eu plus de temps… Si Ylsa n'avait pas été tuée…

Pourtant, la tendance des autres à la sous-estimer n'était peut-être pas une si mauvaise chose. Auprès de la Cour et du Conseil, cela pouvait même être une arme puissante. Si les gens comparaient ces histoires de machination à sa réputation d'innocente sans fard, les rumeurs désagréables qu'il avait dernièrement entendues circuler à son sujet allaient mourir d'elles-mêmes.

—Asseyez-vous, mon enfant, dit-il, lui montrant une chaise. Vous n'avez pas l'air de souffrir de votre coucher tardif. La première fois que j'ai assisté à une fête de Hérauts, j'ai cru que mon mal de crâne durerait une bonne semaine! Je ne vous avais jamais entendue chanter; Jadus avait raison à votre sujet. Certains Bardes ont été moins émouvants que vous, la nuit dernière. Mais ce n'est pas le moment d'en parler! Je suis désolé de cette hâte. Hélas, nous n'avons pas le choix. Nous ne pouvons pas laisser les secteurs de la frontière sans Héraut pendant longtemps. Dans ce cas précis, ce n'est pas que nous craignions des troubles, mais les gens se sentiraient très isolés, surtout en hiver. Ils ont besoin de savoir qu'ils sont aussi importants pour ce royaume que le secteur de la capitale.

Il la regarda attentivement; sa réponse lui en apprendrait beaucoup sur son caractère.

—Mais je croyais que les secteurs de la frontière étaient toujours menacés… Il y a les bandits, les pillards… beaucoup de problèmes, même si les gens n'y sont pour rien.

—En général, c'est vrai, mais la frontière, dans ce secteur, traverse la Forêt des Chagrins, et c'est une protection d'importance.

—Alors les récits de la *Malédiction de Vanyel* sont vrais? La Forêt des Chagrins protège vraiment le royaume. Mais… comment?

— J'aimerais le savoir, répondit Kyril, pensif. Autrefois les gens savaient des choses que nous avons oubliées. Ils avaient la magie véritable, en ces temps-là. L'Enchantement de Vérité est à peu près la seule chose qui nous reste. Le fait demeure : la Malédiction de Vanyel est toujours aussi puissante que le jour où il l'a prononcée, juste avant de rendre son dernier souffle. Rien de ce qui a de mauvaises intentions envers ce royaume ou ses habitants ne survit plus de cinq minutes en ces lieux. J'ai vu le résultat de mes yeux. Des bandits empalés sur des branches qui ressemblaient à des lances, des hors-la-loi morts de faim, enterrés jusqu'à mi-corps dans une terre plus dure que la pierre, comme si elle s'était ouverte sous eux pour les avaler, puis s'était refermée tel un piège. Pis encore, j'ai vu des pillards barbares morts sans que leur corps porte une marque, la terreur inscrite sur le visage. À croire qu'ils étaient *réellement* morts de peur…

— C'est dur à imaginer. Comment une malédiction peut-elle connaître les intentions de quelqu'un ?

— Personne ne se l'explique, mais c'est tout de même vrai. Vous, moi et tous les habitants du secteur pouvons nous promener dans la forêt sans danger. Même les prédateurs ne toucheront pas à un cheveu de nos têtes. C'est pourquoi le Héraut de ce secteur est souvent une femme. Comme celle que vous remplacez. Vous la connaissez peut-être ; au Collegium, elle faisait partie du groupe d'âge au-dessus du vôtre ; elle s'appelle Destria.

— Destria ? Grands dieux !… Elle n'est pas trop grièvement blessée, j'espère ? Qu'est-il arrivé ?

— C'est sérieux, sans mettre sa vie en danger. Pendant une inondation, votre collègue était en train de secourir un groupe d'enfants. Elle s'est cassé les deux jambes. Heureusement, Sofi, son Compagnon, est parvenu à la conduire en sécurité, ainsi que les petits. De nouveau, je suis désolé du peu de temps que vous avez pour vous préparer. Cela ne vous ennuie pas trop ?

— Pas du tout, monsieur. J'ai eu encore moins de temps quand j'ai été choisie, non ?

— Bien ! Maintenant, je vais vous dire pourquoi je vous ai fait venir ici au lieu de vous convoquer après le repas en compagnie de Kris. Je veux vous montrer le secret le mieux gardé du Cercle Héraldique. Vous êtes-vous un jour demandé pourquoi tous les Hérauts devaient apprendre à tirer à l'arc ?

— Non, avoua-t-elle, je n'y ai jamais songé. Maintenant que vous le dites, ça me semble un peu bizarre, effectivement. Nous utilisons rarement les flèches dans les combats ou pour la chasse... Pourquoi devons-nous apprendre le tir à l'arc ?

— Pour avoir une raison d'emporter des flèches partout où vous allez, répondit Kyril. Tous les Hérauts n'ont pas la possibilité de voyager en esprit aussi loin que moi. Il nous fallait un moyen de communication sûr, simple et impossible à falsifier. C'est pourquoi nous avons développé le Code des Flèches. Cela a commencé ainsi...

Avec précision, Kyril brisa certaines barbelures d'une des flèches blanches qu'il sortit du carquois. Quand il eut terminé, il semblait simplement que le projectile avait été manipulé avec un peu trop de rudesse.

— Voilà pourquoi toutes nos flèches sont empennées avec des plumes de fou des marais ! s'écria Talia.

— Exactement. Ces plumes n'ont pas le portant des plumes d'oie, mais leurs barbelures sont si épaisses et si régulières qu'il est possible d'avoir un empennage identique sur toutes nos flèches. Ainsi nous pouvons compter les barbelures, la base de notre système. Voici mon code personnel. Il est enregistré ici, dans les dossiers secrets, sous forme chiffrée pour plus de sécurité. Seules quatre personnes le connaissent : la reine, le sénéchal, Elcarth, et Teren, qui était mon partenaire. Seuls la reine, Elcarth, le sénéchal et moi pouvons transcrire le code secret. Quand votre probation sera terminée, ce code vous sera communiqué. Il fait partie de ce que vous *devrez* savoir en tant que Héraut de la reine. Deux hommes connaissent tous les codes par cœur : Elcarth et moi. Vous comprenez pourquoi une mémoire parfaite est la condition de base de notre fonction !

» Ce code permet de savoir que le message communiqué par la flèche – par la couleur des rayures du bois de la flèche – provient de moi et de nul autre. Maintenant, ajouta-t-il en prenant une autre flèche, voici le vôtre. Quand vous pourrez le reproduire dans le noir, je vous expliquerai le reste des symboles…

Il fallut plusieurs heures à Talia, mais elle réussit, avec suffisamment de précision pour le satisfaire. L'estomac de la jeune femme commença alors à lui rappeler qu'il y avait bien longtemps qu'elle n'avait pas pris un vrai repas.

Kyril passa à la suite de son exposé.

— Le reste, lui dit-il, est un peu plus compliqué. Nous avons fait de notre mieux pour que les couleurs soient un symbole du message porté par les flèches. Kris vous communiquera le code complet quand vous serez en chemin, mais voici en gros ce que signifie chaque couleur de rayure. Le blanc veut dire que tout va bien. Nous nous en servons pour signaler qu'il y a un autre Héraut dans le secteur, et de qui il s'agit. Le vert demande l'envoi d'un Guérisseur ; le violet, celui d'un prêtre ; le gris, d'un autre Héraut. Le marron indique qu'un autre message arrive, plus complexe. Il y a des problèmes, pas trop graves, mais qui risquent de retarder le Héraut qui envoie la flèche. Le bleu veut dire « trahison ». Le jaune demande une aide militaire, le nombre de rayures indiquant combien d'unités sont nécessaires. Si vous envoyez toutes vos flèches rayées de jaune, nous saurons qu'il faut mobiliser l'armée entière. Le rouge signifie « grave danger, venez le plus vite possible ». Puis il y a les flèches noires.

» Je prie le ciel que vous n'ayez jamais besoin d'en envoyer. Une flèche noire signifie qu'il y a eu des morts ou une catastrophe. Entière, elle signifie « désastre total, aide ou sauvetage nécessaire ». Si vous la brisez et que vous en envoyez les morceaux, cela signifie « désastre intégral, tout espoir est perdu, ne pas tenter de venir à la rescousse ». Si vous retirez la tête de la flèche, c'est pour signaler que celui dont elle porte le code est mort. Quelle que soit la couleur des rayures, ces deux messages sont toujours compris : la flèche brisée et la flèche sans tête. Ce sont bien sûr ceux que nous espérons ne jamais voir.

Talia sentit un froid étrange l'envahir. Le jour sembla perdre ses couleurs. Puis elle se secoua et répéta ses paroles à Kyril, mot pour mot.

Satisfait, il déclara :

— C'est tout ce qu'il y a à savoir. Vous voilà aussi bien préparée que possible à votre première affectation. Vous êtes l'un des meilleurs Hérauts produits par le Collegium, vous devriez vous en sortir sans problème, même si cette mission est difficile. Je vous souhaite bonne chance, Talia.

Malgré sa faim, la jeune femme décida de chercher d'abord Kris. Elle le trouva en train de vérifier l'équipement de son Compagnon. Dirk était avec lui.

— Oh ! voici notre petit oiseau ! dit-il en l'apercevant.

— Tout va bien ? reprit Kris. Je suppose que Kyril vous a expliqué le code et vous a dit en quoi consistait notre travail.

Elle fit timidement signe que oui, et entreprit de vérifier l'équipement de voyage de Rolan, qu'elle avait rarement utilisé. Au Collegium, elle montait la plupart du temps à cru, mais un long trajet serait bien plus confortable avec une selle.

— Kris et moi n'avons pas encore réquisitionné vos fournitures, reprit Dirk avec un sourire semblant dire qu'il comprenait ce qu'elle ressentait. Nous vous attendions pour vous emmener à l'intendance et vous aider à choisir.

Ils partirent, Talia entre eux, jusqu'au secteur réservé à la Garde. La jeune femme eut du mal à suivre le rythme de leurs grandes jambes. Pendant tout le trajet, elle remarqua que Dirk lui jetait de petits regards en coin quand il pensait qu'elle ne s'en apercevait pas. Elle n'avait pas l'habitude de tant d'attention et se sentait un peu perturbée par celle que lui accordait l'homme.

Les gardes avaient leur propre secteur dans le palais, même s'ils ne possédaient rien qui approche du Collegium. Ils disposaient d'un centre d'entraînement, de baraquements communs et de quartiers pour les officiers. Leur intendant était également chargé de distribuer les fournitures nécessaires aux Hérauts en partance.

On entrait dans ses bureaux par une porte située dans le mur d'enceinte qui protégeait le complexe du palais et du Collegium. Une dizaine d'officiers, assis à des bureaux entassés dans la petite pièce, recevaient les visiteurs. Kris et Dirk se dirigèrent vers un poste, au fond de la pièce. Son occupant, un vétéran blanchi sous le harnais, semblait presque déplacé au milieu des autres officiers, bien plus jeunes et visiblement d'origine citadine. Il sourit en les apercevant.

— Vous repartez déjà ? Fatigués de nos binettes, c'est ça ?

— Non, vieux bandit. Nous avons un vide à combler au nord, à la frontière, et Kyril, dans son infinie sagesse, a décrété que nous serions les mieux adaptés à cette fin.

Le visage de l'homme se rembrunit.

— Je n'ai pas entendu le glas…

— Ne t'inquiète pas, Levris, ce n'était pas un accident mortel. Les deux jambes cassées, à ce qu'on m'a dit. Talia, voici Levris, l'intendant des gardes.

Le vieil homme se leva.

— C'est un plaisir de vous saluer, dit-il avec sérieux. Vous êtes le Héraut de la reine, n'est-ce pas ?

— Oui, intervint Kris, et je serai son mentor pendant sa mission de probation.

— Oh ? dit Levris. Ne va pas essayer tes tours de séducteur avec elle, ou tu entendras parler de moi !

Kris rougit. Dirk se retint à grand-peine de sourire.

Talia vint à la rescousse de son tuteur.

—Le Héraut Kyril ne nous aurait pas associés s'il pensait que cela poserait un problème, dit-elle. Et puis, il s'agit d'une *mission*, pas d'une partie de plaisir !

—C'est ma foi vrai. Quel secteur ?

—La frontière du nord, secteur Chagrins deux, dit Kris. Nous aurons besoin de l'équipement complet.

—Tout ça pour demain, je suppose ? Vous pourriez prévenir un peu à l'avance, tout de même ! grommela-t-il.

Mais la lueur d'amusement de ses yeux le trahit.

—Pour sûr, Levris, à partir de maintenant, nous prendrons soin de nous casser les membres *après* avoir obtenu ton accord écrit !

—En trois exemplaires ! renchérit Levris en gloussant et en sortant des formulaires qu'il fit signer à Kris et à Talia.

—Voilà, dit Kris tandis qu'ils quittaient le local. Tout ce dont nous aurons besoin sera prêt demain au petit matin.

—À condition que le Héraut Kris-la-Paresse puisse être persuadé de sortir de son lit à une heure aussi indue ! jeta Dirk.

—Maintenant que les harnais sont vérifiés et les fournitures commandées, il ne vous reste plus qu'à empaqueter vos effets personnels, continua Kris en ignorant l'interruption. Rappelez-vous que, là où nous allons, il fait froid plus tôt qu'ici, et de manière plus intense. Normalement, nous ferons halte dans les abris de voyage, près des villages.

—Vous feriez mieux de vous préparer à devoir passer plusieurs nuits dehors. Les villages sont éloignés les uns des autres, et les orages d'hiver peuvent éclater à l'improviste.

Il vaut mieux que vous emportiez les fournitures d'urgence. En cas de besoin, vous serez très contents de les trouver. Prévoyez ce qu'il faut pour la neige la plus épaisse que vous pouvez imaginer. Puis ajoutez-en !

— Oui, ô vénérable ancêtre ! dit Kris avec une grimace. Par le ciel ! Dirk, je suis allé dans ta famille avec toi assez souvent pour savoir tout ça ! Et Talia n'est pas une petite fleur fragile issue de la noblesse, c'est une fille de la frontière, elle aussi. On croirait que nous sommes des bleus sans les moindres connaissances, à la façon dont tu parles !

— Il vaut mieux que je vous rappelle ça pour rien plutôt...

— Ferme-la, Dirk ! dit Kris, énervé. On dirait que tu es mon ange gardien, pas mon partenaire ! Ou est-ce à cause de quelqu'un d'autre que tu te fais du souci ?

À leur grande surprise, Dirk rougit jusqu'aux oreilles.

— Partenaire, fit-il en hâte, je voulais juste m'assurer que vous n'auriez pas de problème, *tous les deux*. Tu me dois pas mal d'argent, avec tous les paris que tu as perdus, et je préférerais ne pas en demander le règlement à ton seigneur de père ! Voulez-vous d'autres conseils, Talia ?

— Euh... non, bégaya-t-elle. Je vais retourner à mes quartiers et faire mes bagages.

— N'oubliez pas, cria Dirk comme elle partait, ne prenez que des uniformes blancs. En mission, vous êtes de service vingt-quatre heures sur vingt-quatre ! Et pas d'habits fantaisie, ils seraient fichus en un rien de temps !

Il n'avait pas besoin de me le dire, pensa Talia, un peu exaspérée. *Je ne suis pas une petite citadine écervelée...*

Puis elle se demanda pourquoi elle prenait tellement à cœur ses opinions.

Elle emballa tous les uniformes blancs qu'elle avait et le manteau en peau, mais pas d'autres vêtements. En revanche, elle n'oublia pas son nécessaire de réparation pour le cuir et les harnais. Sa trousse de couture, un pot de colle et un morceau de savon spécial pour le cuir blanc complétèrent son viatique. Normalement, les gens des villages s'occupaient de ces travaux d'entretien, mais on ne savait jamais... Enfin, une lampe de voyage et plusieurs mèches de rechange rejoignirent dans le sac ses armes, un peu de papier à lettres et quelques livres. Son sac de couchage, des couvertures et des serviettes de toilette, une paire de pantoufles bien chaudes et un flacon d'embrocation pour Rolan furent emballés en dernier.

Elle avait tout plié aussi petit que possible, mais le paquetage était tout de même horriblement volumineux. Elle se demandait ce qu'elle pourrait bien laisser derrière elle et se désolait de l'aspect lamentable de ses sacs quand la voix de Keren la surprit.

— Tu as fait du bon travail, dit-elle depuis la porte. J'avais l'intention de venir t'aider à trier le bon grain de l'ivraie, mais je vois que ce n'est pas nécessaire.

— Tu es sérieuse ? demanda Talia en se tournant pour saluer son amie.

— Tout à fait. Lors de ma mission de probation, mon mentor m'a fait refaire trois fois les paquets. Je n'ai pas réussi à obtenir des sacs aussi petits, j'avais toujours une chose ou une autre à ajouter. Pour finir, j'en ai renvoyé ici la plus grande partie !

— Comment Rolan va-t-il transporter tout ça ?

— Il n'aura pas à le faire. Vous aurez chacun une bête de somme, une mule probablement. Personne ne te l'a dit ? Vous serez en patrouille, pas chargés du courrier. Vous n'aurez pas besoin d'aller vite.

Talia soupira de soulagement.

— Kris ne m'a rien dit. Il a dû supposer que je le savais. Je n'ai plus que mes bottes à emballer, et...

Elle se tourna vers la cheminée. La harpe de Jadus y était adossée, dans son étui. Elle la prit et l'ajouta à la pile.

— Bonne idée, dit Keren. Si vous êtes bloqués par la neige, ça vous évitera de vous entre-tuer d'ennui. Et les villageois seront sans doute heureux, les Bardes sont rares en hiver !

— Keren , fit Talia, une boule dans la gorge. Tu... tu vas me manquer. Les autres aussi.

Keren la serra un instant dans ses bras.

— Tout ira bien, tu verras. Kris est un bon garçon, même s'il sait un peu trop qu'il est beau. Tu me manqueras, petite centauresse. Surtout ne pleure pas, ou je m'y mettrai moi aussi ! Allez, viens, nous avons encore le temps d'arriver avant la fin du service. Tu dois mourir de faim à l'heure qu'il est !

Elle pensait que Keren la quitterait dès le repas terminé, mais il n'en fut rien. Elle insista pour que Talia la suive dans ses quartiers.

À sa surprise, tous ses amis l'attendaient dans la pièce, pleine à craquer. Elcarth, Sherrill, Jeri, Skif, Teren... et même Alberich. Devan, dans sa tunique verte de Guérisseur, tranchait sur tout ce blanc. Elspeth représentait les étudiants.

— Tu ne croyais pas que nous allions te laisser partir sans te dire au revoir comme il faut ? la taquina Skif. Je te connais ! Tu es capable de passer ta dernière nuit plongée dans la mélancolie, si on te laisse seule. Pas de ça !

Talia rougit, puis tira la langue à Skif.

Toute la soirée, ce dernier, l'instigateur de la petite fête, fit de son mieux pour montrer à sa « petite sœur » à quel point elle était appréciée de tous. Désireux de la remercier du don qu'elle lui avait fait la nuit d'avant, il était content qu'ils ne soient finalement jamais devenus amants ; rien ne valait la relation ouvertement affectueuse qu'ils avaient maintenant. Il était certain qu'elle pensait de même.

— Eh bien, petite alouette, que dirais-tu d'une chanson ou deux ?

Il y eut des chants, des rires, quelques histoires absurdes et hilarantes, et beaucoup d'affection. Quand elle alla se coucher, à temps pour une bonne nuit de sommeil, Talia s'endormit avec le sourire.

Tard ce soir-là, Kris répondit au coup frappé à sa porte, sûr qu'il s'agissait de Dirk. Quelle ne fut pas sa surprise de voir à sa place son oncle le seigneur Orthallen.

Kris marmonna un salut étonné, que l'homme prit pour une invitation à entrer. Une expression sinistre s'affichait sur son visage encore beau.

— Eh bien, mon oncle, dit Kris après lui avoir offert la chaise la plus confortable, qu'est-ce qui vous amène en ces lieux ? Je sais que ce n'est pas seulement pour me souhaiter bonne route.

Orthallen leva un sourcil devant la franchise de son neveu.

— On m'a dit que tu allais être le tuteur du Héraut de la reine.

— Ce n'est pas un secret.

— Connais-tu bien cette Talia ?

— Presque pas. Je l'ai vue en deux occasions et j'ai travaillé une fois avec elle. Elle a l'air d'une fille équilibrée. Son Don est un peu inhabituel, mais…

— Oui, c'est bien ce qui m'inquiète. Il semble que personne n'en sache très long là-dessus, pas même les autres Hérauts. Je ne suis pas sûr qu'une gamine inexpérimentée soit le bon choix pour le poste qu'elle occupe.

— C'était la décision de *Rolan*, souligna Kris. Il a dû la juger capable de prendre les choses en main.

— Pourtant… Les émotions sont un domaine si délicat… Des rumeurs circulent à la Cour…

— Quelles rumeurs ?

— Par exemple, qu'elle a encouragé l'héritière à une dépendance anormale. Chacun sait que la petite est vulnérable à ce type d'influence ; c'est le même genre de rapport avec sa nurse, Hulda, qui a failli pousser sa mère à la renier. Et ce n'est pas tout.

— Continuez, mon oncle, dit Kris en retenant sa colère.

— On dit que Talia a utilisé ses pouvoirs pour influencer les membres du Conseil. Tu te rends compte que cela ne serait pas compliqué : elle pourrait les manipuler de mille manières…

— C'est absurde ! Aucun Héraut n'utiliserait ses pouvoirs ainsi !

— C'est ce que je dis à tous, répondit Orthallen sans se démonter. Mais… il n'existe pas de protocole d'utilisation de son Don, car ceux qui le partagent avec elle sont des

Guérisseurs. Et puis, elle n'est peut-être pas *consciente* d'agir. Elle influence peut-être les gens sans le vouloir.

Kris eut l'impression de recevoir un seau d'eau glacée sur le dos.

—Oui…, dit-il lentement. Je suppose que ce serait possible. Improbable, mais possible.

Orthallen se leva, l'air satisfait.

—C'est ce que j'espérais que tu dirais. Je compte sur toi, mon neveu, pour faire taire une fois pour toutes ces malveillances. Étant avec elle nuit et jour pendant dix-huit mois, tu auras le temps de l'observer. À ton retour, je suis sûr que tu pourras me confirmer que ces rumeurs sont du vent.

—J'en suis certain, mon oncle, dit Kris.

Mais la graine du doute avait été semée.

Talia s'éveilla juste avant l'aube et s'habilla aussi vite qu'elle le put. Quelqu'un avait posé un plateau de petit déjeuner devant sa porte. Elle venait de terminer quand un garde tapa à sa chambre. Il venait l'aider à descendre ses paquets.

Quand ils arrivèrent à la sellerie, Rolan l'attendait, debout près d'un autre Compagnon, celui de Kris, qui s'affairait autour du cheval. Il y avait aussi deux animaux de bât assez étranges. Talia n'avait jamais vu de chirras, car ces bêtes à fourrure épaisse étaient élevées dans le Nord et amenées au Collegium à de rares occasions. En des circonstances normales, ils auraient pris des mules pour la première partie du trajet, et les auraient échangées à mi-chemin avec les chirras du Héraut qu'ils remplaçaient.

Grands comme un cheval jusqu'au garrot, ces animaux avaient des cous immenses qui mettaient leur tête au niveau de celle d'un humain en selle. Ils avaient des pattes griffues fort larges, une abondante fourrure blanche tachetée de noir et des oreilles de lapin dont la pointe retombait, leur faciès rappelant aussi vaguement celui d'un lapin.

Ils semblaient malins et paisibles. Quand Talia approcha, ils la reniflèrent avec délicatesse.

— Ils sont mignons, n'est-ce pas ? Vous savez comment ils survivent aux intempéries ? Ils ont deux couches de fourrure. La couche extérieure est très épaisse et imperméable, l'intérieure est une sorte de laine dense et fine qui sert à leur tenir chaud. Il faut les peigner tous les soirs pour éviter que leur fourrure externe s'emmêle et perde ses qualités d'imperméabilité.

— Pourquoi ont-ils de si grands pieds ?

— Pour marcher sur la neige ; ils peuvent avancer sur des couches de glace que les sabots des Compagnons traverseraient. Vous voyez ces poils entre leurs orteils ? Ils ont un peu le même rôle que les palmes des pattes de canard : augmenter la surface portante de leurs pieds quand ils les étalent sur la neige. Pour ma part, partout où ils peuvent supporter le climat, je préfère les chirras aux mules. Ils sont doux et intelligents. Ils ne se rebiffent jamais, sauf quand il y a un problème.

Le chirra le plus proche de Talia tendit le cou et fourra son museau dans la main de la jeune femme, demandant de toute évidence à être caressé.

— Quelle charge peuvent-ils porter ? demanda-t-elle en grattant les oreilles de l'animal.

Celui-ci soupira de contentement et ferma les yeux, ravi.

— Presque la moitié de leur poids ; ils sont plus costauds que les mules. Tenez, estimez la taille des paquetages que les garçons d'écurie apportent, et vous comprendrez.

Elle les regarda harnacher le chirra qu'elle était en train de caresser. Il ne trahit pas le plus petit signe d'inconfort.

— Ne vous inquiétez pas, Talia, ils sont futés ! Si le poids dépasse ce qu'ils peuvent porter, ils se couchent et attendent que nous allégions leur chargement.

Au grand soulagement de Talia, le chirra ne montra aucun indice d'accablement quand ses sacs eurent été ajoutés au reste des bagages. Kris s'occupa de répartir les autres provisions et ses propres affaires, tandis que Talia vérifiait le harnais du chirra pour s'assurer qu'il était correctement tendu et ne blessait pas l'animal.

Elle harnacha Rolan elle-même, contrôlant deux fois son travail. Elle lui demanda à mi-voix :

— Ça ne te gêne pas de voyager avec ces animaux, n'est-ce pas ?

Il ne répondit pas verbalement, mais Talia eut l'impression que pour lui les chirras, avec leur épaisse fourrure, seraient les bienvenus par les froides nuits hivernales.

Elle attacha les rênes de son animal de bât à l'arrière de la selle de Rolan et monta sur son dos. Kris grimpa sur son Compagnon un instant plus tard.

— Prête ? demanda-t-il.

— Autant que peut l'être un Héraut partant pour sa première mission, je suppose.

— Parfait. Allons-y.

Chapitre 4

Comme ils ne pouvaient traverser la cité que sur une file, Kris prit la tête. Talia et Rolan le suivirent hors des murs du palais, gris et silencieux dans le petit matin, jusqu'à la route pavée qui menait aux rues de la ville. C'était celle que la jeune femme avait suivie le jour de son arrivée, cinq ans et demi auparavant. Elle jeta un coup d'œil par-dessus son épaule pour garder une dernière image de ces lieux familiers.

La sentinelle du portail les laissa passer ; l'aube s'étant levée voilà une heure à peine, les rues n'étaient pas très fréquentées. Ils dépassèrent les résidences des nobles, faites de granit gris, comme les murs de la cité. Les bâtiments de bois des familles aisées venaient ensuite, si proches les uns des autres que leurs avant-toits se touchaient. La plupart de ces bâtisses étaient en chênefer, un matériau presque aussi dur et solide que l'acier. Leurs styles étaient divers et baroques.

Après un abrupt tournant à droite, le quartier purement résidentiel se terminait pour laisser place à des bâtiments dont l'étage inférieur était occupé par diverses échoppes : artisans, bureaux et hôtellerie ; les étages supérieurs abritaient des logements.

Ils commencèrent à rencontrer un peu de monde : des fermiers surtout, qui apportaient leurs produits au marché. Talia et Kris allaient bon train. Les rues étaient si tranquilles que le son des sabots des Compagnons et le claquement des pieds griffus des chirras étaient la principale source de bruit. Il leur fallut quand même plus de une heure pour atteindre le portail nord. Plus on s'éloignait du centre, moins les bâtisses étaient riches, mais il n'y avait pas de taudis dans l'enceinte de la cité. On en trouvait seulement à l'extérieur, adossés aux solides murs de pierre, comme dans l'espoir d'en retirer quelque protection. C'était dans un district de ce type que Skif avait grandi, près de la Route de l'Exil, qui conduisait à l'ouest. Talia n'y était jamais allée car elle avait rarement quitté la cité mère. L'unique fois où elle avait proposé une visite de ce coin, Skif était devenu livide, et il avait refusé. Elle n'avait jamais reposé la question.

Ils n'y passeraient pas cette fois non plus, car la route choisie par Kris, après qu'ils eurent traversé la rivière à l'intérieur des murs de la vieille ville, longeait les entrepôts et les chantiers navals. Les travailleurs n'étant pas encore arrivés, il n'y avait aucun signe de vie dans les environs.

Ils avancèrent en silence.

Après le portail, la route s'élargissait. Elle n'était plus pavée, mais couverte de l'étrange matière qui n'était ni de la pierre ni de l'argile.

— Kris ? demanda-t-elle. De quoi est revêtue la route ?

— Encore un des secrets perdus. Certaines des voies menant à la capitale sont traitées avec ce matériau. Toutes les routes tracées après Elspeth la Pacifiste sont simplement du gravier, compacté dans le meilleur des cas.

(Il la vit regarder autour d'elle avec une curiosité non dissimulée.) Vous n'êtes jamais sortie de la cité ?

— Pas très souvent, non, et pas dans cette direction.

— Vous n'êtes jamais retournée chez vous en vacances ? demanda-t-il, stupéfait.

— Mes parents n'ont pas particulièrement apprécié que j'aie été choisie. Bref, ils m'ont répudiée. Selon les coutumes des Hold, ils ont nié mon existence. J'ai passé toutes mes vacances ici, avec Jadus tant qu'il a vécu, puis avec Keren et Ylsa, ou avec Gaytha l'intendante et Mero le cuisinier.

— Vous avez vécu une vie assez agréable, n'est-ce pas ?

— Au Collegium, oui, sauf la première année. Mais pas dans ma famille. Vous connaissez les familles hold ?

— Pas beaucoup, admit Kris. Ils semblent si ternes, je crois avoir tout oublié de ce que j'ai appris sur eux.

— Ils viennent de l'extérieur du royaume ; Karse, pour être précis. Ils ont fui des persécutions religieuses il y a deux ou trois générations. Leur religion repose sur un dieu mâle dominateur et une déesse passive et obéissante. Ils sont très secrets, et très déterminés à préserver leur mode de vie. Les hommes ont plus qu'un mot à dire sur le cours que prendra leur vie. Les femmes ont le choix entre deux choses : servir la Déesse dans un couvent où elles font vœu de silence, ou se marier. On est censé se décider à l'âge avancé de... treize ans.

— Treize ans !

— Par le diable ! Kris, la vie est dure sur la frontière ! Vous devriez le savoir, votre partenaire en vient ! Je me rappelle qu'il y avait des pillards tous les hivers. La terre est peu féconde et dure à travailler, les Hold ne vont pas voir les Guérisseurs ; certaines maladies ou blessures bénignes entraînent la mort. Les filles sont mariées jeunes pour assurer la descendance ; la terre a besoin de tous les bras possibles.

— Vous parlez comme si vous aimiez ce genre de vie ! fit Kris, ébahi.

— Je le haïssais, corrigea-t-elle tranquillement. Oui, je haïssais chaque minute que je ne pouvais pas passer à lire ou à rêver. Être choisie par Rolan m'a sauvée du mariage avec un étranger désigné par mon père. Le mode de vie et la façon de s'isoler du monde de ces gens *me* semblent pratiquement criminels, mais la plupart de ceux que j'ai connus avaient l'air satisfaits de leur sort. Je n'ai pas le droit de m'ériger en juge.

— Parfait. Qu'en est-il des autres personnes qui sont aussi malheureuses que vous, sans Rolan pour les sauver ?

— C'est un point intéressant. Elcarth et Selenay ont agi après avoir entendu mon récit. La reine a promulgué un décret obligeant les Hold – s'ils veulent conserver leurs terres – à laisser leurs enfants fréquenter des Hérauts. Tous ceux qui sont aussi malheureux que je l'étais ont le droit de quitter terre et famille et de repartir avec les Élus. Ceux-ci font en sorte que tous les enfants concernés soient informés. Bizarrement, il y a eu peu d'objections à cette pratique de la part des patriarches des Hold. Sans doute sont-ils heureux de voir partir les éventuels fauteurs de troubles.

— J'ai du mal à imaginer que quelqu'un n'ait *pas* envie de s'en aller, dans ces conditions !

Talia secoua la tête tristement. En fait, elle était retournée une fois chez elle, l'année précédente, pour essayer d'aider sa sœur Vris. Mais celle-ci avait changé. Devenue Première Femme, elle avait sous ses ordres trois Épouses Secondaires et avait regardé Talia comme si elle était un démon. Refusant son aide, elle avait été horrifiée par sa proposition.

—Kris, c'est leur vie, pas la mienne. Tout ce qui m'importe, c'est que ceux qui sont comme moi aient la possibilité qu'ils n'avaient pas avant : s'échapper.

Kris la regarda avec curiosité.

—Au moment où je pense vous connaître, vous chamboulez tout de nouveau ! J'aurais juré que vous seriez prête à conduire une armée chez les Hold pour délivrer les femmes !

—Quand je ne connaissais pas les gens aussi bien que maintenant, peut-être..., soupira-t-elle.

Ils eurent bientôt dépassé les limites de la ville nouvelle et ne virent plus qu'une ferme de loin en loin. Rassemblées devant les étables, des vaches meuglaient pour être traites. On apercevait des paysans au travail, car le jour avançait.

—Parlez-moi de vous, demanda Kris. Quand vous serez fatiguée, ce sera mon tour. Expliquez-moi comment c'était, chez vous, avant que vous soyez choisie.

—C'est ennuyeux, prévint-elle.

—Peut-être, mais cela fait partie de vous. Étant votre conseiller, j'ai besoin de savoir.

Il fit de son mieux pour garder ses opinions par-devers lui, mais Talia vit qu'il prenait l'air surpris ou franchement horrifié en l'écoutant. Elle se sentait maintenant très détachée des Hold et de leur mode de vie.

À midi, elle s'arrêta, sortit sa gourde et but une longue gorgée.

— Je crois que j'ai assez parlé.

— De plus, c'est l'heure du repas. Êtes-vous fatiguée ?

— J'aimerais bien me reposer un peu, avoua-t-elle. Il y a bien longtemps que je n'ai pas chevauché autant d'une traite.

— Je suis heureux que vous ayez dit ça, sourit Kris. Je n'aime pas tellement manger en selle, sauf quand il n'y a pas le choix. Dès que j'aurai repéré un endroit convenable, nous abreuverons les chirras et nos Compagnons et nous ferons une petite pause.

Ils trouvèrent un abri de voyage à moins d'une demi-heure de route. Ils tirèrent de l'eau au puits à tour de rôle, firent boire les membres à quatre pattes de l'expédition, puis attachèrent les chirras là où ils pourraient paître pendant qu'ils mangeraient leur repas du soir.

Kris n'avait pas l'air de vouloir repartir. Il resta allongé sur l'herbe tendre, jetant de temps en temps un coup d'œil à Talia.

Kris faisait de son mieux pour ne pas le montrer, mais il était inquiet. La mise en garde de son oncle revenait sans cesse le hanter. Ce que Talia elle-même lui avait raconté prouvait qu'elle n'était pas la gamine inexpérimentée et un peu simplette qu'il avait cru, loin de là ! La jeune femme avait rempli sa fonction de Héraut de la reine bien avant d'avoir obtenu ses vêtements blancs. Il était facile de l'oublier quand on la regardait. Ne pensant pas que cette apparence dissimule quelque duplicité, Kris se demandait quand même ce qu'elle cachait *réellement*.

— Il faut que je vous pose une question, dit-il enfin. Je vous en prie, ne le prenez pas en mauvaise part.

Des rumeurs déplaisantes circulent sur votre compte. Avez-vous utilisé votre Don... pour influencer Elspeth ?

—*Jamais !* Comment pouvez-vous imaginer une chose pareille ? s'indigna Talia, pâle de colère. La simple idée... me donne la chair de poule. Oh ! je savais bien qu'on disait des choses bizarres sur mon compte, mais je n'aurais pas cru... C'est... c'est dégoûtant ! Elspeth est-elle au courant ?

—Pas que je sache.

Elle se leva d'un bond.

—Je dois retourner au palais. Je ne peux pas la laisser affronter cela toute seule.

—Non, vous ne *devez* pas y retourner, justement, dit Kris en la rattrapant. Si vous le faisiez, vous confirmeriez les soupçons des courtisans. De plus, vous avez reçu des ordres de mission. Vous n'avez pas le choix.

Elle enfouit son visage dans ses mains.

—D'accord, fit-elle au bout d'un moment. Vous avez raison. Que raconte-t-on encore sur mon compte ?

—Que vous utilisez votre Don pour influencer les Conseillers. La version la moins malveillante de ces commérages prétend que vous ne le faites pas consciemment.

—Grands dieux, comment répondre à une telle accusation ?

Kris n'en savait rien non plus.

—On dit aussi que vous utilisez vos pouvoirs pour lire les émotions des gens, puis que vous les manipulez en vous servant de ces connaissances.

—C'est très proche de la réalité, admit Talia.

—Les gens ont peur. Votre Don est normalement celui d'un Guérisseur. Ceux qui lisent les esprits ont un code d'éthique qu'ils respectent, mais vous ? Lequel êtes-vous censée respecter ?

— Pour ce que j'en sais, aucun. Autre chose ?

— On chuchote que vous êtes trop jeune pour votre position et le pouvoir qui va avec.

— Comme si j'avais eu le choix !

Elle resta longtemps silencieuse après cela.

Kris supporta son mutisme un certain temps, puis décida de crever l'abcès.

— Comment fonctionne exactement votre Don ? demanda-t-il.

— Je sens les émotions de la même façon que ceux qui communiquent à distance entendent les mots, dit-elle après un long silence. Si les émotions sont fortement liées à quelque chose, je vois ce quelque chose en esprit. Si elles sont négatives, ou perturbées, je peux parfois les « réparer », comme un Guérisseur le ferait d'une blessure.

— C'est intéressant. C'est ainsi que vous m'avez conduit à l'endroit où Ylsa a été tuée. La plupart des Hérauts sont des télépathes pouvant communiquer mentalement, comme vous le savez, et les autres des précognitifs. Seuls quelques-uns d'entre nous ont des Dons particuliers, comme le vôtre où celui de Dirk. Ou de Griffon. Brrrr ! Je ne voudrais pas de ce pouvoir-là.

Il se souvint de la démonstration faite par Dirk et Griffon, les deux Boutefeu. Un Don qui risquait si facilement d'échapper au contrôle de son propriétaire…

— De plus, reprit-il, il ne sert à rien, sinon d'arme. Vous savez que les Dons ont tendance à apparaître quand on a besoin deux… J'espère que celui de Griffon ne signifie rien d'aussi sinistre. Souvenez-vous du dernier Boutefeu, Lavan la Tornade de Feu… Désolé. Je me suis laissé emporter par le sujet, l'analyse des Dons est une passion chez moi.

—Oh ? Le mien est-il déjà apparu chez les Hérauts ?

—Pas que je sache. Mais je n'ai pas encore étudié tous les Dons possibles. Peut-être le vôtre est-il propre au Héraut de la reine, et les autres l'avaient-ils aussi, mais moins prononcé que chez vous. Cela dit, il doit se révéler très utile quand il s'agit de préserver l'intégrité mentale du souverain.

Il tenta de lui communiquer l'idée qu'il la croyait, qu'il était sûr que les rumeurs n'étaient pas fondées.

—Je comprends.

Elle resta silencieuse un long moment, puis reprit :

—Ainsi, vous visualisez des objets et Dirk les déplace mentalement.

—Oui. C'est pour cela que nous travaillons ensemble. En termes crus, nous sommes des voleurs à la solde de Selenay. Si j'ai une idée de l'emplacement d'une chose, je peux la retrouver à des kilomètres de distance. Plus, si j'ai un « guide », comme dans votre cas. Quand j'ai trouvé l'endroit, Dirk lit l'emplacement dans mon esprit et ramène la chose là où nous sommes. C'est ainsi qu'il a récupéré les flèches d'Ylsa.

—Cela n'a pas l'air aussi facile que vous le décrivez…

—C'est peu dire ! Parfois, il serait plus facile d'aller physiquement où se trouve la cible et de la ramener sur son dos ! Plus l'objet est lourd, plus il est dur à mouvoir. Je m'étonne qu'il soit resté assez d'énergie à mon partenaire pour vous porter dans votre chambre quand tout a été terminé.

— Ah, voilà un mystère résolu. Il y a deux ans que je me demande comment j'étais revenue chez moi !

— On aurait dit une mère poule ! Il ne m'a pas laissé intervenir. Avec toutes ces filles dans sa famille, il prétendait savoir s'y prendre mieux que moi.

— Peut-il faire aussi bien avec d'autres que vous ?

— Nous ne savons pas. Il n'a jamais essayé. Mais je pense qu'il le pourrait...

— Depuis combien de temps travaillez-vous ensemble ?

— Depuis que nous avons obtenu nos uniformes blancs. Nous sommes partis en mission avec Gerick comme conseiller. Celui-ci avait oublié une bague dans un des abris de voyage. Plutôt que d'y retourner, Dirk a proposé de la *ramener*. Je l'ai cherchée, pour découvrir qu'elle avait roulé sous le lit pendant que nous faisions les paquets. J'ai indiqué l'endroit à Dirk. C'est là que nous avons constaté que je lui donnais une image de lieu, la plus claire qu'il ait jamais eue. Il a ramené la bague. Nous n'avons plus cessé de faire équipe depuis.

— Vous avez pourtant l'air si dissemblables...

Kris éclata de rire.

— Vous seriez étonnée de voir à quel point nous nous ressemblons ! Derrière son masque de bouffon, Dirk est quelqu'un de très sérieux. Nous avons les mêmes goûts en musique, en lecture, en nourriture...

— En femmes ? taquina-t-elle.

— Ma foi... oui, reconnut-il avec un sourire un peu forcé. Et c'est injuste... Pauvre Dirk ! Même s'il a rencontré la belle le premier, dès qu'elle me voit, elle commence à se comporter très « fraternellement » avec lui. Il prend ça bien, mais je serais fichtrement irrité, à sa place !

— Il sait que vous ne le faites pas exprès. Vous avez un visage d'ange, et pas lui... Il n'y a rien à en dire.

— C'est quand même injuste. Il pourrait y avoir au moins *une* femme qui estime que Dirk vaut *dix* types comme moi !

— Je crois bien qu'il y en aura une un jour. D'où est-il ?

Le ton de Talia était un peu trop détaché ; Kris dressa l'oreille. Il avait un vague soupçon, rien de très précis, mais il allait désormais prêter attention aux indices...

— De Chagrins Un, le secteur voisin de celui où nous nous rendons. Il a une grande famille et il m'emmène avec lui de temps en temps. Il y a des bébés et des chats partout, on dirait une maison de fous ! De fous merveilleux, car on ne s'y ennuie jamais !

— Et vous ?

— Mon père est le seigneur Peregrine. Je suis le second fils et mon frère aîné a dix ans de plus que moi. Mes parents s'occupent beaucoup des affaires de l'État. Donc j'ai surtout été élevé par mes précepteurs.

— Je connais votre père, je crois. C'est un des assistants principaux du sénéchal. Et votre mère ?

— Elle organise l'approvisionnement des abris de voyage. Je crois qu'elle aurait aimé devenir un Héraut, mais elle n'a pas été choisie. C'est sa façon à elle de s'en approcher... Comme il n'y avait pas beaucoup d'enfants de mon âge au domaine, je passais le plus clair de mon temps à lire.

— Comme moi ! Mais vous, au moins, vous n'aviez pas besoin de vous cacher.

— Détrompez-vous ! Mes précepteurs pensaient que *chacun* de mes instants devait être consacré à l'étude. Je m'étais fabriqué une cachette en haut du plus vieil arbre du jardin. J'y allais lire chaque fois que j'en avais l'occasion.

» Quand j'ai eu douze ans, mes parents m'ont présenté à la Cour. J'avais espéré devenir un Héraut, mais quand j'ai vu qu'aucun Compagnon ne m'attendait aux portes du palais, j'ai cru que mon rêve ne se réaliserait jamais. Puis il y eut un visiteur inattendu au festival de l'Équinoxe…

» Je savais ce que signifiait l'arrivée d'un Compagnon et je regardais alentour pour voir qui était l'heureux Élu. Comment vous décrire ma joie quand j'ai compris qu'il était venu pour *moi* ?

— C'est quelque chose d'extraordinaire, n'est-ce pas ? Un événement dont la magie ne vous quitte jamais vraiment.

— Oui. Je savais que je ne connaîtrais plus jamais la solitude. Mes parents ont été très flattés. Je m'entends mieux avec eux maintenant que je suis adulte. Je crois qu'ils n'étaient pas vraiment faits pour élever des enfants. Dirk ne sait pas à quel point j'envie sa famille…

— Croyez-vous ? Pourquoi vous y amènerait-il tout le temps ?

— Je n'y avais jamais pensé…

Il resta silencieux un moment, puis reprit :

— Talia, votre famille vous manque ?

— Pas vraiment, non ! J'ai toujours été une étrangère, le vilain petit canard… Un de mes frères au joli visage et à l'âme hideuse m'appelait « Héraut Talia » pour me faire pleurer. J'aurais voulu voir sa tête quand j'ai été choisie !

— Vous pensez parfois à y retourner ?

— J'en rêvais quand j'étais enfant, je veux dire, de revenir après être devenue un Héraut. J'arrivais, de blanc vêtue, et tous étaient désolés d'avoir été si méchants avec moi.

— Et maintenant ?

— J'y suis retournée pour essayer de « sauver » une de mes sœurs, mais j'ai eu du mal à la reconnaître. Alors j'ai rebroussé chemin. Je ne tiens pas à les revoir. Ils méprisent les Hérauts, car ils sont immoraux. De toute façon, je crois que Mero a un dicton pour ça, dans son fameux livre. Vous savez, sur la façon dont les gens que l'on connaît réagissent quand on devient célèbre ?

— « Nul n'est prophète en son pays. »

— Oui. Et c'est bien vrai ! La seule chose qui compte, c'est que mon exemple montre aux autres gosses mécontents qu'il y a une issue.

Ils se turent un moment et les pensées de Talia revinrent aux rumeurs. Elles étaient hideuses, monstrueuses…

Pouvaient-elles être vraies ?

Était-elle capable, en toute conscience, de les réfuter ?

Elspeth, par exemple. Dès que l'enfant avait recommencé à se comporter normalement, elle l'avait encouragée dans la voie de l'indépendance, la poussant à prendre ses propres décisions et à assumer la responsabilité des résultats.

Mais pour le reste… Si elle projetait des émotions, qui pouvait s'en apercevoir ? Normalement, elle remarquait l'effort que cela lui coûtait. Mais, en cas de stress, noterait-elle la dépense d'énergie ?

— Nous allons faire notre première halte ici, dit soudain Kris. Si près de la capitale, il est peu probable que les habitants aient grand besoin de nous. Pourtant, il est d'usage de les remercier de leur hospitalité. Chanterez-vous si je joue de la harpe ?

— Bien sûr, il est normal que je partage le travail avec vous. Avez-vous vu que j'avais emporté la harpe de Jadus ?

— C'est vrai ? Vous me laisserez en jouer ?

— Ne vous l'ai-je pas déjà prêtée l'autre nuit ? Mais vous devrez l'accorder, j'ai détendu les cordes pour qu'elles ne cassent pas si le temps change brusquement. (Elle sourit.) Jadus m'a enseigné les bonnes règles à suivre pour prendre soin des instruments de musique, je peux vous l'assurer !

— Je sais, c'est lui qui m'a appris à jouer.

— Vraiment ? Je me demande pourquoi il ne vous a pas légué sa harpe.

— C'est facile. Je n'ai pas pris le temps de lui tenir compagnie comme vous l'avez fait, dit-il, un peu honteux. Il a donné sa harpe à qui il avait offert son cœur : une petite fille solitaire lui ayant aussi confié le sien.

Le village fut en vue avant que Talia puisse penser à un commentaire. Des enfants les entourèrent et leur posèrent mille questions, d'autres coururent prévenir leurs aînés de l'arrivée des deux Hérauts.

Nombre de gens se pressaient autour d'eux bien avant qu'ils aient atteint l'auberge, sur la place du village. Les toits étaient couverts de tuiles et non de chaume. D'après ce qu'avait lu Talia, c'était beaucoup plus fréquent dès qu'on remontait vers le nord. Une lumière dorée luisait aux fenêtres.

Le village était assez proche de la capitale ; les Hérauts s'y arrêtaient souvent. Ceux qui se rendaient dans leur secteur d'intervention étaient logés dans les auberges plutôt que dans les abris de voyage. L'aubergiste obtenait une ristourne sur ses taxes pour chaque Héraut hébergé dans l'année. Un établissement situé sur une route passante pouvait récupérer ainsi la totalité de ses impôts si un nombre suffisant de Hérauts s'y arrêtaient. Cela contribuait à assurer un accueil chaleureux aux Élus en transit.

Talia mit de côté ses doutes et endossa sa personnalité de « parade ». Elle ne devait pas montrer à ces gens qu'elle était perturbée.

L'aubergiste les accueillit et les escorta jusqu'aux écuries. Des palefreniers s'occupèrent des chirras, mais les Hérauts se chargeaient toujours eux-mêmes des Compagnons. Kris rit tout bas une ou deux fois, apparemment à quelque chose que Tantris lui « disait ». Talia se sentit un peu jalouse de leur capacité à communiquer avec des mots.

Talia et Kris se virent attribuer deux petites pièces au second étage. Leurs chambres, scrupuleusement propres, étaient contiguës et meublées d'une table et d'un lit étroit qui semblait confortable.

On leur laissa l'usage exclusif de la salle de bains.

Dès qu'ils eurent rejoint le groupe qui dînait dans la salle commune, les questions fusèrent. La pièce aux murs lambrissés débordait de monde, des chandelles de suif fixées sur des supports muraux fournissant une lumière à peine suffisante. L'air embaumait le pain, la viande rôtie et la fumée. Le mobilier et le plancher de bois brut étaient bien entretenus et propres. Les Hérauts prirent place près du feu ; les autres clients se rassemblèrent autour d'eux.

Kris tenta de faire face à un feu nourri de questions. Bientôt, il fut évident qu'il ne pourrait pas avaler une bouchée s'il continuait ainsi. Alors Talia le relaya. Les gens étaient assez bien informés, mais ils voulaient des détails. Leurs questions tournaient pour la plupart autour de l'héritière, un sujet que Talia connaissait bien. Quand elle eut satisfait la curiosité générale, Kris et elle purent terminer leur repas en paix.

Talia avait apporté la harpe de Jadus ; pendant que Kris l'accordait, elle répondit aux questions des enfants. Ils semblaient comprendre que ce Héraut ne les ignorerait pas ou ne leur donnerait pas de réponse à la légère.

Certaines questions lui fournirent matière à réflexion.

— Pour quelle raison les Hérauts changent-ils toujours de place ? Nous avons toujours eu le même prêtre, alors pourquoi ne gardons-nous pas le même Héraut ?

— Nous ne sommes pas assez nombreux pour que chaque village, ou même chaque groupe de villages, ait un Héraut attitré.

Un garçon un peu plus âgé ajouta :

— De plus, si vous restiez toujours au même endroit, vous risqueriez de trop vous impliquer avec les gens, et de ne plus pouvoir juger en toute impartialité.

Un peu étonnée par la pertinence de l'observation, Talia lança une sonde mentale vers Rolan. Elle retira de leur contact l'impression que le Compagnon avait lui aussi remarqué le gamin, et que celui-ci recevrait certainement un visiteur à quatre pattes dans une année ou deux.

Elle répondit encore plus soigneusement aux questions du garçon, et l'observa ensuite. Il semblait être le mentor et le protecteur de nombre d'enfants plus jeunes. Il ne craignait pas de jouer et de plaisanter, nota-t-elle avec soulagement, mais ses blagues n'étaient jamais méchantes.

Dès que la harpe fut accordée, Talia, sachant que cela lui ferait plaisir, laissa Kris occuper le devant de la scène. Quand les villageois applaudirent à tout rompre les premiers morceaux, elle ajouta sa voix à celle de la harpe.

Les clients de l'auberge décidèrent enfin qu'ils avaient suffisamment fatigué les Hérauts, et ils leur ordonnèrent en plaisantant d'aller se mettre au lit. Talia n'en fut pas mécontente ; elle ressentait les effets d'une longue journée de route. L'idée d'un oreiller et d'un matelas douillets la fit soupirer d'aise.

Quand ils montèrent en selle, le matin suivant, au lever du soleil, Talia fit une petite grimace.

— Endolorie ? demanda Kris avec un petit sourire.

Elle gémit.

— Je serai moulue à la fin de ce voyage. Bon sang, je n'avais pas remarqué que j'étais si peu en forme ! Qui sait si je pourrai un jour serrer de nouveau les jambes...

— D'aucuns ne se plaindraient pas que vous les gardiez écartées, dit-il, taquin.

Il se pencha vivement pour éviter le trognon de pomme qu'elle lui lança.

— Pour me venger, je ne vais peut-être pas vous donner *ceci*...

Il lui montra une petite bourse qui tintait agréablement.

— Qu'est-ce donc ?

— Quand j'ai récupéré l'argent qui nous est alloué pour la mission, j'ai pensé que vous aviez peut-être oublié votre dû. C'était le cas, et je l'ai donc retiré pour vous. Vous êtes un Héraut confirmé, et vous avez droit à un traitement.

— Par le ciel ! fit Talia, j'avais effectivement oublié !

— Ne vous en faites pas. Après cinq ans sans un sou en poche, la plupart d'entre nous font de même. Mais cela peut être très utile, particulièrement si vous rencontrez une foire en chemin, et que vous voyez quelque chose dont vous savez qu'un ami va sûrement l'adorer. Ou dont vous pensez ne plus pouvoir vous passer.

— C'est pain bénit que vous soyez mon conseiller, admit-elle. Sans vous, j'aurais probablement oublié ma tête au Collegium !

Kris eut un petit rire. Ils franchirent les portes de l'auberge et prirent la route du nord.

Plus ils allaient vers le nord, plus le paysage changeait. Les terres incultes remplacèrent les fermes. De même, le revêtement de la route passa de l'étrange matériau gris à une bande rocailleuse serpentant entre les arbres. Le climat refroidissait régulièrement. Bientôt la pluie fit partie du paysage journalier ; ils avancèrent sous une bruine pénétrante qui les trempait jusqu'à l'os. Même les chirras protestaient de devoir voyager par ce temps.

L'humeur de Talia faisait concurrence au climat. Elle ressassait les mêmes questions à longueur de journée. Faisait-elle vraiment mauvais usage de son Don ? Comment le dire ? Qui pouvait définir le code éthique de la perception de sentiment ?

À la fin du jour, quand arrivaient enfin les lumières du prochain village, les voix joyeuses retentissant dans l'auberge étaient un vrai don de la providence !

Mais Talia ne pouvait s'empêcher de scruter les visages des clients et de se demander si elle influençait leurs émotions sans le vouloir.

Les seuls moments où elle ne s'interrogeait pas sur elle-même étaient ceux qu'elle passait avec Kris à mémoriser le Code des Flèches, ou ceux, peu nombreux, où il parvenait à l'intéresser à quelque conversation.

Bientôt, les villages se firent si rares qu'ils n'eurent plus le choix ; chaque nuit, un seul d'entre eux était susceptible de les abriter. La pluie finit par cesser, même si le temps restait couvert. Les travailleurs des champs les hélaient, puis leur offraient une bolée de cidre doux en échange des dernières nouvelles de la capitale. Ce simple fait démontrait amplement qu'ils étaient arrivés près des limites du royaume, car il était difficile, à cette époque de l'année, de distraire un fermier de ses récoltes !

Talia n'était pas fâchée qu'ils rencontrent si peu de gens, car ses interrogations personnelles commençaient à affecter ses boucliers. Elle sentait même les émotions de Kris, pourtant habitué à les bloquer. Avec le commun des mortels, c'était bien pire.

Bien entendu, qu'elle soit capable de sentir que Kris avait toujours des doutes à son sujet n'arrangeait rien.

Kris n'avait pas réussi à oublier les soupçons que son oncle avait semés en lui. Le Héraut aurait aimé en parler de nouveau avec Talia, mais il ne savait pas comment aborder le sujet, d'autant qu'elle était irritable et nerveuse dès qu'ils étaient en présence de plusieurs personnes.

Les questions sans réponse continuaient à hanter Kris.

Mésusait-elle *vraiment* de son don ? sans se rendre compte de ce qu'elle faisait ? Pis encore, s'en servait-elle pour le manipuler, lui ?

Pourtant, ils étaient très semblables à de nombreux points de vue. Kris commençait à la considérer comme bien plus qu'une simple camarade. Et il était horrible de devoir soupçonner une amie.

— Vous savez, lui dit-il un jour, vous êtes la petite sœur que je n'ai jamais eue.

Sans réfléchir, elle répondit :

— Et vous êtes le grand frère que j'aurais aimé avoir... que j'aurais eu si Andrean n'avait pas été tué lors d'un raid. Vris et lui étaient les seuls à être gentils avec moi. Si vous aviez été mon frère, à la place de Justus et de Keltev, les choses auraient peut-être été différentes pour moi.

— Mais pas forcément meilleures. Seriez-vous partie si la vie avait été plus facile ?

— Probablement pas, vous avez raison. Et je serais mariée et mère de six enfants, à l'heure qu'il est ! Je peux affirmer que je préfère ma vie actuelle ! D'ailleurs, n'est-ce pas aujourd'hui que nous arrivons dans notre secteur ?

Il fouilla dans une de ses sacoches et en sortit la carte qu'on leur avait donnée. Après l'avoir consultée, il parcourut le paysage du regard, cherchant un point de repère. Il en trouva un : trois collines au sommet plat, visibles au loin, à l'ouest de la route qu'ils suivaient.

— Oui, nous traverserons la frontière avant la tombée de la nuit. Nous dormirons ce soir dans un abri de voyage, pas dans une auberge.

— Parce que, dit-elle, sauf cas de force majeure, les Hérauts ne dorment pas dans les auberges du secteur dont ils sont responsables. Cela leur permet de garder leurs distances et d'être impartiaux envers les gens dont ils ont la charge. Oui, je me souviens de ce qu'on nous a enseigné.

— Effectivement ! dit Kris en riant.

— C'est aussi pour cela que nous achetons les fournitures qui viennent à nous manquer, ou que nous les prenons à l'abri de réapprovisionnement le plus proche, dans les cas où elles ne se trouvent pas dans l'abri normal.

— Vingt sur vingt.

Il jeta un coup d'œil autour de lui. Les arbres étaient presque dépouillés de leurs feuilles, qui gisaient sur le sol.

— Je suis désolé que votre mission de probation commence dans des conditions aussi difficiles, reprit-il. Il va bientôt neiger... Il est rare que les nouveaux Hérauts soient confrontés immédiatement aux aspects les plus durs de leur tâche.

— Je suis aussi de la frontière, ne l'oubliez pas. Cela ressemble à la vie que j'ai menée jusqu'à treize ans. Je m'en tirerai, ne vous mettez pas martel en tête...

— Je sais, dit-il, que vous ferez de votre mieux. C'est ce que l'on peut demander de plus à quelqu'un. J'ai confiance en vous.

Du moins, je crois, ajouta-t-il *in petto.*

Chapitre 5

Les arbres, leur feuillage disparu, tendaient leurs branches squelettiques vers le ciel plombé. La route que suivaient les deux Hérauts traversait la forêt. Jonchant le chemin, les feuilles mortes formaient un épais tapis humide qui étouffait le bruit des sabots des Compagnons.

Talia et Kris atteignirent l'abri de voyage bien après le coucher du soleil. Un vent froid se leva quand les derniers rayons eurent disparu. Kris marchait en tête, mais c'était Tantris, son Compagnon, qui repérait leur chemin grâce à sa vision nocturne, supérieure à celle d'un humain. Talia se demandait si elle n'allait pas déballer son manteau le plus épais ; elle était contente que les abris, même les plus petits, aient une cheminée, car le vent, très mordant, sentait la neige.

Ils arrivèrent bientôt à l'abri, qui n'était pas petit. Avec un peu de chance, ses installations ne seraient pas trop primitives…

La première chose que faisait un Héraut dans un abri était d'allumer la mèche enduite de cire d'un petit paquet fibreux puis de la jeter à l'intérieur en refermant la porte aussitôt.

Quand on rouvrait, quelques minutes plus tard, l'intérieur était plein d'une fumée odorante et grasse qui se dissipait rapidement avec l'appel d'air créé. Tout insecte ou autre vermine s'étant trouvé dans l'abri était mort ou avait pris la fuite.

Pendant que Kris installait les Compagnons et les chirras dans le petit local jouxtant l'abri, Talia amena les bagages à l'intérieur. Elle alluma une chandelle à mèche de jonc sortie de ses fontes. Dieu merci, l'endroit semblait bien entretenu et correctement approvisionné. Elle posa les sacs de couchage sur les deux paillasses, puis entreprit d'allumer un feu. Quand celui-ci eut pris, elle éteignit la chandelle, soucieuse de l'économiser, car ils n'en avaient pas beaucoup dans leurs bagages.

Kris semblait prendre son temps avec les Compagnons et les chirras, pensa Talia. Elle avait chauffé de l'eau pour qu'ils puissent se nettoyer. Quand il arriva enfin, elle avait eu le temps de préparer le repas, de se laver et de passer ses vêtements de nuit.

Elle était sur le point de critiquer sa lenteur quand elle comprit qu'il avait volontairement tardé.

—Kris, vous n'avez pas besoin de vous comporter aussi chevaleresquement avec moi, vous savez ! Jusqu'à treize ans, tous les enfants des Hold dorment dans une pièce commune, et j'ai déjà partagé des abris et des tentes avec mes camarades de classe. Je n'ai rien que vous n'ayez déjà vu !

—C'est que… je n'ai pas l'habitude d'avoir une femme pour partenaire.

— Dans ce cas, ne pensez pas à moi comme à une femme, lui lança-t-elle en se glissant dans son sac de couchage.

— C'est facile à dire, grommela-t-il.

— Eh bien, faites comme si j'étais Keren, et que je ne m'intéressais pas aux hommes. Sinon, je risque un de ces soirs de trouver une statue de glace sur le pas de la porte, et ce sera vous !

Il rit et reconnut qu'elle avait raison.

Le cœur de Talia battit plus fort quand ils approchèrent du premier village de leur secteur.

Impossible de deviner l'accueil qui les attendait, ni les problèmes qui surgiraient. Dans ces hameaux, dont le prêtre se partageait souvent entre plusieurs villages, les seuls représentants des lois du royaume étaient les Hérauts.

Les boucliers de Talia étaient très faibles, comme elle s'en était déjà aperçue. Elle ignorait pourquoi, car elle avait toujours su les lever de manière instinctive. Cette perte de contrôle l'effrayait ; elle n'osait pas en parler à Kris, craignant que la confidence renforce les doutes du jeune homme à son sujet.

La population semblait s'être rassemblée pour les accueillir. Talia comprit que ces gens avaient dû poster des sentinelles pour surveiller l'avance des Hérauts. L'atmosphère était tendue, mais Talia n'en comprit pas la raison. Le village était petit, formé de maisons de bois ou de pierre grise à un seul étage, regroupées autour d'une place centrale. L'auberge, minuscule, n'avait de toute évidence pas de chambres à louer. Ceux qui restaient pour la nuit dormaient sans doute dans la salle commune, une fois l'établissement fermé. Il n'y avait signe ni de dommages aux bâtiments ni de désordre. Ce qui inquiétait ces paysans ne concernait pas leur vie quotidienne. De plus, tous étaient vêtus de couleurs vives, comme pour une fête. Pourquoi, alors, le sentiment d'appréhension qu'elle pouvait presque *toucher* ?

— Les Grâces soient rendues à la Déesse, vous êtes enfin arrivés !

Une femme rondelette poussa un jeune couple devant elle, jusqu'à ce que les deux visages soient à moins de trente centimètres des étriers de Kris. Les tourtereaux étaient vêtus de leurs plus beaux atours, la jeune fille étant visiblement enceinte. L'air effrayé, ils n'osaient pas lever les yeux.

— Le prêtre est tombé malade et ne peut pas faire sa tournée depuis huit semaines, continua la femme. Il n'y a personne pour marier ces deux petits !

— Ont-ils été liés depuis au moins un an et un jour ? demanda Talia.

Elle n'ignorait pas que cette coutume servait à s'assurer que le futur couple serait fertile, avant qu'une union définitive soit prononcée.

— Par le ciel, oui ! Le prêtre a célébré la cérémonie pendant le festival d'Hiver ! s'exclama la femme.

Talia comprit où était le problème, alors que Kris avait toujours l'air aussi intrigué.

— Ils ont peur que nous désapprouvions, souffla-t-elle à son mentor, car ils ont remis la cérémonie définitive à plus tard à cause des récoltes. Normalement, ils auraient dû les marier dès qu'ils ont su que la jeune fille était enceinte. Bien entendu, ils n'avaient pas prévu que le prêtre allait tomber malade. Les pauvres petits ! Ils ont peur que nous ne leur causions des difficultés, comme nous serions en droit de le faire, si nous suivions la loi au pied de la lettre.

— Ce que nous ne ferons pas, chuchota-t-il en retour.

Puis il dit, à voix haute :

— Puisque tout le monde est d'accord, qu'attendons-nous pour célébrer la cérémonie ?

Il y eut un soupir de soulagement général. Des tréteaux et des tables apparurent sur la place, et bientôt la fête des épousailles battit son plein. Les jeunes gens furent unis par Kris. Ils signèrent leurs vœux de mariage en présence du Héraut du secteur, officiant à la place du prêtre.

Soulagé que son premier-né ne soit pas condamné à être un enfant illégitime, le jeune couple retourna à la fête, sa timidité presque envolée.

Le reste de la journée se passa dans le calme pour Talia et Kris, car s'attaquer à du travail administratif était hors de question.

La présence de tant d'esprits mettait Talia à rude épreuve, mais elle parvint à éviter de le montrer à Kris.

Elle resta à l'écart, répondant gentiment quand on lui parlait, mais laissant son tuteur polariser l'attention.

Elle était de plus en plus inquiète ; jamais ses boucliers n'avaient été aussi fragiles depuis qu'elle avait appris à utiliser pleinement son Don. Il suffirait d'un rien pour les anéantir ; pour les reconstruire, la dépense d'énergie serait effrayante.

Si elle avait pu n'être jamais au courant de ces rumeurs écœurantes…

Cette pensée la ramena à ses doutes et à ses craintes; la charge émotionnelle devint presque insupportable. Alors elle eut recours à un expédient éprouvé: boire suffisamment de vin pour émousser l'acuité de ses perceptions. Elle resta pourtant assez sobre pour marcher droit sur le chemin qui les ramenait à l'abri de voyage. Dommage: cela signifiait qu'elle était encore assez lucide pour penser.

Ils revinrent le lendemain, prêts à se mettre au travail. Les villageois n'avaient pas entre eux de querelle qui nécessite l'intervention des Hérauts, mais ils avaient hâte de connaître les dernières nouvelles. La salle commune de l'auberge, petite et sombre, était la seule des environs; ils y tinrent leurs sessions. Le conteur du village, qui était aussi le scribe, buvait leurs paroles. Il prenait quantité de notes, car il devrait répéter tout cela aux absents et à ceux qui, vivant en dehors du hameau, s'y rendaient rarement.

La matinée se passa à commenter les décisions de la reine et du Conseil, et les lois qui avaient été promulguées. L'après-midi, ils résumèrent les nouvelles de la Cour et les événements importants survenus dans le royaume. Tout cela les amena jusqu'à la tombée de la nuit. Ils retournèrent ensuite à l'abri.

Cette journée fut plus facile pour Talia, car l'ambiance était beaucoup moins tendue que la veille. Et le conteur-scribe était trop occupé à consigner leur récit pour laisser ses sentiments le perturber.

Quand ils furent retournés dans l'abri, Talia se fit une tasse de thé de Shamile, un soporifique puissant, car, selon elle, la fatigue était peut-être une cause de ses problèmes.

Elle dormit d'un sommeil agité et peuplé de rêves déplaisants et s'éveilla encore plus fatiguée qu'au coucher.

Le troisième jour fut consacré à examiner les rapports du chef du village et du scribe et à noter les messages à transmettre aux hameaux suivants. Kris garderait les différents rapports jusqu'à ce qu'ils atteignent un abri d'approvisionnement, d'où il pourrait les envoyer vers la capitale, assortis de ses observations et d'une estimation de leur degré de précision.

Ce travail était dévolu à Kris. Talia resta à l'écart, espérant se faire remarquer aussi peu que possible. Il lui semblait, en effet, que le stress était moindre si elle n'entrait pas en contact direct avec les gens.

Pourtant, arrivés à l'abri, Kris lui demanda ce qu'elle pensait de la fiabilité du chef du village, puis des rapports et du scribe qui les leur avait remis.

— Tous m'ont semblé honnêtes, lui dit-elle, espérant qu'il ne se rendrait pas compte qu'elle avait perçu beaucoup de choses, à son corps défendant. Je n'ai pas eu l'impression qu'ils essayaient de nous tromper ou de nous cacher des informations. Pour autant que je puisse en juger, les erreurs dans les rapports étaient commises de bonne foi ; ils ont été prompts à les corriger, quand vous les leur avez fait remarquer.

— Parfait, dit Kris, cela corrobore mon opinion. Tant mieux : je déteste devoir obliger les gens à rendre des comptes, même s'il est évident qu'ils me mentent.

Il nota leurs observations sur la première page du rapport et les scella dans une enveloppe.

Au grand soulagement de Talia, il n'avait pas remarqué sa nervosité.

— Je ne savais pas que nous emportions aussi les relevés d'impôts, dit-elle.

Elle espérait que discuter des détails de leur mission la distrairait.

— Toujours, dans les secteurs frontaliers, et presque jamais dans les secteurs centraux. Nous établirons un double indiquant ce qu'ils sont censés donner aux collecteurs d'impôts au printemps suivant. Ainsi, si quelque désastre détruit leurs archives, il reste une trace dans nos livres. Et en cas de catastrophe, la reine peut déterminer l'aide à leur apporter, en se basant sur les impôts qu'ils auraient normalement payés.

Ce soir-là, elle ne fit pas la même erreur et ne prit pas de soporifique. Elle resta éveillée longtemps dans le noir, à écouter la respiration de Kris. En esprit, elle retourna à l'époque où elle apprenait à maîtriser son Don et en profita pour renforcer ses boucliers. Quand elle fut suffisamment fatiguée pour s'endormir, elle se dit que ses défenses mentales étaient peut-être assez fortes pour lui permettre de supporter la dernière journée au village.

Le quatrième jour, ils révisèrent avec le scribe le compte rendu de ce qu'ils lui avaient raconté. Ils apportèrent quelques corrections et donnèrent des explications complémentaires. À l'aube du cinquième jour, ils reprirent la route – au grand plaisir de Talia.

Quand ils eurent largement dépassé le village et commencé à traverser des terres plus sauvages, le froid augmenta notablement. Tous deux sortirent leurs manteaux d'hiver. Les arbres étaient nus ; le vent ne transportait plus d'odeurs automnales encore chargées de la chaleur de l'été. Il pleuvait rarement, mais le ciel était d'un gris ardoise uniforme. Les feuilles mortes crissaient sous les sabots des Compagnons et les pieds des chirras. La plupart des oiseaux et des animaux des bois avaient disparu. Ils hibernaient ou s'étaient mis à l'abri. Ceux qui restaient se montraient très furtifs et prudents à cause de l'absence de feuilles, donc d'endroits où se mettre à couvert. Les deux Hérauts ne virent pas grand-chose de la faune, à part un lapin de-ci, de-là et un écureuil ou deux. Les clochettes attachées aux harnais des Compagnons tintaient dans le silence presque mortuaire de la forêt endormie.

Talia trouvait que c'était pour le mieux ; ainsi, elle n'avait pas besoin d'être constamment sur ses gardes à cause de ses boucliers défectueux. Mais elle était toujours très nerveuse, se demandant souvent, tandis qu'ils continuaient leur voyage vers le nord, laquelle de ces situations était la pire : errer dans une forêt sinistre, la monotonie et la grisaille des journées la déprimant de plus en plus, ou être entourée de gens et sentir ses boucliers se réduire peu à peu à néant.

Kris n'était pas très heureux non plus. Il se demandait sans cesse si son opinion positive de Talia était la conséquence directe d'une manipulation. Se pouvait-il qu'elle augmente – volontairement ou non – l'intensité de ses sentiments ? Il se mit à étudier soigneusement chacune de ses pensées afin de détecter si la jeune fille était intervenue.

Kris l'appréciait beaucoup. Il n'avait aucune difficulté à se l'avouer, car ils avaient tellement de points communs !

C'était une excellente partenaire, qui partageait les tâches sans rechigner et qui ne s'épargnait aucun effort pour être son égale en tout point et se débrouiller par elle-même. Et pourtant... pourtant...

Il y avait ces maudites rumeurs. Peut-être avait-il été manipulé. « Jamais de fumée sans feu », disait le proverbe. Peut-être... Il était difficile de savoir. Et la façon dont elle se repliait sur elle-même ne lui facilitait pas les choses.

L'arrêt suivant se trouvait à deux jours de marche, donc ils devraient faire halte et dormir dans un abri de voyage situé à mi-chemin des deux villages. Kris ne pensait plus à sa partenaire comme à une femme ; tous ses problèmes venaient maintenant de ses soupçons.

Les choses se passèrent comme la première nuit : Talia prépara l'abri tandis que Kris prenait soin des membres à quatre pattes de leur expédition. Cela semblait un choix logique, car sa vision nocturne était supérieure à celle de Talia. Cela lui donnait aussi l'occasion de s'entretenir en privé avec Tantris qui était intrigué et inquiet.

—*Je n'ai rien senti, petit frère, mais...*

—Mais... ? demanda Kris à haute voix.

—*Je ne suis pas certain que je pourrai capter quoi que ce soit. Rolan est perturbé et il refuse d'aborder la question.*

—Fantastique.

—*C'est mon aîné, tout comme tu es celui de Talia. S'il ne souhaite pas s'entretenir des affaires privées de son Élue, c'est son droit.*

—Je sais, je sais ! D'accord, mais promets-moi une chose. Préviens-moi si tu détectes quelque chose d'étrange.

—*Tu as ma parole. Mais je crois que... peut-être...*

— Peut-être que quoi ? s'impatienta Kris.

— *Peut-être as-tu besoin d'une aide plus spécialisée,* dit le Compagnon après une hésitation.

— Dis-moi dans quel domaine, et je me débrouillerai pour la trouver ! Personne, au sein du Cercle, ne possède un Don similaire au sien. Et je doute que l'Empathie des Guérisseurs soit comparable à celle de Talia.

— *C'est vrai...*, chuchota mentalement le Compagnon.

Kris ne put en tirer un mot de plus.

Ce fait le troubla plus encore que le reste : si un *Compagnon* ne se sentait pas apte à résoudre le problème, qui le pourrait ?...

Ils n'eurent pas le temps d'arriver aux portes du village suivant, car ils furent arrêtés sur la route par deux paysans demandant justice.

— Tout doux, fit Kris aux fermiers vêtus de marron qui leur tendaient leurs réclamations.

Talia pâlit et resta immobile comme une statue sur le dos de Rolan, les lèvres serrées. Kris essaya de comprendre où était le problème, puis finit par perdre patience et ordonna sèchement aux plaignants de se taire.

Quand le bruit cessa enfin, il parvint à réunir ses idées. Alors il entendit les deux hommes, qui se ressemblaient comme deux gouttes d'eau et ne cessaient de s'interrompre, ce qui fit naître en lui l'envie de leur donner la bastonnade. Enfin il déclara que la querelle était insoluble tant qu'il n'aurait pas obtenu l'avis d'une tierce partie.

La question était triviale : un taureau s'était débrouillé pour s'introduire dans un champ où paissait une vache en chaleur. Comme on pouvait s'y attendre, le résultat était un veau ressemblant trait pour trait à son géniteur. Le problème tournait autour de la façon dont le taureau avait pénétré dans l'enclos.

Son propriétaire affirmait avec emphase que celui du taureau avait laissé son animal errer, et qu'il n'était donc redevable d'aucun honoraire de saillie. Il souligna que ses clôtures avaient été endommagées et demanda avec indignation si on le croyait assez stupide pour détruire son bien histoire d'économiser quelques pièces.

Le propriétaire du taureau proclamait avec tout autant d'énergie que celui de la vache avait attiré son reproducteur dans le pré avec l'intention de ne pas payer la saillie.

Kris se sentait perdu ; il ne connaissait rien à ces questions. Il jeta un coup d'œil éperdu à son élève, née dans une ferme. Après tout, elle devait avoir une petite idée sur la façon de résoudre le conflit. Elle avait les lèvres un peu pincées ; à part ça, tout semblait en ordre.

— Parfait, Talia. Vous en savez plus que moi dans ce domaine. Avez-vous une suggestion ?

Elle sursauta imperceptiblement.

— Je… oui, je pense que oui, dit-elle lentement. Nous avons eu un problème identique quand j'étais encore parmi les Hold.

— Prenez la relève, en ce cas. Je n'ai aucune expérience des saillies…

Elle posa quelques questions aux deux plaignants, puis interrogea les autres villageois sur leurs habitudes. Chacun s'accorda à penser que le propriétaire de la vache était certes avare, mais pas stupide au point de détruire son enclos pour économiser le prix d'une saillie. Le propriétaire du taureau, en revanche, avait l'habitude de laisser l'animal vagabonder, car il était trop paresseux pour réparer ses clôtures chaque fois qu'il s'échappait – ce qui arrivait souvent.

Talia surprit alors Kris en puisant des renseignements à une source à laquelle il n'aurait jamais pensé : les enfants. Ils lui dirent que la vache n'était normalement jamais seule dans le champ où le taureau l'avait trouvée, car elle avait une grande valeur. En conséquence, son propriétaire la gardait toujours dans un enclos où il pouvait avoir un œil sur elle.

Talia revint aux deux contestataires.

— Voici mon premier jugement. Il ne fait pas de doute que votre taureau a fui, et il a très probablement endommagé les clôtures. Vous devrez donc rembourser les réparations à cet homme.

Le propriétaire du taureau eut l'air très dépité ; celui de la vache se rengorgea.

Talia ne le laissa pas faire très longtemps.

— Mais vous n'aviez jamais laissé votre vache dans ce champ-là. Sans doute avez-vous vu que le taureau était entré ; le mal étant déjà fait, vous vous êtes dit que vous pourriez en profiter pour économiser une saillie. Pour cela, mon deuxième jugement vous contraint à verser à cet homme la moitié des honoraires que vous auriez payés.

Les adversaires firent tous deux grise mine.

— Tout bien considéré, je pense que vous êtes désormais quittes.

À contrecœur, ils reconnurent que c'était le cas.

— Ne partez pas encore ! dit-elle en se tournant vers le propriétaire du taureau. Vous avez laissé errer un animal dangereux. Voici mon troisième jugement : toute personne qui trouvera votre taureau sur la voie publique et le gardera en lieu sûr jusqu'à ce que vous le récupériez aura une saillie gratuite en paiement. Cela devrait vous inciter à mieux prendre soin de votre bête, à l'avenir.

Les autres villageois sourirent, indiquant qu'ils approuvaient le jugement de Talia. Kris sourit à son tour et lui fit un petit signe d'approbation. Elle lui répondit, un peu soulagée.

Escortés par les enfants, ils continuèrent jusqu'au village, qui était une version à peine plus grande du précédent, mais possédait une sorte d'« hôtel de ville ». Ils s'installèrent dans la pièce unique qui servait de salle de réunions, autour d'une table à dessus de marbre – probablement l'objet le plus ancien du village. C'était mieux que la salle commune de l'auberge, car la pièce n'était ni enfumée ni surpeuplée, mais la cheminée chauffait peu. Kris espéra qu'ils en auraient terminé avant qu'il ait les pieds et les mains gelés.

Une nouvelle querelle à arbitrer se présenta. Le conflit concernait la délimitation de deux propriétés voisines. Jusque-là, les fermiers s'étaient arrangés à l'amiable et partageaient l'entretien et les revenus des champs objets du litige. Ils confièrent à Kris qu'ils craignaient de voir la situation se détériorer après leur disparition, car chacun avait plusieurs enfants, et la question des champs mitoyens avait déjà opposé leurs héritiers respectifs. Kris jeta un coup d'œil à Talia, vit qu'elle n'avait pas d'opinion particulière sur le sujet et dit aux fermiers qu'il fallait effectivement régler le conflit dès à présent. Quand Talia et lui auraient expédié les affaires courantes, ils s'occuperaient du problème.

Les deux hommes durent se contenter de cette promesse. Kris se fit apporter les archives du village. Pendant qu'un des Hérauts examinait les rapports fournis par le scribe du village pour tenter de déterminer les règles de propriété des champs en question, l'autre commentait aux villageois les nouvelles et les lois. Mais le « cadastre » ne contenait rien de probant. Il semblait bien que les deux familles aient des droits similaires.

Talia était de plus en plus réticente à prendre part aux affaires courantes. Ses boucliers se désintégraient lentement mais sûrement ; plus grave, elle n'était pas certaine de pouvoir empêcher ses émotions de se projeter alentour, car l'aptitude à contrôler ce phénomène était en train de la quitter aussi. Kris essaya de la mettre à l'aise, mais elle « entendit » ses doutes comme s'il avait parlé à haute voix.

Quand ils discutèrent longuement du problème des champs contestés, la nuit avant leur départ, après être revenus à l'abri, elle garda un contrôle si serré d'elle-même qu'elle se prédit une sacrée migraine pour le lendemain.

— Le problème, dit Kris, est que le ruisseau qui marquait la séparation, à l'origine, a changé de lit si souvent qu'il est impossible de savoir à quel endroit il passait au début. Et on ne peut pas utiliser l'Enchantement de Vérité avec un cours d'eau !

Talia hésita un moment.

— Pensez-vous que les héritiers accepteraient un partage ?

— Pas la moindre chance, répondit Kris. J'ai parlé aux fils aînés des deux familles, ils sont prêts à en venir aux mains. Les pères seraient d'accord, mais pas les enfants, et ce sont eux qui poseront problème s'ils n'obtiennent pas satisfaction.

— Je ne vois pas comment faire, soupira Talia.

— Moi non plus. Des nobles régleraient la question en mariant deux des enfants et en leur léguant les terrains.

— Il n'y a pas assez de terre pour nourrir une personne, encore moins une famille.

Kris jouait avec une flèche blanche. Il leva soudain les yeux.

— Et si nous laissions les dieux en décider ?

— Que voulez-vous dire ?

— Nous nous mettons chacun à une extrémité du champ et nous tirons une flèche. Puis nous traçons une ligne entre les points d'impact des flèches pour déterminer la nouvelle délimitation. Pensez-vous que cela contenterait toutes les parties ?

— C'est une excellente idée, Kris. Surtout si le prêtre bénit les flèches et dit une prière… Oui, je crois que cela pourrait marcher ! Je n'y aurais pas pensé…

— Vous vous êtes très bien débrouillée avec cette affaire de taureau et de vache, dit-il d'un ton un peu trop enjoué. J'étais complètement perdu.

— Ma foi, je n'aime pas l'idée que quelqu'un laisse un animal de ferme vadrouiller comme il l'entend. La bête risque de redevenir agressive. Plus d'un membre des Hold a été tué ou estropié par du bétail revenu à l'état sauvage.

— Je savais que les chiens pouvaient ainsi retourner à l'état primitif, mais j'ignorais que le bétail en faisait autant. Je garderai ce fait à l'esprit, à l'avenir. Mais, je le répète, vous vous en êtes très bien tirée. C'est le but de la mission de probation. Vous ne devez pas craindre d'intervenir.

— Je..., commença-t-elle

Puis elle s'arrêta aussitôt.

— Oui ?

— Rien. Je suis fatiguée, c'est tout. Nous ferions mieux de dormir.

Cette façon de se replier sur elle-même inquiéta beaucoup Kris, mais il ne voyait pas ce qu'il pouvait faire.

Quand ils présentèrent leur idée aux deux familles, en compagnie du scribe et du prêtre, tous leurs membres acceptèrent avec enthousiasme.

La petite cérémonie s'accomplit sans encombre et la nouvelle séparation fut marquée de façon permanente par des bornes de pierre et une rangée d'arbres. Ensuite, elle fut enregistrée dans les documents officiels et les testaments.

Les deux Hérauts reprirent leur chemin.

Talia était devenue si renfrognée que Kris ne parvenait plus à émettre la moindre hypothèse. Elle aurait aussi bien pu être coulée dans le bronze...

Alors il se demanda si ces querelles n'avaient pas été réglées trop facilement. Pour elle, il aurait été un jeu d'enfant d'influencer les protagonistes, de les contraindre à adopter une attitude plus amicale. Si elle avait réellement fait ça, les conflits ne manqueraient pas de reprendre dès son départ.

Il n'avait aucun moyen de savoir ce qui s'était vraiment passé. Aucun.

Talia était en train de découvrir que son Don fonctionnait à un niveau purement instinctif. Elle n'en comprenait pas réellement le processus. La formation que lui avait donnée Ylsa s'appliquait plutôt aux télépathes capables de communiquer mentalement. Dans son enseignement, rien ne semblait correspondre à sa situation présente. Les Guérisseurs avec qui elle avait travaillé ne lui avaient jamais rien dit non plus. Mais ils se trouvaient rarement face à des choix moraux aussi importants. Quand ils n'étaient pas en train de guérir, ils levaient simplement leurs boucliers. De plus, leur domaine de compétence n'était pas la loi et l'ordre.

Elle aurait voulu en parler avec Kris. En même temps, elle craignait de le faire. Cela risquait d'aggraver les choses, et qu'y pouvait-il, de toute façon ? Son Don n'appartenait pas du tout à la même catégorie que celui de Talia.

Elle continua donc à souffrir en silence de ses doutes et de ses peurs, faisant de son mieux pour contrôler une situation de plus en plus incontrôlable.

Chapitre 6

Il n'y eut pas grand-chose d'important à régler dans les villes et les villages qu'ils traversèrent sur leur chemin vers la frontière, à part un ou deux cas de fraude fiscale. Dans un des hameaux, le responsable se remplissait les poches avec l'argent des impôts ; dans l'autre, il omettait de déclarer sur les rôles ses fermes et celles de sa famille. Les Hérauts ne prirent aucune mesure dans un cas comme dans l'autre, car ce n'était pas leur travail. Ils se contentaient de *noter* les faits dans leur rapport. Au printemps viendraient les collecteurs d'impôts, armés de la vérité, et les coupables paieraient une amende considérable.

Plus ils avançaient vers le nord, plus la distance entre les villages augmentait, et plus ceux-ci étaient de petite taille. Il leur fallait désormais plus d'une semaine pour aller de l'un à l'autre.

Parmi les paysans, Talia était toujours silencieuse et renfermée, ne répondant que si on lui adressait la parole. Entre les villages, elle semblait s'animer un peu. Quand ils étaient seuls, elle parlait à Kris, qui arrivait parfois à la persuader de chanter un peu. Mais, dès qu'ils arrivaient à moins d'une journée d'une zone habitée, elle se fermait comme une huître, parlant un minimum, et sur un ton étrangement plat et indifférent. Il y avait une tension extrême derrière son masque d'impassibilité, comme si elle avait craint de le voir tomber d'un moment à l'autre. Tantris ne pouvait rien lui dire de plus, mais Kris avait l'impression que Rolan lui-même était nerveux.

Les communautés du Nord étaient plus refermées sur elles-mêmes, observa Kris, car la Forêt des Chagrins ne tenait pas *tous* les dangers à l'écart. Elle n'empêchait pas, par exemple, les attaques de pillards venant d'une des trois autres directions.

Talia et Kris allaient leur chemin en gardant toujours un œil sur leur environnement. La nuit, ils fermaient soigneusement la porte de l'abri de voyage.

Tout cela aurait pu expliquer la nervosité de Talia, mais elle venait de la frontière, et elle aurait dû être habituée aux pillards et autres dangers. À sa décharge, songea Kris, elle s'en était allée depuis longtemps; de plus, à l'époque, elle ne faisait pas partie des défenseurs, mais de ceux qui étaient protégés.

De toute façon, ça n'expliquait pas le malaise de Rolan. Les Compagnons avaient tous une formation de combattant, et l'habitude des batailles. Kris continua à observer Talia et à se poser des questions.

Ils traversèrent plusieurs villages. Talia avait de plus en plus l'impression d'être en train de tomber en morceaux. Ses boucliers étaient si faibles qu'elle n'avait presque plus de contrôle, toutes les émotions étrangères les traversant. Elle projetait ses pensées sans le vouloir, car Rolan devenait aussi nerveux qu'elle. Sa seule défense était de se retirer au plus profond d'elle-même, mais Kris semblait bien décidé à l'en empêcher. Elle avait peur et se sentait très seule, car elle n'avait personne vers qui se tourner pour trouver une solution. Et Kris ne pouvait pas lui apporter de réponse : son Don appartenait beaucoup plus au domaine du tangible. De jour en jour, Talia sentait croître son angoisse et le sentiment d'être prise au piège.

Ils arrivèrent enfin à Hevenbeck, une ville très proche de la frontière. À ce point du voyage, Talia était si malheureuse que les problèmes des habitants lui semblèrent bien peu de chose.

Au village précédent les attendaient un certain nombre de messages venus de la capitale. L'un provenait d'Elspeth, qui assurait à Talia que tout allait bien, qu'elle espérait qu'il en était de même pour elle et qu'elle ne devait pas s'inquiéter pour l'héritière. La missive ajouta aux problèmes de la jeune femme. Elle se demanda si elle ne cherchait pas à masquer une grande incertitude chez la jeune fille, en première année de sa formation au Collegium. Il était plus que probable que la petite avait terriblement besoin d'elle – plus encore que quand on la surnommait la Furie royale.

Sans parler des rumeurs et de leur effet probable sur les autres Hérauts. Seraient-ils, comme Kris, tentés de les croire ? Laisseraient-ils Elspeth les affronter seule ?

Comment la reine s'en sortait-elle, toute seule ? Talia n'aimait pas l'idée qu'elle demande conseil à Orthallen, en qui elle n'était jamais parvenue à avoir confiance.

Plongée jusqu'au cou dans ces pensées troublantes, elle s'aperçut qu'elle ne prêtait pas grande attention au couple austère en train de lui exposer ses griefs. Ces gens lui rappelaient désagréablement sa parentèle des Hold.

Ils portaient des vêtements sombres et tristes ostensiblement reprisés (mais Talia et Kris avaient appris que c'était un des ménages les plus aisés de la ville) et ne cachaient pas leur impatience tandis qu'ils égrenaient leurs doléances d'une voix geignarde.

Ces voix irritaient Talia. Les personnalités des deux plaignants lui portaient sur les nerfs, la faisant grincer des dents comme si quelqu'un avait griffé une ardoise avec ses ongles.

— Vous êtes certains que cette jeune fille est responsable de la disparition des volailles ? demanda Kris. Il ne pourrait pas s'agir d'un renard ou d'un autre prédateur ?

— Le poulailler est bien fermé, Héraut, gémit la femme. C'est cette fille la coupable, en dépit des bons gages que nous lui versions et de la facilité du travail qu'elle faisait pour nous. Elle est avide d'argent, je suis sûre qu'elle les a vendues.

— Mais à qui ? Vous m'avez dit vous-même que personne en ville ne reconnaît lui avoir acheté de la volaille.

— Alors, elle les a mangées ! s'emporta la femme. Je la connais, elle est prête à tout…

Talia se força à étudier la jeune servante. Vêtue de haillons, l'air épuisé, elle était maigre et pâle. Pour sûr, elle n'avait pas l'air de s'être empiffrée de poulets et d'oies volés !

La petite leva les yeux un instant. Un frisson glacé courut le long de l'échine de Talia quand elle croisa son regard étrange, comme absent.

Encore une manifestation de son manque de contrôle ! Elle n'avait qu'une envie, en finir avec ces gens et retourner à l'abri de voyage.

—Je crois que vous n'avez pas de preuves de ce que vous avancez, dit-elle au couple. Je ne comprends pas pourquoi vous soulevez la question devant des Hérauts.

—Talia, vous n'avez pas fait attention, lui chuchota Kris. Il n'y a pas que l'histoire des poulets disparus, d'autres choses se sont passées : les runes écrites avec du sang de poulet sur le seuil de la maison, le...

—Kris, c'est *ridicule* ! éclata Talia. Tout ce qu'ils cherchent, c'est l'occasion de renvoyer cette fille sans lui payer ses gages. Keldar avait l'habitude de jouer ce tour-là à des pauvrettes sans instruction qu'elle embauchait tous les ans...

—Talia, dit Kris, je n'aime pas user de mon autorité avec vous, mais je dois insister. Vous pouvez pratiquer un Enchantement de Vérité du second degré, moi non. Je voudrais que vous le fassiez sur ces trois personnes.

—Je n'arrive pas à croire que vous vouliez utiliser cet enchantement pour un cas aussi banal !

—C'est un ordre, Héraut Talia ! fit-il, glacial.

Elle se mordit les lèvres et obéit.

L'Enchantement de Vérité du premier degré pouvait révéler si la personne mentait ou pas. Celui du second degré *l'obligeait* à dire la vérité.

Quand Kris questionna le couple, son récit ne varia pas.

La petite servante timide changea du tout au tout dès que l'Enchantement eut touché son esprit. La souris se mua en renarde enragée.

—Oh, oui, grinça-t-elle, j'ai volé leurs poulets ! C'est peu en échange de tout ce qu'ils m'ont fait !

—Et que vous ont-ils donc fait ? demanda Kris.

—Ils m'ont battue pour la plus petite maladresse, et donné du pain moisi tous les soirs. Ces monstres ont la basse-cour la mieux fournie de la ville et je n'ai pas eu un œuf ni un bout de poulet en six mois ! J'ai faim et froid tout le temps ! Vous avez vu mes vêtements ? Ce sont ceux qu'elle ne veut plus porter. Oh, mais j'aurai ma revanche !

» C'est à ça que m'ont servi les volailles. Je ne les ai pas mangées, mais sacrifiées. Je les offre aux loups ; ils viennent me voir toutes les nuits, maintenant. Bientôt, ils m'apprendront comment devenir une des leurs à mon gré, et quand je saurai… Ah, quand j'aurai appris…

La lueur de folie passant dans ses yeux ne laissait aucun doute sur le sort qu'elle entendait réserver à ses employeurs quand elle aurait appris à devenir un loup-garou.

Talia sentit une sueur glacée couler dans son dos. Les émotions de la fille, assaillant ses boucliers mentaux, suffirent presque à la faire fuir en hurlant.

—Et quand j'en aurai fini avec eux, les autres y passeront aussi. Mes frères à fourrure grise m'y aideront, oh oui, ils m'aideront !

La voix de la servante devint un marmonnement inintelligible d'où émergeait parfois un mot de haine et de vengeance.

C'en fut trop pour Talia. La jeune domestique était en train de pulvériser ses boucliers et de l'entraîner avec elle dans la folie. Elle réagit instinctivement, touchant l'esprit de la fille et l'endormant instantanément.

Le couple de plaignants en resta sans voix. Kris fut pris de court.

—Je crois, dit-il après un instant, qu'il convient de la remettre à un Guérisseur. Je ne sais pas ce qu'il y a de vrai dans son récit, mais je pense qu'il vaudrait mieux que vous acceptiez de payer les frais. Et si vous reprenez une servante, soyez plus généreux sur ses conditions de travail.

Sur le chemin du retour à l'abri, Kris ne dit pas un mot. Le Guérisseur à qui ils avaient confié la folle avait eu du mal à la tirer du sommeil où Talia l'avait plongée sans réfléchir. Elle en éprouvait une vive honte, et remâchait l'irresponsabilité dont elle avait fait preuve.

—Kris, je suis désolée, fit-elle à mi-voix dès qu'ils furent sortis de la ville. Je... je n'avais pas l'intention de...

Il ne répondit pas. Talia se ratatina sur elle-même, les derniers vestiges de sa confiance éparpillés aux quatre vents.

Il sait ce qui se passe. Je ne suis pas capable de me contrôler. Normal que je n'arrive pas à faire quelque chose de bien.

Il n'avait même pas pris la peine de la punir. Elle chevaucha silencieusement à ses côtés, se demandant quand tomberait le couperet.

L'attente était pire que le châtiment.

Kris commençait à comprendre qu'il avait fait une grave erreur en ne lui donnant pas plus de réconfort et d'encouragements. Sa confiance plus vacillante qu'il ne l'aurait supposé, Talia était visiblement à bout de nerfs. Quand il lui posait des questions, le soir, dans l'abri, elle évitait de répondre à toute interrogation sur ses sentiments et répondait simplement que « ça allait bien ». Il craignit que son insensibilité n'ait définitivement détruit Talia.

Plus tard, l'idée lui traversa l'esprit qu'elle était peut-être en train de devenir folle et qu'elle l'entraînerait dans sa chute.

La neige couvrait le sol sur le chemin menant au hameau qui avait le douteux privilège d'être le plus proche de la frontière, juste à côté de la forêt des Chagrins. Talia se demanda si ses pouvoirs l'avaient définitivement quittée, car elle eut du mal à sentir quoi que ce soit à l'approche du bourg. D'habitude, elle connaissait plutôt le problème inverse. Mais elle n'avait aucun mal à détecter la présence mentale de Kris.

Elle trouva finalement le courage de parler à son tuteur.

—On dirait que je capte une sorte de… silence. Je ne perçois pas grand-chose, et le peu qui filtre me donne à croire que tout le monde dort, ou est inconscient.

—Vous êtes sûre que le froid ne vous affecte pas ?

—Non, je ne crois pas. Il faisait aussi froid à Aviver, et j'ai senti les villageois à une journée de marche.

—Dans ce cas, nous ferions bien de nous hâter. Si quelque chose ne va pas, plus tôt nous arriverons, mieux cela vaudra.

L'air était immobile et le ciel d'un bleu intense. C'était une journée splendide, froide mais ensoleillée. Le malaise de Talia semblait déplacé dans un tel contexte.

Quand ils arrivèrent, le village était beaucoup trop calme. Il n'y avait pas de neige, les portes de l'enceinte étaient ouvertes et aucun garde ne surveillait les allées et venues. Talia sentit que Kris était aussi angoissé qu'elle. Il lui ordonna de rester sur la colline pendant qu'il allait en reconnaissance.

À peine fut-il entré que les portes se refermèrent. Talia entendit des barres de fer glisser dans leurs supports ; quelques instants après, une flèche passa au-dessus de la palissade et atterrit dans la neige. La jeune femme se précipita et la ramassa. Elle portait quatre rayures, trois vertes et une rouge. Le code de l'empennage était bien celui de Kris. La flèche lui faisait savoir que c'était lui qui avait fermé les portes et qu'il n'y avait pas de bandits embusqués à l'intérieur.

Ça ne pouvait avoir qu'une signification : le village était victime d'une épidémie.

Talia savait parfaitement ce qu'elle avait à faire. Pourtant elle hésita un instant, paniquée. Rolan la poussa impatiemment du museau ; elle tituba. *Assez d'apitoiement sur moi-même*, pensa-t-elle.

C'était le moment de passer à l'action.

En elle, on aurait dit que quelque chose de cassé venait de se ressouder. Elle se força à rester calme, s'obligea à réfléchir et à planifier. Puis elle écrivit un billet disant à Kris qu'elle laissait son chirra attaché à la porte du village et qu'il devait le faire entrer dès qu'elle serait partie. Elle fixa le billet à une flèche blanche et l'expédia au-delà du mur.

Elle sortit de ses bagages une carte, une outre d'eau et des provisions de route pour elle et Rolan.

Le temple des Guérisseurs le plus proche était à cinq jours de cheval vers l'est. Avec Rolan, elle couvrirait la distance en deux jours.

Si nécessaire, un Compagnon pouvait soutenir pendant des heures une allure qui aurait épuisé en quelques minutes un cheval ordinaire. De plus, il pouvait survivre plusieurs jours avec un peu d'eau et une poignée ou deux de nourriture. Rolan aurait besoin de plusieurs jours de repos quand tout serait terminé, mais il ne faillirait pas. Partout où un animal à sabots allait, un Compagnon passait également, même sur des rochers escarpés qu'un chamois aurait hésité à escalader. Le Héraut n'avait qu'une chose à faire : rester sur le dos de son Compagnon !

Talia et Rolan filèrent comme le vent. Longtemps après la tombée de la nuit, la jeune femme but et grignota sans descendre de selle, et y somnola même un moment. La lune était pleine et éclairait le chemin. Le bruit de leur passage dérangeait la faune ; régulièrement, un oiseau s'envolait ou un petit mammifère détalait devant eux. Ce fut un voyage étrange, une chevauchée folle qui semblait ne mener nulle part.

Peu avant l'aube, ils s'arrêtèrent brièvement pour prendre un peu de repos. Tous deux burent un peu d'eau de la gourde de Talia, celle de l'étang près duquel ils s'étaient arrêtés étant trop froide pour être consommée immédiatement. Puis elle emplit sa gourde et la réchauffa contre son corps pour faire boire Rolan jusqu'à ce qu'il n'en veuille plus. Quand elle eut rempli le récipient une dernière fois pour l'emporter, la pénible chevauchée recommença.

Le soir suivant, ils s'arrêtèrent de nouveau pour des soins minimaux mais bienvenus. Elle ôta les harnais de Rolan et profita du jour déclinant pour le sécher avec la serviette qu'elle portait toujours dans ses sacoches.

Elle appuya la tête contre le flanc de l'étalon. Elle était fatiguée, et pas seulement par le voyage.

Que la Déesse me protège, songea-t-elle, *les Guérisseurs possèdent le même Don que moi. Comment vais-je les affronter? Par le ciel, c'est insupportable...*

Rolan lui toucha gentiment l'épaule. Elle l'entendait presque avec des mots, mais pas tout à fait. *Je suis là, je vais t'aider,* disait l'émanation mentale.

— Tu peux vraiment? cria-t-elle.

Une réponse affirmative. Talia soupira, se détendit, et...

Ses boucliers reprirent de la vigueur. Elle sentit une force extérieure à elle les soutenir, et un calme étrange – presque une paralysie – l'envahit. C'était tout de même mieux que le stress et l'angoisse qu'elle traînait depuis si longtemps.

— Combien de temps peux-tu... ?

Pas longtemps, lui apprit l'onde mentale qu'elle perçut.

— Essaie de me donner le temps d'aller chercher les Guérisseurs et de revenir. Je travaillerai dur, ça m'aidera à garder la situation en main. Je ne peux pas projeter mes pensées si je suis près de m'écrouler de fatigue. Je trouverai ce qui ne va pas, je le sais... Il me faudrait juste un peu de temps, seule...

Allons-y, sembla dire la quasi-voix.

Ils partirent sans tarder.

Ils arrivèrent au galop dans la cour du temple de la Guérison, peu après le crépuscule. Son uniforme blanc et la présence de son Compagnon valurent à Talia une attention immédiate. Rolan s'était à peine arrêté qu'un Guérisseur novice vêtu de vert se précipitait vers elle, prêt à recevoir ses ordres. Deux autres apparurent aussitôt, portant du vin chaud pour le Héraut et un bol de gruau tiède pour le Compagnon. Pendant qu'ils se restauraient, un messager partit prévenir les deux Hérauts affectés au temple. Un autre novice alluma toutes les torches dans la cour. Avant que Talia ait terminé son vin, une femme d'aspect fragile arriva au pas de course. Sa chevelure coupée court était d'un roux flamboyant. Elle portait en bandoulière un sac bien rempli et finissait d'attacher un manteau sur ses épaules.

—Je suis Kerithwyn, dit-elle, le Guérisseur de ce temple qui connaît le mieux les épidémies. Les deux autres nous suivront dès que nos Hérauts seront prêts, mais je peux partir tout de suite.

—Très bien, le plus tôt sera le mieux. Vous avez l'habitude de monter en croupe ?

—En quelque sorte, répondit la femme en prenant la main tendue de Talia.

Elle eut un regard étrange quand leurs mains se touchèrent. Après une brève hésitation, elle prit place derrière la jeune femme.

—Attention, Rolan est beaucoup plus rapide que la plupart des Compagnons.

Il fut vite évident que la femme avait déjà voyagé ainsi. Elle s'accrocha à la ceinture de Talia, son sac de médicaments fermement tenu, et ne lâcha ni l'un ni l'autre.

Talia fut soulagée d'entendre qu'elle voulait bien manger et somnoler en chevauchant, car elle était encore plus réticente que Rolan à s'arrêter pour prendre un peu de repos.

Ils atteignirent le village peu après midi, le second jour de leur voyage. Tout était d'un calme angoissant. Le comportement imprévisible des boucliers de Talia l'avait enfermée en elle-même comme dans une prison; elle ne sentait même plus la présence de Kris.

Elle fit descendre sa « passagère » et amena Rolan près des portes, qu'il frappa à plusieurs reprises de ses sabots. Kris reconnaîtrait le bruit et viendrait s'il n'était pas aussi victime de l'épidémie...

Après un long moment, les barreaux coulissèrent et la porte s'ouvrit. Talia entra aussitôt, suivie de la Guérisseuse.

—Mes deux collègues sont à un jour derrière nous, dit Kerithwyn à Kris, mais j'étais disponible tout de suite. Où en est-on?

Dès que les barreaux furent remis en place, Kris se retourna. Talia en aurait pleuré: il avait l'air si fatigué qu'elle se demanda s'il avait dormi depuis son départ.

—Ça n'est pas brillant, répondit-il. La population entière a été atteinte en l'espace d'un jour ou deux. Il y avait cinq morts quand je suis arrivé, et j'ai encore perdu trois malades.

—Quels symptômes?

—Température élevée, délire, une éruption cutanée, et une enflure sous les bras et la mâchoire.

—La fièvre de la neige. Elle apparaît en général après les premières chutes et disparaît au milieu de l'hiver. Comment les avez-vous soignés?

—Je les fais boire autant que possible, de la tisane d'écorce de saule surtout. Quand la fièvre monte trop, je les plonge dans un bain de neige fondue pour la faire descendre.

— Bon travail. Je n'aurais pas pu faire mieux. Nous allons continuer comme cela pour les moins atteints, et je commencerai tout de suite à guérir les malades les plus atteints. L'un de vous a-t-il déjà assisté un Guérisseur ?

— Je ne peux pas, dit Kris, je n'ai pas les Dons qu'il faut.

La femme se tourna vers Talia et lui jeta un regard étrangement hostile.

— Je n'ai jamais essayé, mais mes Dons sont l'Empathie et la Guérison par l'esprit. Mon instructrice disait que c'étaient des Dons similaires à ceux des Guérisseurs.

— Un Héraut capable d'Empathie ? dit Kerithwyn en haussant les sourcils. Nous allons essayer. Le pire qui puisse se passer est qu'il ne se produise rien. Héraut Kris, avez-vous isolé les cas les plus graves ?

— Ils sont tous ici, dit Kris, montrant une petite maison.

— Parfait.

Kerithwyn lui donna une livre de plantes médicinales et lui demanda de les préparer avec un chaudron d'infusion. Chacun des malades devrait en boire au moins une tasse et il en prendrait une lui-même. Puis elle entra dans la maison en compagnie de Talia.

L'intérieur de la petite demeure était sombre, car on avait fermé les fenêtres pour lutter contre le froid. Kris avait apporté toutes les paillasses qu'il avait pu caser dans les trois pièces. Il avait fait de son mieux pour assurer la propreté de ses patients, mais il flottait tout de même dans l'air d'étranges remugles. L'odeur faillit rendre Talia malade, le nombre de personnes entassées dans les pièces exiguës exacerbant sa claustrophobie.

— Asseyez-vous près de moi, Héraut, dit Kerithwyn qui se tenait déjà près de la malade la plus mal en point, une vieille femme frêle dont les mâchoires enflées avaient l'air grotesque sur son visage menu.

— Prenez ma main, continua la Guérisseuse, et baissez vos boucliers, puis concentrez-vous comme si vous alliez parler en esprit. Je m'occupe du reste.

Talia ferma les yeux. Il lui fallut un long moment pour se mettre dans l'état approprié. Quand elle y fut parvenue, la Guérisseuse apparut devant son œil intérieur, un noyau solide et rassurant d'énergie vert et or.

Que les dieux en soient remerciés, pensa-t-elle, *Kerithwyn est encore plus douée qu'elle le dit.*

La patiente ressemblait à une mare d'un liquide rouge nauséeux agité de remous. Pour les atténuer, la Guérisseuse lança des flèches mentales brillantes dans ces profondeurs malsaines. En même temps, elle alimentait la minuscule étincelle de vie qui subsistait au fond de la mare, attendant qu'elle devienne de nouveau brillante et forte. Tandis que Kerithwyn travaillait, Talia remplaçait l'énergie qu'elle dépensait.

Talia ouvrit en grand les voies de communication, et fit appel à Rolan. Leur énergie commune coula vers la Guérisseuse en un flot continu.

Le travail fut terminé en peu de temps ; Talia sentit leur contact se rompre. Redirigeant son attention vers l'extérieur, elle ouvrit les yeux.

— Très bien, Héraut. Vous avez compris très rapidement de quoi j'avais besoin. Pouvez-vous continuer ainsi ?

— J'y mettrai toutes mes capacités.

— Dans ce cas, je crois que cette épidémie ne fera plus de victimes. Comme vous voyez, nous nous en sommes très bien tirées avec cette malade.

La vieille femme avait changé du tout au tout. L'enflure était réduite de moitié et la fièvre était tombée. Talia fut réconfortée par cette vision : c'était la première fois depuis fort longtemps qu'elle faisait quelque chose de bien…

Ils soignèrent tous les malades. Alors la Guérisseuse ordonna à Talia de se reposer. Talia chercha ses bagages, se souvenant qu'elle les avait vus en entrant. Elle en sortit une ration de voyage, mais elle était si fatiguée qu'elle n'avait pas faim. Elle s'affala devant la cheminée, le dos aux flammes, trop épuisée pour percevoir quoi que ce soit et contente de ce répit.

— Voyons, petite, au Collegium, n'avez-vous rien appris sur les Dons ? Ne vous a-t-on jamais dit qu'il fallait reconstituer vos réserves d'énergie pour être bonne à quelque chose ?

Talia ouvrit les yeux, étonnée. La Guérisseuse lui tendait une tasse fumante et une barre qui sentait très fort.

— Allez, avalez ça, même si vous n'avez pas faim. Puis rejoignez votre partenaire et faites-le manger et dormir. Ne vous inquiétez pas, quand j'aurai besoin de vous, je saurai où vous trouver.

La barre était faite de fruits et de noix séchés et pressés ensemble. Normalement, Talia aurait trouvé cette mixture horriblement sucrée ; mais, après la première bouchée, le reste descendit facilement.

Elle s'occupa d'abord de Rolan. Kris avait retiré son harnais, lui avait posé plusieurs couvertures sur le dos et l'avait amené aux écuries. Il lui avait aussi laissé de la nourriture et de l'eau, mais sans avoir le temps d'en faire plus.

Talia le pansa et le nettoya. Il était fatigué pour la première fois depuis qu'elle le connaissait. Cependant, il mangea avec un grand appétit. Quand il eut fini, son Élue reposa les couvertures et alla s'occuper de Tantris, le Compagnon de Kris. Puis elle vérifia que les chirras avaient tout ce qu'il leur fallait. Ayant changé leur eau, elle alla retrouver son tuteur.

Il ne fut pas difficile de le persuader de se reposer ; il tomba comme une masse avant d'avoir fini de manger.

Quand il se réveilla, il rejoignit Talia et Kerithwyn. Tous trois travaillèrent toute la nuit, s'octroyant un moment de repos ou une bouchée de nourriture quand ils le pouvaient. Kerithwyn, malgré son aspect frêle, était la plus résistante des trois.

Ce fut avec soulagement qu'ils entendirent le roulement de sabots annonçant l'arrivée des deux autres Guérisseurs, escortés par les Hérauts du Temple.

Les nouveaux venus, un grand gaillard poilu et une jeune fille au visage rond qui semblait encore une enfant, prirent la direction des opérations. Kerithwyn se coucha par terre, sur le premier endroit plat qu'elle trouva, et s'endormit. Les deux Hérauts envoyèrent Talia et Kris se reposer et prirent leur place.

À la fin de la semaine, plusieurs patients furent assez remis pour aider les Guérisseurs à prendre soin des autres malades.

À ce moment, Kerithwyn enjoignit à Kris et à Talia de reprendre la route.

— Nous n'avons plus besoin de vous. Ne vous inquiétez pas, vous avez déjà fait plus que votre devoir. Partez vite, avant d'attraper la maladie !

— Mais..., protesta Kris.

— Partez ! insista la Guérisseuse. Loris et le Héraut Pelsin resteront ici tout l'hiver, c'est bien suffisant.

Kris rassembla ses affaires, prit quelques aliments frais pour compléter la nourriture séchée, et donna les rapports qu'ils avaient collectés aux Hérauts pour qu'ils les fassent parvenir à la capitale.

Mais Talia ne s'en sortit pas si aisément. Kerithwyn la prit à part juste avant qu'elle monte en selle.

— Petite, dit-elle, vos boucliers sont plus troués qu'une passoire, et si vous n'étiez pas aussi fatiguée vous projetteriez vos émotions à cent lieues à la ronde ! Vous êtes dans un tel état que, si j'en avais le temps, je ne vous laisserais pas partir ainsi. J'ignore ce que vous faites ou ne faites pas, mais vous prenez tout à l'envers. Ressaisissez-vous avant qu'il soit trop tard. Allez, partez maintenant, et tâchez de retrouver votre contrôle.

Malgré son air impassible, Talia était déchirée entre le désir de poursuivre la Guérisseuse pour lui demander de l'aide et celui de se coucher par terre comme un chien malade et de se laisser mourir.

Mais elle parvint à trouver assez de courage pour monter en selle et rejoindre son mentor.

Kris consulta de nouveau la carte. Kerithwyn lui avait ordonné de trouver un endroit abrité où Talia et lui pourraient se reposer, et il pensait avoir repéré l'endroit idéal pour le répit dont ils avaient grand besoin.

Perdue dans ses pensées, Talia accueillit la nouvelle sans enthousiasme.

La jeune femme ne pouvait s'empêcher de ressasser ce que Kerithwyn avait dit.

Il ne lui restait plus qu'à être deux fois plus prudente qu'auparavant, voilà tout.

Comme le jour tombait, alors qu'ils s'étaient déjà enfoncés depuis longtemps dans la Forêt des Chagrins, ils s'arrêtèrent pour se restaurer et vérifier s'ils étaient sur la bonne route.

Ils ne s'étaient pas trompés; l'abri était relativement proche. À peine eurent-ils posé le pied à terre et sorti des rations de leurs bagages que les chirras renâclèrent et s'agitèrent.

— Talia, les chirras ne se comportent pas ainsi sans une bonne raison, dit Kris en fronçant les sourcils. Pouvez-vous déterminer ce qui ne va pas ?

— Je n'en sais rien..., répondit la jeune femme, encore secouée par sa confrontation avec la Guérisseuse.

De plus, elle n'avait pas souvent exercé son Don sur des animaux.

— Je vais essayer, reprit-elle.

Elle se concentra pour entrer dans la transe profonde où elle pouvait capter les esprits des animaux. Elle reçut l'image de ce qui les troublait...

Si claire qu'elle sortit instantanément de sa transe.

— Tempête de neige, dit-elle succinctement. Venant du nord. Elle sera sur nous avant le crépuscule.

Kris jura.

— Alors, il ne nous reste pas beaucoup de temps. Allons-y !

Chapitre 7

Les chirras retrouvèrent un comportement normal, comme s'ils avaient compris que Talia savait quel danger les menaçait. Les deux Hérauts galopèrent aussi vite que possible, mais la route gelée ne leur facilitait pas la tâche. Venus du nord, des nuages noirs s'amoncelaient au-dessus de leurs têtes ; on aurait dit que le crépuscule était déjà tombé. Puis un vent cinglant se leva, une bise glacée qui sifflait lugubrement entre les arbres. Kris et Talia mirent pied à terre et avancèrent péniblement entre leurs Compagnons et les chirras. Quand les premiers flocons de neige tombèrent, ils étaient déjà en difficulté.

Bientôt, ils ne virent plus qu'à un mètre devant eux. Le vent était assez fort pour arracher à leurs doigts engourdis les manteaux qu'ils serraient sur leurs flancs. Le vent ululait. Les arbres craquaient et gémissaient. Au passage, les branches les plus basses fouettaient les deux Hérauts.

Talia et Kris se taisaient ; impossible de s'entendre, avec le raffut de la tempête. Donc, ils utilisèrent un code manuel quand ils voulaient communiquer. Cette tempête ne ressemblait à aucune que Talia ait connue. Elle espérait qu'elles n'étaient pas fréquentes dans ce secteur !

La neige s'accumulait avec une rapidité effrayante. Bientôt, ils en eurent jusqu'aux genoux. Kris et Tantris, qui ouvraient la marche, trouvèrent le chemin de l'abri plus par chance que par habileté. À un endroit, le sentier plongeait vers deux avancées rocheuses susceptibles de les protéger un peu du vent.

Ils virent l'abri au moment où ils heurtèrent pratiquement ses murs.

Le refuge n'avait probablement pas reçu de visiteurs depuis le dernier passage de l'équipe d'approvisionnement. D'un coup d'œil, ils virent que le stock de bois de chauffage ne serait pas suffisant. Ils attachèrent des cordes de rappel à leur ceinture et à la selle des Compagnons, prirent chacun une hache, puis partirent à la recherche de bûches.

Les bras et les épaules de Talia ne tardèrent pas à la faire souffrir. Débiter le bois mort était un travail harassant, surtout après ce qu'ils venaient d'endurer. La jeune femme n'avait qu'une envie, s'allonger dans la neige et se reposer. Elle continua pourtant à manier la hache. La douleur et le froid l'aidaient un peu à lutter contre le désespoir que la Guérisseuse Kerithwyn avait éveillé en elle avec son brutal avertissement.

Ils durent vite renoncer à ramasser plus de bois : la nuit était tombée et on n'y voyait goutte. En ramenant, avec l'aide de Rolan, la dernière cargaison, Talia vit que le vent avait redoublé, ce qu'elle n'aurait pas cru possible. Sa gorge et ses poumons la brûlaient.

Elle poussa la porte de l'abri qui donnait sur un vestibule, une deuxième porte se dressant à l'autre bout. Talia l'ouvrit maladroitement et entra à demi évanouie de fatigue. Kris avait déjà désinfecté l'abri ; un bon feu ronflait dans la cheminée. Elle s'écroula comme une masse devant les flammes pendant que son tuteur faisait entrer Rolan dans la pièce. Tantris et les chirras y étaient déjà. L'endroit serait un peu bondé, mais il n'était pas question de laisser une créature vivante dehors : elle n'aurait pas survécu longtemps au blizzard.

La jeune femme retira ses vêtements trempés et les mit devant le feu. Kris était déjà en train de préparer le repas. Talia leur fit un nid douillet avec leurs couvertures, posées sur de la paille sèche, devant le feu. Ainsi, ils pourraient se réchauffer en surveillant tranquillement la cuisson de leur festin.

La jeune femme s'aperçut soudain de la présence de Kris à côté d'elle. Elle cligna des yeux, encore engourdie par le froid, la fatigue et les quelques minutes de mauvais sommeil qu'elle venait de prendre.

— Talia, commença Kris, je sais que ce n'est pas le meilleur moment... mais je dois vous parler.

Elle se leva lentement. Le froid qui l'envahit ne devait rien au blizzard.

— À... à quel sujet ?

— Kerithwyn m'a touché un mot de ce qui vous arrive.

Talia sentit son désespoir enfler démesurément, accompagné d'une étrange colère froide.

— Par l'enfer, Talia, elle m'a dit que le Don d'Empathie échappait à votre contrôle !

Quelque chose se brisa en elle ; l'orage intérieur qui la menaçait depuis si longtemps éclata, plus dévastateur que la tempête qui rugissait dehors.

Kris ne s'attendait pas à une réaction aussi extrême. Des vagues de désespoir déferlaient sur lui en même temps qu'une formidable colère. Le choc le précipita à terre. Il entendit vaguement des hennissements furieux et un bruit de sabots.

Ces sons lui permirent de réagir. Il s'isola derrière le bouclier le plus puissant qui soit à sa disposition et se leva avec peine.

Il se jeta sur Talia et la propulsa contre le mur avec assez de force pour que ses dents s'entrechoquent.

— *Arrêtez ça tout de suite!* hurla-t-il. Par le diable, savez-vous ce que vous êtes en train de faire? De *nous* faire?

Il la força à se retourner et à faire face aux Compagnons. Rolan avait acculé Tantris dans un coin et lui montrait les dents en grondant, l'œil révulsé.

— *Regardez!*

Elle obéit, puis s'écroula si soudainement qu'il n'eut pas le temps d'amortir sa chute. Elle se roula en boule sur le sol et sanglota comme si son cœur se brisait.

Kris s'agenouilla à côté d'elle et l'attira contre sa poitrine. Elle ne résista pas. Il la tint serrée contre lui pendant qu'elle sanglotait à fendre l'âme.

Quand il lui apparut que le feu était en train de s'éteindre, il la porta dans le nid de couvertures. Elle se détourna de lui et continua à pleurer pendant qu'il ravivait les flammes et terminait les préparatifs nocturnes.

Glacé, il se glissa dans les couvertures à côté d'elle et la prit de nouveau dans ses bras. Elle pleurait toujours, mais plus doucement. La violence extrême de sa réaction semblait l'avoir calmée.

—Allons, petite, dit-il, se sentant plus que maladroit. Dis-moi ce qui ne va pas. Parle-moi...

—Je..., sanglota-t-elle, je ne mérite pas de vivre!

—Pourquoi? Parce que ton Don a échappé à ton contrôle? Est-ce une attitude digne d'un Héraut?

—Je ne suis pas digne d'être un Héraut!

—Par le diable! Et de l'avis de qui?

—De tout le monde... Et... vous aussi, vous m'avez dit...

—Oh! non...

Il venait de comprendre à quel point ce qu'il avait raconté à Talia, au début de leur voyage, avait miné son peu de confiance. Il ne faisait aucun doute que ses paroles étaient indirectement responsables de la perte de contrôle dont souffrait la jeune femme; le résultat était là: une pauvre enfant prête à se tuer dès qu'il aurait tourné le dos.

—Écoute-moi! Par l'enfer, Talia, *écoute-moi*! Si les choses étaient aussi graves, Rolan t'aurait laissée depuis longtemps. A-t-il indiqué qu'il envisageait de le faire?

—Non..., sanglota Talia.

—T'a-t-il prévenue qu'il *risquait* de le faire?

—Non plus..., fit-elle dans un soupir.

—Il t'a aidée à garder ton secret, non? Donc il pense que tu es toujours digne d'être un Héraut! Alors cesse de te conduire comme une gamine émotive et fais marcher tes méninges! Tu es dans une mauvaise passe. Réfléchissons à la façon dont nous pouvons t'en sortir.

—Nous? dit-elle, levant les yeux vers lui pour la première fois.

—Nous, répéta-t-il. Dans cette histoire, je suis autant à blâmer que toi. J'aurais dû te croire quand tu m'as dit que ces ragots n'étaient pas fondés. Mes doutes n'ont rien arrangé, n'est-ce pas ?

Elle ne répondit pas, mais fourra son visage contre sa poitrine. Il l'attira plus près et lui caressa les cheveux, la berçant un peu.

— Pauvre petite puce, murmura-t-il, si effrayée et si solitaire ! Tiens, essaie ça.

Il sortit une petite flasque de sa poche et la lui tendit.

— Un des remèdes classiques contre la sensibilité est le vin, c'est bien connu. Ça devrait émousser un peu tes perceptions.

Talia avala une gorgée et faillit s'étrangler. On aurait dit qu'elle essayait de boire du feu liquide.

— Qu'est-ce... que ce truc ? haleta-t-elle.

— Une décoction des Guérisseurs. Ils la fabriquent en faisant geler leur vin de miel et en jetant la glace. Ce que tu bois est ce qui reste. Le Guérisseur qui ressemblait un peu à un ours me l'a donnée au moment où nous partions.

La seconde gorgée brûla moins ; la troisième descendit toute seule. Une délicieuse torpeur envahit Talia.

— Doucement ! Ce truc est vraiment fort !

— Je m'en aperçois, dit-elle, sentant sa tête tourner. Mais je vais beaucoup mieux maintenant.

— C'était le but recherché. (Il s'appropria la flasque et but une gorgée.) Nous ne devrions pas boire l'estomac vide. Mais je crois que nous en avons besoin !

— Merci...

— Inutile de me remercier.

Elle se blottit dans ses bras, calme et totalement épuisée. Ils terminèrent la flasque, partageant en frères. Le feu crépitait gaiement. Talia commençait à se réchauffer et à se détendre. Elle toucha l'esprit de Rolan, et reçut en retour une vague d'amour. Oui, tout allait bien pour lui... Le sentiment était si fort et si total que les yeux de la jeune femme se remplirent de larmes.

— Eh ! Pas de ça, fit gentiment Kris, je croyais que c'était terminé.

Elle ne répondit pas. Il lui releva le menton d'une main douce et lui donna un baiser fraternel.

Qui ne resta pas fraternel bien longtemps.

— Par les cieux ! fit-il époustouflé quand ils se séparèrent enfin.

Talia se blottit contre lui, aussi étonnée que Kris par la montée du désir, bien qu'elle sût que c'était une réaction normale après un choc important. Pour le moment, Kris n'était plus son conseiller, ni un autre Héraut, simplement un ami. La deuxième fois, ce fut la main de Talia qui attira à elle le visage de l'homme.

Leurs bouches se rencontrèrent. Kris fit glisser la chemise de Talia et lui dénuda le buste. Elle frémit quand il lui embrassa le cou et les épaules, puis soupira lorsqu'il lui mordilla délicatement le lobe des oreilles. Sans ses boucliers, il semblait à Talia qu'ils ressentaient chacun la plus infime sensation de l'autre. Quand elle parcourut du bout des doigts son épine dorsale, elle sentit autant que lui ses frissons. Lorsqu'elle haleta et se cambra sous une caresse particulièrement agréable, il haleta lui aussi.

Leur désir fut bientôt trop fort pour être contenu. Kris allongea Talia sur les couvertures ; au moment où il la pénétra, elle le serra dans ses bras à l'étouffer. Il n'avait pas du tout prévu la douleur qu'elle éprouva, et qu'il ressentit comme il avait capté son plaisir. Il se serait retiré aussitôt si elle ne l'avait pas maintenu fermement dans le cercle de ses bras.

Elle savait que ce serait douloureux, au début, mais elle n'avait pas pensé qu'il serait capable de nier son propre désir pour lui laisser le temps de dépasser la douleur.

Elle roula sur le côté quand il s'écroula, vidé par sa jouissance, et se blottit de nouveau contre lui. Ils restèrent ainsi longtemps dans leur nid douillet, épuisés mais comblés. Aucun bruit ne troublait leur recueillement, à part le crépitement du feu dans la cheminée, à l'autre bout de l'abri.

Kris tourna la tête et la regarda dans les yeux.

— Pourquoi ne m'as-tu pas dit que tu étais vierge ?

— Tu ne me l'as pas demandé, fit-elle, à demi endormie. C'est important ?

— Je ne crois pas que je t'aurais fait l'amour si je l'avais su.

— Alors, sourit-elle, j'ai bien fait de ne rien dire ! Mais je suis contente que tu aies été le premier.

— Pourquoi ?

— Entre autres choses, parce que… c'était bien mieux que je ne m'y attendais, pour des débuts.

— C'est un compliment ?

— Mais oui !

Il se souvint tout à coup de quelque chose.

— Mais… je croyais que Skif et toi…

Elle sourit – le premier sourire sincère qu'il ait vu sur son visage depuis des semaines.

— C'est ce que nous avons voulu faire croire. Mais nous étions si fatigués que nous nous sommes endormis chaque fois que nous avons essayé.

Elle lui raconta l'histoire tragicomique de leur embryon de romance, et comment ils avaient résolu le problème en devenant frère et sœur de sang.

— Pauvre Skif! Tu te doutais qu'il serait la proie des lazzis si l'histoire venait à se savoir, hein? C'est pour ça que vous nous avez laissés penser que...

— Moui, fit-elle à demi endormie, pauvre Skif, atteint de frustration au stade terminal...

— Secoue-toi, petite. Si tu ne veux pas te lever demain avec un bon mal de crâne, tu dois manger quelque chose. Et nous devons nous fabriquer un lit un peu plus confortable, sinon nous nous réveillerons glacés et endoloris.

Elle bâilla à se décrocher la mâchoire, mais obéit. Pendant qu'elle servait le brouet chaud, il arrangea le lit, y ajoutant tout ce qui pouvait servir de couverture. Puis il fit du thé, qu'ils burent avec leur repas.

Ils se couchèrent dans les bras l'un de l'autre, ne voyant pas de raison valable de refaire lit à part.

— Je suis bien contente que ça soit arrivé en ce moment, dit Talia juste avant de s'endormir.

— Pourquoi donc, mon petit oiseau?

— Parce que les nuits sont de plus en plus froides, et que nous nous tiendrons chaud.

Kris fut ravi de constater que Talia (à l'inverse de certaines de ses amantes) dormait d'un sommeil paisible. Elle ne tentait pas de s'emparer de la totalité des couvertures

– un excellent moyen, aux yeux de Kris, de gâcher une relation amoureuse par ailleurs satisfaisante.

Tantris éveilla Kris au milieu de la nuit ; Rolan et lui avaient besoin de sortir de l'abri, ainsi que les chirras.

Le vent n'était pas tombé et la neige était de plus en plus épaisse. Kris eut du mal à empêcher la tempête de lui arracher la porte des mains.

Un bruit de sabots signala le retour des Compagnons et des chirras, qui avaient satisfait à leurs besoins naturels.

Malgré le sas formé par la double porte, la pièce avait perdu une bonne partie de sa chaleur. Kris raviva le feu, fit fondre un grand seau de neige et s'en servit pour nettoyer et panser les quadrupèdes. Il remarqua avec un sourire que tous quatre se couchaient ensemble, les chirras à l'extérieur et les Compagnons blottis au milieu.

— Tu es bien trop futé ! dit-il à Tantris.

— *Si tu avais le choix, prendrais-tu l'extérieur ? Ils ont la fourrure qui convient à ces climats, pas nous !*

Il couvrit le feu, laissa le chaudron de neige fondue dessus et retourna au lit, qui avait l'air de plus en plus accueillant.

Talia ne se recroquevilla pas quand il arriva ; au contraire, elle attira son corps glacé contre le sien et, alors qu'elle était aux trois quarts endormie, le réchauffa jusqu'à ce qu'il cesse de frissonner.

Voilà la preuve de son amitié, songea-t-il en s'endormant.

Quand il se réveilla, plusieurs heures avaient passé. Ce devait être le début de l'après-midi. Dehors, le vent sifflait toujours avec la même férocité.

— Il serait judicieux que ces abris aient des fenêtres, marmonna-t-il. Impossible de dire s'il neige toujours ou pas.

— Si, c'est possible, dit la voix encore endormie de Talia.

Il ne s'était pas aperçu qu'elle était réveillée.

— Qu'est-ce qui est possible ?

— De savoir si la neige tombe toujours. Écoute bien : tu l'entends sur le toit. Quand il neige, le bruit est différent de celui du vent seul. Cela fait comme un sifflement sourd.

Il écouta, et dut admettre qu'elle avait raison.

— Comment sais-tu ça ? demanda-t-il, passablement étonné.

— Les enfants dormaient au grenier, chez les Hold. C'est là que j'ai appris à reconnaître quel temps il faisait, car les greniers de nos maisons n'ont pas de fenêtres. Où vas-tu ?

— Rallumer le feu, puisque nous sommes réveillés.

Malgré les tisons qui couvaient sous la cendre, la pièce avait refroidi. Il se glissa dans le lit quand un bon feu ronfla dans la cheminée. Talia se blottit de nouveau contre lui pour le réchauffer.

— Merci, dit-il quand il cessa de trembler.

— De rien, fit-elle. Considère que c'est un remerciement pour hier.

Il fit semblant de se méprendre.

— Eh bien, petit oiseau, tu ne cesses de me surprendre ! Je n'avais pas la moindre idée que tu cachais tant de sensualité sous ces austères apparences.

— Et pourquoi pas ? le taquina-t-elle.

— Tu n'en as jamais montré le plus petit signe. Et… tu n'étais jamais passée à la pratique.

— Je n'avais jamais trouvé personne pour le faire, à part Skif. Comme tu le sais, nos tentatives furent vouées à l'échec ! Mais pas à cause d'un manque d'intérêt de ma part. Je ne t'ai jamais parlé de Rolan.

— Qu'est-ce que *Rolan* peut avoir à faire avec ça ?

— T'ai-je dit que je le percevais toujours dans mon esprit, en une sorte de « bruit de fond », et que je ne pouvais pas m'isoler de lui ?

Elle sourit un peu tristement, se souvenant qu'en ce moment précis elle était incapable de s'isoler de quiconque.

— Oui ? Pourquoi voudrais-tu t'*isoler* de lui ?

— La nuit, dans le Champ, il se passe des choses intéressantes… et les Compagnons femelles ont un point commun avec les femmes humaines.

Il eut l'air de ne rien comprendre. Elle soupira et ajouta :

— Elles sont toujours « en saison », ô sage conseiller !

— Grands dieux ! Ce qui veut dire…

— … Exactement ce que tu penses !

— Une sorte d'expérience par personne interposée ?

— C'est bien ça.

Il attira la tête de la jeune femme contre son épaule.

— Talia, je suis désolé de ne pas m'être rendu compte que tu allais si mal. Et surtout de n'avoir rien fait pour t'aider.

— Oh, je… (Elle se reprit.) Par le ciel ! Kris, que vais-je pouvoir faire ?

— *Nous* allons nous en sortir, dit-il en appuyant sur le pluriel. Toi, moi, Rolan et Tantris. Commençons par quelque chose de simple : dans l'affaire des vols de poulets, tu as appris une leçon que tu n'es pas près d'oublier. C'est le but de cette mission : t'apprendre à traiter les problèmes un par un – des situations plus simples qu'à la Cour. Dans ce village, tu as rencontré quelqu'un qui a ruminé sa rancune si longtemps que c'en est devenu une obsession. Penses-tu pouvoir reconnaître à tout coup ce type de personne ?

Elle pensa au frisson qui l'avait parcourue quand elle avait croisé le regard de la jeune servante.

— Oui, dit-elle enfin.

— Et crois-tu pouvoir t'en occuper et régler la question ?

— Peut-être... mais je pense qu'il me faudrait de l'aide.

— Bien. Avant, tu aurais répondu « oui » sans hésiter. Maintenant, tu sais que tu peux avoir besoin d'un coup de main. Tu apprends vite, petite.

» Passons au plus difficile. Ton Don échappe à ton contrôle. Selon moi, c'est parce que personne n'a compris que tu avais besoin d'un entraînement spécial... qui n'existe pas.

— Pourquoi ?

— Parce qu'aucun Héraut de la reine, que je sache, n'a jamais eu un Don aussi puissant que le tien. Je doute même qu'il y ait eu un Guérisseur doté d'une Empathie aussi forte que la tienne – si forte qu'elle peut servir d'arme.

— Qu'allons-nous faire, alors ?

— Inventer ce fichu entraînement ! À nous quatre. D'abord, le problème des boucliers ; il sera sans doute difficile de les récupérer. Mais nous allons nous y prendre différemment. Eh ! Pied Léger...

— *Oui, ô Maître du monde ?* dit Tantris en levant la tête.

— Moque-toi, moque-toi !

— *C'est toi qui as commencé*, répondit l'étalon avec un ricanement mental.

— Sérieusement, peux-tu prêter tes boucliers à quelqu'un ?

Tantris prit l'air pensif.

— *Oui... Mais pas pour longtemps.*

— Dans ce cas, Rolan peut le faire aussi.

— *Il l'a déjà fait.*

— Hum. J'aurais dû m'en douter. Bien. Je sais que j'en suis capable aussi. À nous trois, pouvons-nous l'isoler suffisamment pour qu'elle se sente bien si elle est seule avec nous ?

— *Oui. Rolan dit que nous pouvons même la protéger au sein de petits rassemblements de personnes.*

— C'est encore mieux que je l'espérais ! Parfait, je prends le premier tour, et quand je flancherai...

— *Je prendrai la relève*, termina Tantris.

— Tu as tout compris ? dit Kris en se tournant vers Talia et en formant le bouclier autour d'elle.

— Oui. Oh... oh, par le ciel ! fit-elle comme la protection s'élevait.

Le soulagement qui s'inscrivit sur son visage fit mesurer à Kris la tension qu'elle avait supportée jusque-là.

— Bien. Maintenant, il faut nous occuper de la partie dangereuse pour les autres.

— La projection...

— Oui. Mais pas maintenant. De toute façon, tu es trop fatiguée pour projeter un quart de pensée. De plus, j'ai faim et j'ai besoin d'un bon bain.

— D'accord. Toi d'abord. Je vais m'occuper des Compagnons et des chirras et je me laverai après. Inutile que nous nous salissions tous les deux.

— Tu n'es pas obligée de faire les quatre bêtes, mais si tu insistes, j'accepte, dit-il en souriant. Si tu te démènes de la sorte, je vais être obligé de trouver quelque chose d'utile à faire !

Il lui lança un regard faussement triste qui la fit pouffer.

Les travaux quotidiens les occupèrent une bonne partie de la journée. Kris dénicha des provisions supplémentaires dans un placard. Un des pots contenait du miel et ils trouvèrent de l'huile dans un petit flacon.

— Quelqu'un a dû les laisser ici au début de l'hiver. Ce ne serait pas prudent, sinon : ils moisiraient et risqueraient d'attirer la vermine.

Un autre pot contenait des graines.

— Des germes ! s'exclama Talia. Pour nous éviter d'attraper la fièvre de la neige, si nous restons coincés pendant un certain temps. Il suffit de mouiller ces germes, ils se développent et on peut les manger. C'est ce que font les gens dans le pays d'où viennent Sherrill et Keren.

— Nous en aurons peut-être besoin, dit Kris, pensif. Nous avons de quoi tenir… un mois, termina-t-il après un bref calcul mental. Stockée de l'autre côté de l'abri, il y a aussi de la nourriture pour les Compagnons et les chirras. On dirait que quelqu'un avait prévu une tempête de cette force… Dirk saurait mieux que moi si ce temps est normal.

— Quelle que soit la raison de cette abondance de provisions, nous ne pouvons que nous en féliciter, dit Talia, très terre à terre.

Après le repas, Kris accorda la harpe. Il jeta un regard interrogateur à Talia, puis commença à jouer une des chansons qu'elle avait interprétées à la fête des Hérauts. Elle s'assit à côté de lui et chanta.

Deux voix se joignirent à eux, formant un contre-chant sans paroles mais étonnamment harmonieux.

Le son montait de l'endroit où les Compagnons et les chirras étaient installés pour la nuit.

— Par le diable ! dit Kris. Dirk avait raison. Les chirras chantent vraiment ! Ça m'apprendra à me moquer de lui !

— Je n'y aurais pas cru moi-même, dit Talia. Ils ressemblent à des moutons, et ceux-ci ne chantent pas…

Les chirras les accompagnèrent tout au long de leur récital. Ils ne se contentaient pas de fredonner la mélodie, mais se lançaient dans des variations harmoniques étrangement séduisantes.

Les jeunes gens s'arrêtèrent quand les doigts de Kris commencèrent à s'engourdir, ses fausses notes provoquant l'aplatissement réprobateur des oreilles des chirras.

— Qu'as-tu décidé ? lui demanda Talia.

— À ton sujet ? Je crains que ce soit un peu dur pour toi, petite colombe…

— Tu crois que ça n'a pas été dur, ces dernières semaines ? fit-elle amèrement.

— Pas de la même façon. Ceux d'entre nous qui ne seront pas occupés à maintenir tes boucliers te surveilleront comme des chiens de garde. Dès que tu projetteras une pensée, nous te sauterons dessus. Après quelques jours de ce régime, je parie que tu parviendras à ne pas le faire sans t'en rendre compte.

— Ça n'a pas l'air très agréable, dit-elle lentement, mais ça pourrait marcher.

— Quand tu auras conscience que tu *projettes*, nous t'entraînerons à maîtriser ces projections, puis leur niveau. Enfin, nous travaillerons à rebâtir tes boucliers.

— Tu crois que je peux… ?

— Je *sais* que tu peux ! dit-il. Mais nous ne commencerons pas ce soir. Si tu es aussi fatiguée que moi, et je le crois, il serait bien inutile de s'échiner.

Disant cela, Kris sentit la fatigue s'abattre sur lui. Au moment où son effort pour abriter Talia commençait à faiblir, il sentit que Tantris le remplaçait.

— *C'est mon tour, petit frère*, dit la voix mentale.

Kris soupira et envoya une pensée de gratitude à son Compagnon.

Talia se prépara à se mettre au lit pendant que Kris s'occupait des Compagnons. Elle avait enlevé ses vêtements et allait passer sa chemise de nuit quand Kris arriva et lui saisit le poignet.

— Tu n'as pas sommeil, n'est-ce pas ? dit-il dans un murmure.

— Non…

Elle pencha la tête quand les lèvres de Kris effleurèrent sa nuque, puis la petite fossette nichée sous son oreille.

— Parfait, dit-il, l'attirant avec lui sur les couvertures étalées près du feu.

Merveilleusement détendue, elle se laissa aller contre lui, blottie entre la chaleur de son corps et celle du feu.

Il la tint contre son épaule, sa main libre dessinant d'étranges motifs sur sa peau à la sensibilité exacerbée…

Elle murmura d'étonnement quand ses mains lui apprirent des choses nouvelles et étonnantes ; bientôt, elle connut l'éveil plein et entier du désir.

Kris était un bon professeur et Talia une élève douée. Elle imita ses gestes, apprenant par l'exemple.

Quand ils eurent atteint le sommet de l'excitation, Kris s'unit à elle.

La douleur fut négligeable à côté de ce qu'ils partagèrent.

Ils restèrent enlacés un long moment.

Puis il lui tendit la chemise de nuit. Elle la passa avec un mouvement languide, se leva aussi et refit le lit, où ils se pelotonnèrent l'un contre l'autre, pleinement satisfaits.

— Le Don étrange qui est le tien a parfois du bon, petite. Celui qui s'unira à toi pour la vie aura de la chance. Je comprends maintenant ce qu'on dit des Guérisseurs...

— Oh ! Et que dit-on ?

— Que les épouser ou coucher avec eux est une expérience inoubliable...

Il lui prit le poignet et il s'apprêtait à poser un léger baiser dans sa paume quand quelque chose attira son attention. Il tourna la main captive vers la lumière vacillante du feu, paume vers le haut.

Une cicatrice rouge y courait.

— Voilà la raison de ma peur des hommes, dit-elle en réponse à sa question muette. Justus, mon frère au visage d'ange et à l'âme démoniaque, m'a fait cadeau de ce petit souvenir quand j'avais neuf ans.

— Pourquoi ? fit Kris, horrifié.

— Je crois qu'il était fou. Sadique. Il aimait faire souffrir les animaux de la ferme ; il ne perdait jamais une occasion de les blesser ou de les torturer. Quand on lui demandait de baigner les moutons pour les débarrasser des parasites, il les noyait à demi. Au moment de la tonte, il les coupait horriblement. Quand il dressait un cheval, l'animal était totalement brisé – il ne lui restait plus un brin de caractère. Je crois qu'il m'en voulait d'aimer la lecture, d'avoir un moyen de fuir l'ennui de notre vie.

» Un jour, il m'a donné un sac avec une portée de chatons à noyer. J'ai déchiré la toile et j'ai laissé les chatons s'enfuir. Il savait que j'agirais ainsi, je pense. Il m'a flanqué une gifle qui m'a jetée à terre, puis il a posé son pied sur mon poignet et il m'a brûlé la main avec un tisonnier. Cette fois, je pense qu'il est allé plus loin qu'il en avait l'intention, du moins au début. Mais, tant que je vivrai, jamais je n'oublierai le plaisir obscène qui le défigurait pendant qu'il me marquait. Personne n'est accouru, car chacun savait qu'il m'avait donné quelque chose à faire ; on imaginait qu'il me punissait pour avoir désobéi. Quand une des Épouses Secondaires a réagi à mes hurlements, il a dit que je m'étais rebiffée et que j'avais attrapé le tisonnier pour le frapper. Il n'a pas eu besoin d'expliquer pourquoi ma paume était brûlée et pas mes doigts. Ils l'ont cru, comme d'habitude, et ils n'ont pas voulu entendre ce que j'avais à dire. J'en ai fait des cauchemars jusqu'à ma deuxième année au Collegium.

— Par les dieux ! fit Kris, malade de dégoût.

— C'était il y a longtemps. J'ai oublié… ou presque. Il s'est fait tuer lors d'un raid, en voulant prouver à tous combien il était brave. Je pense que cela a servi de leçon à Keltev, qui semblait bien parti pour être comme lui…

— Keltev ? Celui qui tournait tout le temps en ridicule ton ambition de devenir un Héraut ? Je comprends maintenant pourquoi tu as supporté si longtemps les bizutages.

— J'ai appris de mes frères à ne pas montrer ma peine, ça ne sert qu'à exacerber la haine. Et puis, comment pouvais-je savoir qu'on me croirait ?

— Oh ! Talia, dit-il en la serrant contre lui. Pauvre petit oiseau…

— Ce n'était pas si grave que ça, dit-elle, blottie contre son épaule. Maintenant j'ai des amis, des gens sur qui je peux compter. Mes professeurs, mes camarades de classe, toi et Dirk.

— Puis tout le Cercle Héraldique ! répondit-il en lui baisant doucement le front. Je suis désolé de ne pas t'avoir fait confiance au début. Mais je te revaudrai ça.

Le feu mourait lentement devant les yeux des deux Hérauts.

— Sais-tu que Dirk et toi devriez vous entendre comme larrons en foire ? lança soudain Kris. Votre esprit fonctionne de façon presque identique.

— Pourquoi dis-tu ça ?

— Parce que tu refuses d'agir pour t'épargner du chagrin, mais que tu as bravé la colère de ton frère afin de sauver les chatons. Ça ressemble tellement à Dirk que c'en est comique ! Quand on le blesse, il ne fait rien, il se contente de se cacher. Mais si on attaque un ami, c'est un vrai lion ! Je parie que vous allez devenir intimes.

— Tu le crois vraiment ? dit-elle avec un peu trop d'empressement.

Lequel dessilla les yeux de Kris.

— Ma foi, Talia, sourit-il, j'ai l'impression que tu t'es entichée de mon partenaire !

— Un peu, oui, murmura-t-elle.

— Un peu, c'est tout ?

— Un peu… beaucoup, avoua-t-elle dans un souffle.

— C'est sérieux ?

— Je n'en sais rien. Oui, je crois que cela pourrait devenir sérieux, si les conditions s'y prêtent. Mais je ne sais même pas si je lui plais.

— Si je ne me trompe pas, il est intéressé !

Kris se souvint de la conversation qu'il avait eue avec Dirk avant son départ. Il ne cessait pas de chanter les louanges de Talia, lui qui, depuis sa malencontreuse aventure avec une courtisane, n'avait pas prêté grande attention aux femmes.

— Il veut que nous fassions de la musique tous les trois. Plus précisément, il entend que nous jouions tous les deux pendant que tu chanteras.

— Il sait jouer ? dit-elle, étonnée.

— Aussi bien que moi ! Mais il me laisse faire, parce que je ne sais pas chanter.

— Et il a dit que j'étais surprenante !

— Mais tu l'es ! Et j'ose à peine imaginer comment tu seras, dans les bras de quelqu'un que tu aimeras vraiment. J'espère qu'il aura le cœur solide, car il risque bien de ne pas survivre à l'expérience !

— Kris ! fit-elle, indignée, à t'entendre, on croirait que je suis une mante religieuse qui dévore son mâle !

— Ne t'inquiète pas, Dirk est un garçon très costaud !

— Ne te moque pas de moi, ou je me vengerai de manière horrible : de la neige dans le cou quand tu dormiras profondément !

— Petit monstre, fit-il en riant.

Puis, sérieux :

— En parlant de neige, nous risquons de rester bloqués ici un bout de temps. Un mois, peut-être. J'ai essayé de sortir, tout à l'heure. Impossible de traverser la ligne des arbres, la neige est haute comme un chirra. J'ai prévenu le Guérisseur – Loris, je crois, – que nous serions là. Ils nous trouveront. Et puis, petit oiseau, cela nous donnera le temps de travailler à te rendre le contrôle de ton Don.

— Kris, crois-tu que nous puissions réussir ?

Le « nous » fit plaisir au jeune homme.

— Oui, je le crois. Rolan et Tantris aussi. Pas d'objection ?

— Je… je pense que non !

— Nous y arriverons, n'en doute pas un instant. C'est le *doute* qui a provoqué tous tes ennuis. Tu dois y croire, Talia. Le manque de confiance en toi est ton seul point faible.

Elle ne répondit pas, mais continua à regarder fixement le feu jusqu'à ce que ses yeux se ferment.

Kris resta éveillé bien plus longtemps, luttant contre ses propres contradictions. Il *devait* croire en elle. Si elle sentait en lui quelque manque de confiance, son Don se retournerait contre eux.

Kris n'avait aucun doute sur la façon dont une telle mésaventure finirait !

Chapitre 8

Kris poursuivait dans la forêt une créature mi-loup mi-tempête qui lui jeta un regard mauvais et exhiba des crocs de glace. Un froid mortel envahit le cœur du Héraut.

Tremblant, il essaya de tirer sur le monstre mais ses doigts gelés refusèrent de lui obéir. Il savait que la bête pourchassait Talia, qui courait quelque part devant lui sur la piste. Il l'entendait pleurer mais il ne parvenait pas à la repérer. Il essaya de crier un avertissement… et se réveilla en sursaut, Talia le secouant comme un prunier.

— Désolée, fit-elle, tu étais en train de rêver.

Il s'ébroua pour chasser le cauchemar.

— Oui, c'est bien vrai ! Je t'ai réveillée ?

— Pas vraiment, je ne dormais pas très bien.

Puis elle ajouta à voix basse :

— Kris, crois-tu que ce serait une bonne idée d'enlever les provisions de la zone de stockage et de les placer des deux côtés de la porte avant ?

Il ressentait depuis son réveil un vague malaise ; il s'aperçut qu'il était lié à la question des provisions.

— Cela me semble très bien, dit-il. Pourquoi as-tu pensé à ça ?

— Je n'arrête pas de rêver que j'essaie de les déplacer, mais elles sont trop lourdes pour moi. Et dans mon rêve tu ne m'aidais pas, tu te contentais de me regarder.

— Ce ne sera pas le cas maintenant, sourit-il en se dégageant des couvertures. Je ne sais pas pourquoi, mais j'ai l'impression que nous devrions suivre le conseil de ton rêve.

Déplacer les provisions à travers la neige ne fut pas un jeu d'enfant. Mais aucun d'eux ne songea à s'arrêter tant que ce ne fut pas fini. Ensuite, ils se mirent à ramasser tout le bois mort qui se trouvait dans la clairière. Ils en ramassèrent autant que possible. Ils n'en auraient pas assez en cas d'enneigement, mais le stock durerait au moins le temps d'une tempête. Après, ils pourraient toujours couper un des petits résineux qui poussaient près de l'abri.

Quand ils eurent terminé, ils étaient glacés et épuisés. Trop fatigués pour parler, ils se blottirent devant le feu avec leur bol de ragoût.

Puis ils se réfugièrent dans leur lit, à demi engourdis.

Le vent les réveilla à l'aube. Il soufflait si fort que les murs de l'abri en tremblaient. Kris se félicita qu'ils aient écouté leur instinct et déplacé les vivres, beaucoup plus à l'abri dans l'entrée.

— Heureusement que le toit n'est pas en chaume, chuchota Talia, il aurait été arraché depuis longtemps.

Kris hocha distraitement la tête, fasciné par les proportions épiques de la tempête qui faisait rage à l'extérieur.

— Je vais raviver le feu, dit-il. Aménage-nous un petit enclos de paille pour nous isoler davantage du froid, et laisse une place pour nos amis à quatre pattes. Ils devront se rapprocher du feu si la température continue à baisser.

Talia improvisa un nid douillet couvert de deux robes de chambre supplémentaires. Kris et elle s'y glissèrent quand le feu ronfla de nouveau et se blottirent dans les bras l'un de l'autre pour avoir plus chaud ; hypnotisés par les flammes, ils écoutèrent la tempête hurler dehors.

Un bruit épouvantable les tira de leur transe. Si les murs de l'abri s'écroulaient, ils étaient perdus, car ils gèleraient en quelques heures. Le tumulte augmenta et dura de longues minutes. Le vacarme de quelque chose qui s'effondrait y mit un point d'orgue.

— Cela provenait-il vraiment de là où je pense ? demanda enfin Kris après un long silence.

— Oui, de... du hangar... derrière..., bafouilla Talia. Là où sont stockées les provisions.

Il se leva et essaya d'ouvrir la porte. Elle était bloquée par un arbre.

— Là où elles *étaient* stockées, corrigea-t-il.

Elle ne le contredit pas.

Ils entendirent d'autres arbres s'effondrer, vaincus par les assauts de la tempête, mais aucun aussi près. Le vent sembla se fatiguer de sa propre violence. Vers midi, il avait totalement cessé. La température remontant dans l'abri, ils replongèrent dans le sommeil sans s'en rendre compte.

Les Compagnons les réveillèrent et leur firent comprendre qu'ils voulaient sortir immédiatement.

Kris haussa les épaules.

— S'il y a un danger, autant en être informés tout de suite.

Les ballots d'avoine avaient protégé la porte de la neige, sinon ils n'auraient pas pu l'ouvrir.

Les chirras étaient dans leur élément. Ils s'enfoncèrent dans la poudreuse, qui montait presque jusqu'au sommet du crâne de Kris. Mais leur long cou leur permettait de garder la tête à l'air libre.

À leur suite marchaient les Compagnons, puis les deux Hérauts. Après avoir avancé entre des murs de neige aussi hauts qu'eux, ils arrivèrent dans une zone totalement dénudée par le vent.

De la forêt alentour émanait un sentiment de puissance contenue qui fit dresser ses cheveux sur la nuque de Talia. Il y avait *quelque chose* en ces lieux… quelque chose qui n'était pas exactement vivant, mais pas mort non plus. Une force issue des éléments, non humaine, qui les surveillait… qui *attendait.*

Comme si la forêt elle-même lui prêtait des milliers d'yeux et d'oreilles…

— Où est la route ? fit-elle d'une toute petite voix.

Kris sursauta, puis pivota lentement sur lui-même, cherchant à s'orienter.

— De ce côté, dit-il enfin. Il y avait un arbre juste à côté du sentier qui y mène…

— Et qui se trouve désormais *en travers* du sentier.

— Les Compagnons et les chirras pourront nous aider à le dégager. J'espère.

— Et pour le hangar ?

— Voyons si nous pouvons y retourner, dit Kris.

Ils purent approcher suffisamment pour voir ce qui s'était passé. Une bonne dizaine d'arbres étaient tombés, chacun envoyé au sol par celui qui était derrière lui, le dernier s'effondrant sur le hangar. Les troncs étaient tous tombés dans la même direction.

Tous sauf un.

—Talia, fit Kris en un murmure, je n'avais jamais cru aux histoires qu'on raconte sur la Forêt des Chagrins et la Malédiction de Vanyel.

Le dernier arbre avait pulvérisé le petit hangar ; mais il était tombé en oblique par rapport à la direction du vent, épargnant ainsi l'abri.

—Par les dieux ! dit Kris, je n'ai jamais cru aux miracles…

Il regarda autour de lui, puis reprit :

—Je sais que ça a l'air idiot, mais qui ou quoi que vous soyez, je vous remercie du fond du cœur !

Leur impression d'être surveillés s'évanouit soudain.

—Nous devrions rentrer, dit Talia, qui respirait plus librement. Il fait presque nuit.

Ils se préparèrent un repas frugal, mangèrent et rangèrent les ustensiles en silence. Alors Talia aborda le sujet qui les préoccupait.

—Crois-tu que nous pourrons sortir d'ici ?

—J'aimerais pouvoir répondre oui sans hésiter, mais je n'en sais rien ! Pourrons-nous nous frayer un chemin jusqu'à la route ? La neige est haute comme un homme ! Il y a cet arbre en travers… et nous n'avons pas d'outils.

—Je ne connais pas grand-chose à leur fabrication, mais je peux essayer quand même d'improviser une pelle.

—Allons voir de quels matériaux nous disposons.

Ils trouvèrent du bois pour le manche, mais rien pour le plat.

— La seule solution, dit Talia, est d'utiliser l'étui de la harpe de Jadus.

— Non ! se récria Kris.

— Nous n'avons pas le choix. Quand nous partirons, nous envelopperons la harpe dans des couvertures, elle ne risquera rien. Regarde, le bois de l'étui est solide, il a été imperméabilisé, et il est à la bonne dimension. Kris, Jadus nous en voudrait de nous comporter comme des imbéciles sentimentaux.

— Tu as raison, fit-il après un court silence.

Il sortit la harpe de l'étui et démonta celui-ci.

Avec un bout de charbon, Talia traça les contours d'une pelle à neige sur les deux parties larges de l'étui. Elle garda un des morceaux et tendit l'autre à Kris.

— Essaie de le tailler pour qu'il ait cette forme ; je m'occupe de l'autre.

Le grain du bois était si fin qu'il ne fut pas difficile de le couper avec le tranchant de leurs haches. Quand les plats eurent à peu près la forme voulue, Talia marqua l'emplacement à évider pour fixer le manche.

Lorsqu'ils eurent fini, leurs mains et leurs poignets étaient endoloris.

— Maintenant, fit-elle, j'ai besoin de deux morceaux de cette largeur environ (elle indiqua la valeur de deux doigts) et de la longueur des plats – pour la solidité du tout ! Tu devras les couper dans le cadre de l'étui.

Elle chercha ensuite son pot de colle dans son sac, en versa le contenu dans un seau à demi rempli d'eau et le mit à chauffer sur le feu. Ensuite, elle examina plusieurs branches pour choisir celles qui feraient les meilleurs manches.

Elle montra à Kris comment les fixer aux plats de pelle. Puis elle se chargea d'assembler les différents éléments en les collant et en les solidarisant avec des lanières de cuir mouillé. Quand elle eut terminé, elle posa les objets finis dans un coin pour qu'ils sèchent pendant la nuit.

— Elles ne seront pas d'une solidité extraordinaire, soupira-t-elle, mais c'est mieux que d'essayer de creuser à mains nues. Kris, comment les gardes font-ils pour nettoyer les routes ?

— Ils recrutent des villageois. Ils dégagent le plus gros de la neige et tassent les endroits où elle n'est pas trop épaisse.

— Ça ne doit pas être très rapide.

— Non.

La réponse sonna comme un glas. Talia avait peur, mais elle ne voulait pas que ses craintes deviennent un fardeau de plus pour Kris, qui avait bien assez de ses propres inquiétudes.

— Cela m'ennuie de te le dire, Talia, dit son tuteur après un moment de silence, mais tu es en train de projeter des émotions. Je le sens, et je sais que cela ne provient ni de moi ni de Tantris.

En elle monta une bouffée de colère mêlée de désespoir.

— Par le diable ! Talia, *bloque tes projections* !

Elle ravala un sanglot, se mordit les lèvres puis se calma, recourant à un exercice de respiration. Elle parvint à localiser la « fuite » et à la stopper. Kris poussa un soupir de soulagement et lui sourit. Talia sentit son espoir renaître.

Il prit la harpe et joua des airs qu'elle ne connaissait pas. Elle n'aurait pas été d'humeur à chanter, de toute façon. Allongée près de lui, les yeux fermés, elle laissa la mélodie la calmer.

Il cessa de jouer et rangea la harpe. Elle rompit le silence au bout d'un moment.

— Kris, j'ai peur. *Vraiment* peur. De ce qui m'arrive, et de tout ça… dehors…

— Je sais. J'ai peur aussi. Tu aurais pu nous tuer, l'autre nuit. Tu risques encore de le faire. Et quant à ce qui nous attend dehors… je ne me suis jamais senti si impuissant de ma vie.

Pour lui, ce n'était pas une mince affaire d'avouer ses craintes, Talia le savait.

— J'aimerais ne pas être si perturbée, être plus forte, plus solide.

— Ce n'est pas ta faute, dit Kris. (Il changea de sujet.) J'espère que nous partirons d'ici avant de tomber à court de provisions. Nous en avons pour environ un mois, mais après…

— Kris… Nous sommes dans la Forêt des Chagrins, tu sais. On nous enverra peut-être du gibier…

— Oui… ce serait moins compliqué que de dévier la chute de cet arbre…

— Tu n'auras pas à t'inquiéter à mon sujet, reprit Talia ; n'oublie pas que je suis née sur la frontière. Je peux me priver de nourriture.

— Nous nous rationnerons si nous ne pouvons pas faire autrement. Nous aurons besoin d'énergie pour nous tenir chaud.

— Je me demande à quoi ressemble la Cour à cette période de l'année, lança Talia pour alléger l'atmosphère.

— Ce doit être un vrai chaos. Mon oncle déteste ça. Tant de gens arrivent pour le festival d'Hiver, avec, comme par hasard, une requête ou une autre, qu'il passe le plus clair de son temps en réunions du Conseil.

— Je ne m'entends pas très bien avec ton oncle, dit Talia. En fait, *pas du tout*. Il ne m'aime pas, je le sais, mais il y a autre chose. J'ai le sentiment qu'il cherche un moyen de se débarrasser de moi.

— Fichtre ! fit Kris, sidéré. Tu ferais mieux de tout me raconter depuis le début.

— Oui, répondit-elle après un moment d'hésitation, si tu me promets de m'écouter jusqu'au bout.

— Ce n'est que justice, je suppose.

— Tu te souviens de la fois où les étudiants Non-affiliés – les Bleus, comme on les appelait – m'ont jetée dans la rivière ?

— Oui…

— Ils avaient l'intention de me tuer.

— Quoi ? s'exclama Kris.

— En me jetant à l'eau, l'un m'a dit : « Salue Talamir de notre part ! » Je crois que c'est clair, n'est-ce pas ? Si mon lien avec Rolan n'avait pas été si fort, j'y serais restée. Après, ils ont tourné la chose à la rigolade, ils ont prétendu que c'était une blague. Et ton oncle les a soutenus devant le Conseil.

» Au lieu d'être accusés de tentative d'assassinat, ils ont été simplement réprimandés et renvoyés dans leurs foyers. Après cela, il y a eu l'affaire avec Skif, qui m'a aidée à démasquer Hulda, la nurse d'Elspeth. Il devait découvrir qui l'avait fait entrer à Valdemar, à part Selenay et le père d'Elspeth. Orthallen a accusé Skif d'essayer de falsifier les livres. Il voulait le faire envoyer sur la frontière pour deux ans ! J'ai réussi à le tirer de ce mauvais pas, mais ton oncle ne me l'a jamais pardonné.

Kris fut sur le point de dire quelque chose ; il se ravisa.

— Enfin, il a essayé de forcer le Conseil à faire durer trois ans ma mission de probation, deux fois la période normale, prétendant que j'étais « trop jeune et inexpérimentée ». Ni Selenay, ni Elcarth, ni Kyril n'étaient d'accord. Ils lui ont rappelé que la mission de probation dépendait entièrement du Cercle Héraldique, pas du Conseil.

— C'est tout ? demanda Kris.

— Ça ne te semble pas suffisant ?

— Non. Il pourrait y avoir des explications très logiques à tout cela. Je suis sûr que mon oncle n'était pas au courant des mauvaises intentions des Bleus. Mais il les connaît depuis leur plus tendre enfance ; il s'est senti obligé de les défendre. Tu avais *deux* personnes pour parler en ta faveur au Conseil, Elcarth et Kyril.

— Oui, fit Talia, dubitative. Mais Skif...

— Oh, pour Skif... Mon oncle est traditionaliste, je le sais. Skif est une épine dans son pied depuis le jour où il a été choisi. Il a été le premier des étudiants à semer la panique en ville, et le seigneur n'a pas apprécié du tout. Mais je suis persuadé qu'il n'avait rien d'autre à l'esprit que lui apprendre un peu de discipline.

— Et pourquoi essaie-t-il de s'interposer entre Selenay et moi ?

— Ce n'est pas le cas ; tu es *vraiment* très jeune pour cette charge. Sa vision d'un Héraut de la reine correspond plutôt à quelqu'un comme Talamir. Je ne doute pas qu'il ait réellement pensé qu'une mission de probation plus longue était dans ton intérêt.

— Je voudrais pouvoir te croire…

— Il est très immature de lui garder rancune. Cela ne te ressemble pas.

— Je ne lui tiens pas rancune ! Écoute, il y a une autre explication. Il pense peut-être que je suis une menace pour sa position auprès de Selenay. Et je parie que c'est lui qui t'a parlé des rumeurs qui circulent sur mon compte.

— Oui, fit Kris pensivement, c'est possible. Je sais que mon oncle est assoiffé de pouvoir. Il est le Conseiller en chef de Selenay depuis bien longtemps, et il sait que le Héraut de la reine est plus influent que lui. Et c'est bien lui qui m'a parlé des rumeurs te concernant.

Talia aurait bien suggéré qu'Orthallen était *à l'origine* des rumeurs, mais elle ne voulait pas pousser sa chance trop loin. Kris acceptait de réfléchir au problème, c'était déjà ça.

— Kris, oublions tout cela pour l'instant. Nous avons d'autres soucis.

— Oui. Par exemple, tu risques de projeter de nouveau tes émotions.

— Oui. (Elle prit une grande inspiration.) Et je pourrais même craquer nerveusement. Je n'en étais pas loin, cet après-midi. Et je crois que j'ai même eu… quelques hallucinations… dehors.

— Diable !

Kris se tourna vers Tantris et le regarda un long moment.

— Il dit que Rolan et lui peuvent te maîtriser en cas de besoin. La première fois, Rolan a été pris par surprise, mais cela ne se reproduira pas.

— Parfait. Et merci à vous tous, fit-elle avec un soupir de soulagement.

Le lendemain ils se réveillèrent tôt. Pas question de flâner s'ils voulaient rejoindre la route avant que leurs provisions s'épuisent. Ils se vêtirent le plus chaudement possible, prirent leurs pelles et s'attaquèrent à la longue corvée consistant à se frayer un chemin vers la liberté.

Ils s'arrêtèrent à midi pour le repas et pour mettre des vêtements secs. Puis ils pelletèrent jusqu'à la tombée de la nuit.

— Il faut que nous arrivions à déplacer cet arbre tant que la neige est encore molle, dit Kris. S'il est pris dans les congères, nous ne le ferons plus bouger de là.

— Ça ira tant que la neige tombera, dit Talia en se remémorant son enfance. La température ne tombera pas si le temps ne change pas.

L'après-midi suivant, ils atteignirent l'arbre. Étant donné sa taille, ils décidèrent de le séparer en deux avant de tenter de le dégager.

Il leur fallut jusqu'au lendemain midi pour finir de le couper. Ils avaient bien fait : le demi-arbre bougea seulement quand ils se furent attelés aux cordes à côté des chirras et des Compagnons. Haletants et trempés de sueur, il leur fallut jusqu'au soir pour le traîner hors du chemin.

Ils rentrèrent à l'abri, pleurant presque de fatigue. Avant de retirer leurs vêtements trempés et de s'écrouler sur leurs paillasses, ils s'occupèrent d'abord des chirras et des Compagnons.

— Tu veux *vraiment* manger ? demanda Kris, dubitatif.

— Non, dit-elle d'une voix mourante.

— Parfait, moi non plus. Si tu t'occupes du thé, j'irai chercher le miel.

— D'accord.

Kris revint avec le pot de miel et... autre chose. Il posa l'objet dans la main de Talia.

C'était une des barres de fruits et de noix séchés que Kerithwyn leur avait données.

Talia fit la grimace.

— Je sais, dit Kris, j'ai la nausée aussi. Mais si nous ne mangeons rien, nous en paierons le prix demain matin...

Elle but son thé si chaud qu'il lui brûla la langue, mais cette sensation la ravigota et elle sentit un peu d'appétit lui revenir.

Mâcher la barre séchée termina de l'épuiser. Kris était de toute évidence dans le même état. Elle se glissa dans le lit et s'endormit instantanément.

Au matin, elle se réveilla, changea de position et étouffa un gémissement de douleur.

— Pourquoi suis-je encore en vie ? se plaignit Kris. Je me sentirais moins mal si j'étais mort !

— Moi aussi. Mais je pense à ce qu'Alberich nous dit tout le temps.

— Ne m'en parle pas ! Je sais : le meilleur remède dans notre cas est de nous remettre au travail...

— Il va falloir que nous rentrions encore du bois de chauffage et du fourrage.

— Il y a quand même un point positif, dit Kris. Dans ton état, tu ne risques pas de projeter tes pensées.

Quand ils eurent fait leur toilette et déjeuné, ils ouvrirent la porte.

Le soleil se reflétait si vivement sur la neige qu'ils reculèrent. Le temps avait tourné pendant la nuit, laissant le ciel sans nuages. Il leur allait falloir trouver de quoi se protéger les yeux sous peine d'être rapidement aveuglés.

Kris brandit triomphalement un rouleau de gaze pris dans leur nécessaire médical.

— Tiens, enroule ça deux ou trois fois autour de ta tête. Ça devrait être assez mince pour qu'on voie à travers.

Ce n'était pas l'idéal, mais c'était préférable à la lumière crue du soleil, qui les aurait fait larmoyer.

Ils retournèrent à l'arbre derrière lequel se trouvait le chemin de la liberté. Au-delà du géant foudroyé, ils apercevaient le sentier, qui semblait enneigé jusqu'à une hauteur de plus de un mètre.

Là était le problème !

— Au moins, il n'y a pas d'autre arbre couché sur le chemin, dit Talia pour leur remonter le moral.

— Prenons nos pelles et allons-y, soupira Kris.

Les congères étaient profondes, mais pas trop larges. Ils pelletèrent et tassèrent la neige jusqu'au crépuscule, puis rapportèrent le bois et le fourrage, dînèrent et tombèrent sur leur lit, épuisés.

Talia s'éveilla en pleine nuit, glacée. Ne comprenant pas ce qui se passait, elle se rapprocha de Kris, qui marmonna sans se réveiller. Mais, le froid ne cessant d'empirer, Talia finit par sortir du lit ; dès qu'elle eut posé un pied par terre, elle crut mourir gelée. Elle passa ses pantoufles en peau de mouton, s'enveloppa dans son manteau et alla rapidement entasser du bois dans la cheminée. Quand le feu ronfla, elle vit que les chirras et les Compagnons avaient quitté leur coin et s'étaient approchés de la source de chaleur. Ils la regardaient d'un œil à demi endormi.

— Que se passe-t-il ? demanda Kris. Pourquoi fait-il si froid ?

— Le temps a encore tourné, dit Talia. La température baisse.

Elle pensa que la neige, dehors, était en train de se solidifier, formant des congères semblables à des avancées de granit blanc.

— Je crois que la déesse de la Chance vient de nous abandonner, dit-elle.

Chapitre 9

Quand ils se rendormirent, ce fut d'un sommeil agité ; ils se réveillèrent tôt, avec un sentiment de catastrophe imminente. Le froid glacial qui régnait dans l'abri ne les encouragea pas à flâner. Ils se vêtirent rapidement et sortirent afin d'évaluer la situation.

Elle n'était pas brillante. La neige avait gelé, bien entendu. La croûte durcie pouvait supporter leur poids, ou celui d'un chirra « à vide », mais elle ne résisterait pas à celui d'un chirra chargé ou d'un Compagnon. De plus, il était évident que leurs pelles n'étaient pas assez robustes pour attaquer une couche de neige aussi compacte.

Les deux Hérauts regardèrent avec désespoir le début de chemin qu'ils avaient tracé la veille dans la poudreuse, maintenant aussi dure que du roc. Talia se laissa aller à un juron bien senti et flanqua un coup de pied à un amas de neige. Elle se mordit les lèvres de frustration et fit un effort pour ne pas laisser filtrer ses émotions.

— Talia, nous n'arriverons à rien de cette façon. Tu es épuisée, moi aussi. Une journée ou deux ne feront pas une grande différence. Étant ton conseiller, je *nous* intime l'ordre de prendre du repos et de récupérer, jusqu'à ce que nous accouchions d'un plan susceptible de nous tirer de ce mauvais pas.

Talia ne put qu'acquiescer.

Une fois rentrée, elle alluma la petite lampe à huile et examina l'intérieur de l'abri, plutôt en désordre.

— On dirait que nous allons rester là un bout de temps, fit-elle. Il serait temps de cesser de vivre dans une auge !

Kris regarda autour de lui et convint qu'elle avait raison.

Avant midi, ils eurent terminé de ranger et de nettoyer l'abri.

— Tu as une idée sur ce que nous pourrions essayer ? demanda Kris.

— Rien qui fasse avancer notre problème. Mais j'ai pensé à quelque chose. Puisque nous sommes bloqués ici, nous devrions en profiter pour nettoyer nos vêtements. Les seuls habits chauds et propres qui me restent sont ceux que j'ai sur le dos.

— Il y a du savon dans l'abri, spécial pour nettoyer les cuirs, dit-il. Nous pourrions vider deux des tonneaux et les faire tremper dedans.

— J'ai apporté du savon en bonne quantité pour le reste, dit Talia, et nous ne risquons pas de manquer d'eau.

— D'accord, fit-il, au travail ! Je ne suis pas mieux loti que toi, et je *déteste* porter des vêtements sales !

Dans les conditions primitives offertes par l'abri, il ne fut pas aisé de nettoyer des vêtements blancs. Mais c'était plus facile que de pelleter la neige... Bientôt, tous les endroits disponibles furent semés d'habits en train de sécher.

— Je n'aurais jamais cru avoir de nouveau envie de porter l'uniforme gris des étudiants ! soupira Talia.

— Je te comprends, fit Kris avec un sourire. Au moins, la saleté ne se voyait pas autant ! Où en es-tu ?

— J'ai terminé, puisque j'ai fait mes cuirs pendant que tu lavais.

— Moi aussi, j'ai fini.

— Il reste de l'eau chaude, assez pour deux bons bains, je pense. Dommage que les tonneaux soient trop petits pour nous, mais au moins nous pourrons vraiment nous nettoyer et être propres.

— Excellente idée.

Une fois lavée, Talia se coiffa devant le feu, à demi hypnotisée par les flammes dansantes et le mouvement du peigne dans ses cheveux. L'odeur du savon et du cuir propre imprégnait l'abri. Des fragments d'histoires et des scènes de bataille – des Compagnons piaffant et hennissant aux côtés de leur Héraut – traversèrent l'esprit de Talia.

Piaffant et hennissant...

— Kris, dit-elle, une idée prenant forme lentement dans son esprit, notre problème principal est la neige durcie et la croûte de glace. Nos pelles ne sont pas assez solides pour la casser. Mais si nous protégions leurs pattes afin qu'ils ne soient pas blessés, Tantris et Rolan pourraient la briser.

— Par la Dame, tu as raison ! s'exclama-t-il. De plus, tu as remarqué les grandes griffes dont sont munies les pattes des chirras. Ils s'en servent pour se creuser des abris dans la terre ou dans la neige. Si nous leur faisions comprendre de quoi nous avons besoin, nous pourrions leur faire briser la glace en morceaux assez petits pour que nous nous en débarrassions.

— Tantris et Rolan peuvent leur expliquer la chose...

Tantris renâcla ; Rolan envoya une caresse mentale à Talia.

— D'accord, ô vénérable aïeul, dit Kris à son Compagnon. (Il se tourna vers Talia.) La Source de Toutes les Sagesses semble penser que nous allons avancer plus vite qu'auparavant en procédant ainsi. Il se demande pourquoi nous n'y avons pas pensé plus tôt.

— Vous ne nous auriez pas servi à grand-chose dans de la neige molle, dit Talia aux Compagnons, et les chirras non plus !

— Et voilà ! fit Kris.

— Tantris a-t-il dit autre chose ? demanda Talia, un peu jalouse de la capacité de Kris à parler mentalement avec son Compagnon.

— Seulement qu'il s'était inquiété de nous voir travailler si dur. Puis il m'a *ordonné* de me reposer demain. On croirait que nous sommes des néophytes !

Talia avait perçu les mêmes sentiments chez Rolan, même s'ils ne lui parvenaient pas sous forme de mots.

— Rolan est du même avis, et tous deux ont bien raison ! J'ai mal partout. (Elle s'étira.) Tout ça ressemble bien peu au repos qu'on avait décidé de prendre.

Kris fit un petit bruit d'approbation et s'étira aussi.

— C'est sûr ! Je suis encore plus fatigué qu'en arrivant, si c'est possible ! Plus endolori en tout cas !

— Tu veux un petit massage ?

— Et toi ?

— Ma foi, oui ! s'exclama-t-elle.

— Je te propose un marché, alors. Je commence avec toi, et tu continues sur moi. Mais il faut te déshabiller, petite ! Pas de bon massage à travers quatre chemises et une tunique !

— Seulement deux ! Et des chemises d'été, en plus !

Pourtant elle suivit sa suggestion. Étendue sur une pile de couvertures devant le feu, elle s'étira.

Kris avait des doigts de fée : il débusqua la plus infime douleur et l'obligea à quitter le corps de Talia. Bercée par les mains douces, elle dériva dans un demi-sommeil.

Il l'en sortit en lui chatouillant le cou.

— C'est mon tour, dit-il en s'allongeant devant le foyer.

Talia essaya de copier ses gestes. Elle chercha les muscles tendus, les dénoua délicatement. Avant longtemps, il fut aussi relaxé qu'elle.

— Demande-moi n'importe quoi, et je le ferai, murmura Kris, heureux comme un chat repu. Tant que tu ne me dis pas de bouger, et si tu promets de ne pas arrêter ce que tu es en train de faire.

Elle gloussa en continuant à lui masser les épaules.

— Très bien. Alors, parle-moi de Dirk.

— Tu promets de ne pas t'arrêter ?

— Je promets, dit-elle solennellement.

— Parfait. Car il y a beaucoup à raconter. Je dois commencer par son grand-père...

— Tu plaisantes, fit-elle en levant un sourcil. N'es-tu pas en train d'essayer de prolonger ce massage ?

— Je t'assure que c'est absolument nécessaire. Allons-y. Il était une fois, entonna-t-il avec un sérieux affecté, un homme ambitieux qui s'installa sur la frontière et ajouta tous les ans une parcelle à ses terres. Il s'arrêta quand son domaine fut devenu si vaste qu'il pouvait à peine le gérer. Alors, il décida de se marier.

— Logique, étant donné qu'il a dû avoir au moins un enfant pour devenir le grand-père de Dirk.

— Tais-toi et écoute, femme ! Ils eurent un seul enfant, une fille. Le grand-père ne doutait pas un instant que, le moment venu, elle se marierait et que son domaine resterait entre les mains de sa famille. Mais les dieux en avaient décidé autrement.

— N'est-ce pas toujours le cas ?

— Tout d'abord, il se trouva que la fille avait un Don de Guérison très puissant. C'était une nouvelle inattendue mais heureuse, car il n'est pas aisé de poster des Guérisseurs à proximité de la frontière. Il y a beaucoup de travail, et tu connais les Guérisseurs : ils se tueraient à la tâche ! Bref, ceux qui sont nés près de la frontière se sont toujours fait un devoir de servir sur leur lieu de naissance. Il y avait peu de chances qu'elle aille jamais ailleurs. Son père, fier et heureux, l'envoya au Collegium et elle revint en temps voulu, dans son uniforme vert de Guérisseur. Jusque-là, rien que de très normal. Pourtant, qu'elle soit une femme de l'Art posa un problème à son père. Aucun homme du cru ne semblait décidé à courtiser une belle qui, à cause de son Don, ne pourrait jamais consacrer toute son attention à son mari.

— C'est comme les Hérauts ou les prêtres. Prends notre exemple…

— Tu as raison. Pour en revenir à mon histoire, le confortable héritage qu'il s'assurerait ne suffit pas à convaincre un des fermiers du voisinage de la conduire à l'autel. Le vieil homme commença à désespérer de voir des biens durement acquis rester dans la lignée. Alors survint le second événement qui contraria ses plans. Tard une nuit d'automne, il y eut un orage terrible.

— Un orage ? Encore !

— Chut, c'était un orage nécessaire ! Ce fut le pire que cette partie du royaume ait jamais connu en automne. La foudre abattit tellement d'arbres qu'il ne fut pas utile d'en couper pour faire du bois de chauffage cet hiver-là. Une pluie glacée tombait à verse ; le tonnerre était si fort et si fréquent qu'il était impossible de tenir une conversation ou de dormir. Au milieu du bruit et de la fureur, quelqu'un frappa à la porte de la ferme.

— Un étranger aux cheveux aile-de-corbeau, grand, beau et mystérieux, je n'en doute pas une seconde.

— Qui raconte cette histoire, toi ou moi ? Oui, il s'agissait bien d'un étranger, à moitié noyé, à moitié frigorifié et à moitié mort...

— Cela fait beaucoup de moitiés, jeta Talia, taquine.

— ... Mais il était blond, continua imperturbablement Kris, et pas si mystérieux que ça. C'était un jeune Barde, récemment sorti du Collegium et entamant sa mission de probation. Perdu à cause de l'orage, il était tombé dans une rivière, entre autres aventures désagréables. Quand il arriva à leur porte, il était fiévreux et en très bonne voie pour contracter une pneumonie.

— Je sens venir une romance.

— Tu ne te trompes pas. Bien entendu, la jeune femme le fit entrer, le prit sous son aile et le guérit. Comme de juste, ils tombèrent amoureux l'un de l'autre. Étant homme d'honneur autant que poète, le Barde supplia le vieil homme de lui accorder la main de sa fille. Le grand-père de Dirk fut si content que quelqu'un veuille enfin épouser son héritière qu'il donna aussitôt son accord, à une seule condition : que le jeune couple habite dans son domaine.

» Peut-être le vieil homme fut-il étonné de l'enthousiasme du Barde, qui accepta son offre sous réserve de l'accord de son Cercle, bien entendu. Comment aurait-il pu savoir que son futur gendre était né dans une ferme, et que, dans son cœur, l'amour de la musique et celui de la belle le disputaient à celui de la terre ? Le Cercle donna son aval, à condition qu'il écrive une ballade sur l'orage, son sauvetage, la cour qu'il avait faite à sa bien-aimée, et tout ce qui s'ensuit. Notre Barde s'installa, comblé. Avant que l'année soit écoulée, un nouveau bonheur vint s'ajouter à sa vie.

— Dirk, non ? C'est donc de là qu'il tient sa magnifique voix.

— Et c'est lui aussi qui lui a appris à jouer. Mais tu es un peu en avance sur l'histoire. Le premier enfant fut une fille. Dirk a trois sœurs plus âgées que lui, deux plus jeunes et un petit frère. Quand on arrive à leur imposer de l'ordre et de l'organisation, ils donnent des concerts en famille. Tu devrais les entendre, ils sont formidables. Même les bébés pleurent en rythme, je te jure ! Le grand-père partit pour un séjour meilleur, heureux de savoir que les terres resteraient dans la famille, puisque deux des filles avaient déjà une nombreuse progéniture.

— Et Dirk ? C'est lui qui m'intéresse.

— Mon petit lapin, il est impossible de séparer Dirk de sa famille. Ils se ressemblent tous. Je me demande comment ils arrivent à survivre dans cette maisonnée, qui semble soumise au chaos et au laisser-aller.

— Tous les Bardes sont comme ça…

— Dirk est le plus organisé de la bande. Sans lui et les époux de ses sœurs, ces gens passeraient leur temps à tourner en rond. Mais l'affection ne manque pas entre eux, ça non ! Et ils n'hésitent pas à la faire partager à quiconque est propulsé dans la maison.

— Toi, par exemple, sourit Talia.

— Moi. Dirk m'a traîné avec lui quand il a découvert, le premier été où nous avons fait connaissance, que je serais seul avec les serviteurs pendant les vacances. Ils m'ont traité *exactement* comme si je faisais partie de la famille. J'ai langé les bébés, et j'ai eu droit à des adieux larmoyants à la fin des vacances. Je ne m'attendais pas du tout à ça !

Talia sourit. Elle imagina le jeune garçon réservé que Kris avait dû être, aux prises avec ce qui ressemblait fort à une horde de lunatiques.

— Une fois habitué à eux, j'ai vraiment pris du bon temps ! Chaque fois que Dirk rentre voir sa famille, je saute sur l'occasion de l'accompagner. Quatre de ses sœurs sont mariées, trois vivent toujours dans de nouvelles ailes de l'habitation principale. Leurs époux participent aux travaux du domaine, car le père de Dirk a un problème de genoux. La quatrième fille a son propre domaine, ce qui ne l'empêche pas de rejoindre le reste de la troupe pour les vacances. Ils s'entendent comme larrons en foire.

— Et Dirk ?

— Très juste. (Les yeux de Kris brillèrent quand il vit l'impatience de Talia.) Il a été choisi plus jeune que moi, à onze ans, sans doute parce qu'il était aussi mature à cet âge que moi à treize. Nous avons été choisis la même année, à quelques mois près. Il m'a dit qu'Ahrodie l'a rejoint au milieu de la place du marché, et qu'il essayait de détourner son attention vers sa sœur parce qu'il se pensait trop laid pour devenir un Héraut !

— Pauvre petit.

— Nous avons été ensemble au Collegium. Il a vu à quel point j'étais solitaire et peu habitué à avoir des relations avec les autres enfants. Alors, il a décidé que j'avais besoin d'un ami. En échange, je l'aidais dans ses études, où il était tout juste moyen. Après avoir terminé notre mission de probation, je prévoyais de travailler sur la frontière, et lui voulait devenir enseignant. Puis nous avons découvert que nos Dons se complétaient et que nous collaborions extraordinairement bien. Nos plans d'avenir s'en trouvèrent radicalement modifiés.

— Et vous avez commencé à faire équipe.

— Ma foi oui. Nous nous sommes aussi découvert un talent particulier pour l'intrigue. Quel que soit le mauvais cas dans lequel nous nous mettons, nous arrivons toujours à nous en sortir avec les honneurs.

— Kris, quel homme est-il *vraiment* ?

— Tu veux dire : derrière son masque de bouffon ? Dirk est très sensible, c'est de famille. Il est d'une gentillesse infinie avec les êtres sans défense ; tu devrais le voir quand il s'occupe de bébés ou d'une portée de chatons, par exemple. Mais ne crois pas qu'il soit mou et sentimental. Je l'ai vu égorger des hommes, de sang-froid, par-derrière et dans l'ombre, quand ils le méritaient. Si les intentions de ces gens sont de lui faire subir le même sort, dit-il, il n'est pas utile de prendre des gants avec eux. Il peut être impitoyable pour défendre la reine, le royaume et le Cercle. Quoi d'autre encore ? Tu as dansé avec lui, tu sais donc que son apparence de fermier lourdaud est trompeuse. C'est l'une des rares personnes qu'Alberich accepte pour le remplacer en cas de maladie. Pourtant, il reste terriblement vulnérable dans certains domaines. Je l'ai aidé à guérir de sa terrible déception amoureuse, et je peux jurer, Talia, que je suis prêt à briser le cou à quiconque lui ferait de nouveau autant de mal.

Il était allongé près d'elle, la tête tournée vers le côté. Talia lut dans son regard toute la haine qu'il avait pour la coquette qui avait brisé le cœur de son ami.

Kris se souvenait trop bien de l'affaire. Dirk, qu'il n'avait jamais vu pleurer auparavant, avait sangloté sur son épaule quand la jeune femme avait, selon lui, gâché sa vie et ses espoirs. Il se refusait à être de nouveau témoin d'un tel crève-cœur. Et il était bien décidé à faire tout son possible pour l'éviter.

Une pensée pénible s'imposa à son esprit. Il savait que Dirk était très *intéressé* par Talia, la réciproque étant exacte. Mais la jeune femme et lui avaient plus d'une année de mission devant eux. Maintenant qu'ils avaient connu une certaine intimité amoureuse, il doutait qu'ils soient capables de revenir en arrière. Que diable allait-il faire si Talia s'amourachait de lui ?

Ce n'était pas impossible. Presque toutes les femmes qu'il avait connues étaient tombées amoureuses.

Il décida de ne plus y penser pour l'instant.

— Il serait temps de faire quelque chose pour ton problème, dit-il, jugeant qu'il serait judicieux de réaffirmer sur elle son autorité de mentor.

— Par exemple ?

Elle se releva sur un coude, son expression redevenue sérieuse et concentrée.

—Nous allons reprendre ton entraînement à zéro. Tout recommencer à la base.

—Tu vas m'apprendre à dresser mes boucliers ?

—Par le diable, non ! Cela ne m'étonne pas que tu aies des problèmes, si ton entraînement a commencé par là ! Nous allons revenir au début, aux premiers pas. Ancrage et centrage.

—Quoi et quoi ? fit-elle, totalement sidérée.

—Oh ! là, là ! Comment as-tu fait… Oui, Ylsa a dû croire que tu possédais les bases. Peut-être les connaissais-tu… d'instinct.

Il se mordit les lèvres et réfléchit. Talia attendit silencieusement. Dans la pénombre de l'abri, elle l'observa avec un peu d'angoisse.

—L'ennui, comme me le répétait mon professeur, c'est que l'instinct ne remplace pas le contrôle conscient.

—Je crois l'avoir amplement prouvé, n'est-ce pas ? dit-elle amèrement.

—Quand l'instinct échoue, il ne reste aucune base pour se reconstruire, voilà le problème.

—Par le ciel ! soupira-t-elle, allons-y. Je suis prête à tout.

—Ne plaisante pas, dit-il. Quand nous aurons terminé, *tout* te semblera peut-être un mot trop faible ! Es-tu installée confortablement ?

Elle y réfléchit un instant, changea un peu de place puis fit signe qu'ils pouvaient commencer.

Il s'assit en tailleur et déplaça un peu sa couverture pour être totalement à l'aise.

—Ferme les yeux. Tu dois d'abord apprendre à distinguer ce qui vient de toi de ce qui vient de l'extérieur.

C'est ce que mon professeur appelait « la forme intérieure de ta tête ». Il faut trouver l'endroit où tu te sens le plus stable, puis travailler à partir de là. Sens tout ce qui se passe en toi. Tu pourras mettre tout ça à l'écart quand tu sauras que ça t'appartient.

Il se servait de sa « voix d'enseignant », apaisante et uniforme. Totalement détendue, elle était tombée en transe. Il laissa ses yeux errer dans le vague et se concentra sur sa vision intérieure ; ainsi il pouvait voir, en observant les schémas de déplacement d'énergie, toutes les étapes de son processus mental. La vision était un Don très utile dans ce genre de cas, meilleur sans doute que celui de Talia.

Ce qu'il voyait ainsi était difficile à décrire. Cela revenait à percevoir différentes images de Talia, chacune avec une couleur différente. Si la personne qu'il voyait n'avait pas de Don, ou un Don à l'état brut, les images ne se recoupaient pas et les contours en restaient flous. Dans le cas de Talia, ceux-ci étaient si clairement définis qu'ils blessaient presque la vision de Kris, mais les images n'étaient pas connectées et leur intensité variait de façon imprévisible. On aurait pu croire qu'elles provenaient de plusieurs personnes différentes. Si Talia trouvait son « centre », elles se fondraient en une seule ; si elle pouvait « s'ancrer », leur fluctuation cesserait.

— Parfait. Quand tu auras trouvé l'endroit stable en toi, cherche le lieu jumeau qui est quelque part dans la terre, donc extérieur à toi. Quand tu sentiras cela, connecte-toi à cette zone. Trouver l'endroit stable s'appelle « centrer », et se connecter à la terre, « s'ancrer ».

Il s'aperçut qu'elle avait presque réussi les deux opérations. Les images se chevauchaient sans se fondre.

Leur intensité fluctuait. Elle était, de toute évidence, déséquilibrée *et non* connectée, même si elle croyait avoir accompli ce qu'il lui demandait.

Il soupira et envoya un signal à Tantris, qui donna une bourrade mentale vigoureuse à Talia.

Elle se retrouva allongée sur le sol.

— Ce n'est pas suffisant, dit-il froidement à la jeune femme, qui le regardait d'un air ahuri. Si tu avais fait *correctement* ce que je t'ai dit, il n'aurait pas été capable de te renverser. Recommence. Ancrage et centrage.

Secouée, elle essaya de nouveau. Le deuxième essai fut plus raté que le précédent. Tantris lui donna une petite poussée mentale qui la déséquilibra. Elle parvint à ne pas perdre le contrôle de ses réactions, mais vacilla tout de même.

— Ancrage et centrage, petite. C'est si simple que cela devrait être un réflexe. Un *réflexe*, pas un instinct ! Recommence.

Épuisée, trempée de sueur et folle d'angoisse, Talia réprimait à grand-peine ses larmes. Kris arrêta enfin la leçon. Elle avait fait quelques progrès et il le lui dit.

— Tu n'y es pas encore, mais ça viendra. Chaque fois que tu essaies de nouveau, tu te rapproches de ton centre véritable. Sauf la dernière fois, où tu l'as manqué de beaucoup. C'est pour ça que nous arrêtons la leçon pour le moment.

Elle enfouit son visage dans ses mains.

— Je crois, fit-elle, que je pourrais facilement me mettre à te détester.

— Qu'est-ce qui t'en empêche ? demanda-t-il, glacé d'appréhension.

Elle écarta ses mains et le regarda en face.

— Le fait que tu essaies de m'aider, et que tu connaisses cet unique moyen.

Il poussa un soupir de soulagement.

— Par le ciel, je suis très heureux de t'entendre dire ça !

— Parce que, si je te haïssais, je pourrais te tuer sans mal ?

— Exactement. Et d'autant plus facilement quand je travaille avec toi parce que je dois baisser mes boucliers pour voir ce que tu fais.

Elle frissonna ; il lui entoura les épaules d'un bras. Elle se contracta un instant, puis se détendit et se laissa aller contre lui.

— Cela va-t-il durer encore longtemps ?

— Jusqu'à ce que tu saches le faire.

— Grands dieux ! Et ce n'est que le début ?

— Les premiers pas, oui.

Elle ravala un sanglot de frustration. Il le sentit plus qu'il ne l'entendit et son cœur saigna pour elle.

Mais à haute voix, il lui lança la chose la plus cruelle qu'il lui ait jamais dite.

— Parfait, tu as eu ta petite crise d'apitoiement sur toi-même. Maintenant, remettons-nous au travail.

Quand elle le regarda, choquée, il aboya un ordre, tel un sergent instructeur :

— Ancrage et centrage ! *Ancrage et centrage !*

Quand il lui permit de s'arrêter, il était si tard qu'il avait déjà dû raviver le feu deux fois. Talia était épuisée mentalement comme physiquement. Elle rampa dans son lit et se blottit sous les couvertures, trop fatiguée pour pleurer.

Kris était presque aussi exténué qu'elle.

Il tituba jusqu'à la cheminée et couvrit le feu avec des mains tremblantes.

— Tu y es presque arrivée, dit-il. Tu en étais tout près. Talia, tu aurais réussi si tu avais eu l'énergie de faire le dernier pas.

Le regard de la jeune femme s'éclaira.

— Je... je pensais que, peut-être...

— Demain nous essaierons quelque chose d'un peu différent ; nous recommencerons, en étant liés mentalement. Une fois que tu auras localisé pour de bon ton centre, tu ne le perdras plus. Par les dieux ! Il est si frustrant de te voir faire... Je te vois arriver si près du but que j'ai envie de hurler !

— Ce n'est pas bien drôle pour moi non plus, fit-elle avec un sursaut d'ironie. Le moins que tu pourrais faire, après m'avoir tourmentée, serait de venir au lit avec moi et de me tenir chaud.

— Ma foi, je crois même pouvoir faire un tout petit peu plus, dit-il avec un sourire entendu.

Talia s'endormit presque aussitôt, épuisée par les efforts de la journée. Kris resta éveillé plus longtemps, se demandant comment il allait concilier l'entraînement de sa protégée et la nécessité de creuser un chemin pour quitter l'abri. Juste avant qu'il succombe au sommeil, Tantris eut le dernier mot.

— Inutile de discuter. Tu te reposes demain aussi. Tu es bien plus fatigué que tu le crois.

— Je me sens bien, objecta Kris en un murmure.

— *Attends un peu de voir comment tu seras demain matin*, ricana mentalement Tantris. *De plus, l'essentiel est d'aider Talia à trouver son centre. Tu n'arriveras à rien si tu es épuisé.*

— J'ai peur que tu aies raison, reconnut Kris, en réprimant un bâillement.

Il réalisa l'étendue de leur fatigue le lendemain, quand il s'éveilla longtemps après midi. Il appela Talia ; dans un vain effort pour retarder le début de l'inévitable « leçon », ils finirent de repriser les vêtements, maintenant secs.

— Je suppose que nous devrions…, dit enfin Talia, à contrecœur.

— Oui, même si cela ne me plaît pas plus qu'à toi ! Tiens, assieds-toi là. (Il tapota de la main une des couvertures qui leur servaient de lit.) Je t'ai dit que nous allions essayer une nouvelle technique. Être liés mentalement, sais-tu ce que c'est ?

— Je crois, oui.

— Bien. Je vais essayer de te montrer où est ton centre. Détends-toi et laisse-moi faire.

Quand tous deux furent en transe, il posa ses mains sur les poignets de la jeune femme. Un instant suffit pour que le rapport mental soit établi. Cette partie du Don de Talia était toujours efficace, presque trop ! Il ouvrit son œil intérieur et regarda, sachant qu'elle voyait la même chose que lui.

Elle vit, eut un sursaut et s'accrocha à lui, les éjectant tous deux de la transe. Il s'y attendait, mais pas elle.

Elle s'assit et secoua la tête comme après une chute.

— Ce que je viens de faire était vraiment idiot, dit-elle quand elle put parler.

— Je ne le nie pas, admit-il calmement. Es-tu prête à continuer ?

Elle soupira et se prépara.

Cette fois, incapable d'en supporter plus, elle brisa la transe volontairement.

— J'ai l'impression d'essayer de dessiner en regardant dans un miroir.

— Et alors ? fit-il durement.

— Et alors, je vais essayer de nouveau.

Il fallut encore des heures avant la victoire. Comme Kris l'avait prévu, quand elle se focalisa correctement sur son centre, il y eut un claquement presque matériel, comme quand une articulation déplacée se remet en place. Il sentit un afflux d'énergie, une sensation proche de la douleur, puis un flot de soulagement. Quand Kris demanda à Tantris de donner une bourrade mentale à Talia, elle ne bougea pas d'un pouce.

— Ancrage ! ordonna-t-il.

Elle le fit, si maladroitement qu'il comprit qu'elle ne l'avait jamais bien fait auparavant. De plus, ses boucliers n'étaient pas seulement devenus instables : ils s'étaient totalement effondrés ; cela, parce qu'ils n'avaient jamais eu de véritable fondation.

— Parfait, dit-il doucement. Maintenant que les bases sont établies, comprends-tu pourquoi c'est important ?

— Parce que, dit-elle après avoir réfléchi un moment, il faut avoir un support solide pour construire dessus.

— Exact, dit-il. Maintenant, quitte l'endroit que tu viens de trouver.

— Mais…, commença-t-elle.

— Tu vas le trouver sans mon aide. Ancrage et centrage, petite.

— Ancrage et centrage ! Non, tu ne le fais pas bien ! Par l'enfer, ce devrait être un *réflexe*, maintenant ! Recommence.

Talia gardait son calme avec peine. Ancrage et centrage… Elle allait de plus en plus vite, Tantris et Rolan lui envoyant des bourrades mentales quand elle s'y attendait le moins. La première fois, ils l'attaquèrent alors qu'elle n'était pas prête. Elle perdit conscience un moment.

Quand elle se réveilla dans le giron de Kris, elle dit avec indignation :

— Tantris m'a *frappée* !

— C'est ce que je lui ai demandé de faire.

— Mais ce n'est pas juste ! Je n'étais pas prête !

— Bien sûr que ce n'était pas juste ; personne n'a jamais prétendu que la vie était juste. Tu le sais depuis longtemps.

À ce moment, il sentit la colère monter : celle de Talia. Elle ne pouvait pas provenir d'ailleurs car, sous son apparence de froideur, lui était en réalité très inquiet. Il n'était pas sans danger de provoquer Talia, il en avait conscience.

— Par le diable ! tes boucliers fuient de nouveau. Verrouille-les !

La colère retomba, remplacée par une honte brûlante. Il ne lui laissa pas le temps de se vautrer dans le doute et l'apitoiement.

— Recommence. Ancrage et centrage ! Et arrange-toi pour le faire *avant* qu'ils t'assomment de nouveau.

Ils continuèrent. Même pendant le repas, il lui cria des instructions aux moments les plus inattendus.

Il arrêta lorsqu'il fut lui-même trop fatigué pour voir.

Talia se prépara à se coucher dans le silence le plus total.

— Je ne vais pas m'excuser de faire ce que je fais, dit Kris après avoir attendu en vain qu'elle parle. Tu n'es pas à blâmer car tu es devenue un Héraut sans avoir reçu l'entraînement adéquat. Mais si tu n'apprends pas à la dure, tu ne maîtriseras jamais tes boucliers.

— Je sais, dit-elle, et je ne t'en veux pas. Mais je suis si fatiguée que je tiens à peine debout – j'ai un mal de tête épouvantable.

— Dans ce cas, je suppose que je peux venir me coucher en toute sécurité.

— Je ne t'égorgerai pas dans les couvertures, dit-elle avec un humour un peu forcé, ça les rendrait trop poisseuses !

Il rit et s'installa confortablement. Pendant qu'elle faisait de la tisane pour atténuer son mal de tête, Kris commença à croire qu'elle parviendrait à discipliner son étrange Don. Bientôt, le centrage deviendrait un réflexe ; elle pourrait reconstruire à partir de là ce qu'elle avait perdu.

— Kris ? tu es réveillé ?

— À moitié, dit-il en bâillant.

— Je voulais te remercier de ce que tu fais pour moi. J'ai besoin de toi. Voilà une chose que je n'oublierai pas, même quand je serai en colère à cause de l'entraînement que tu me fais subir.

Il s'endormit, se sentant un peu honteux de la laisser seule à un tel moment. Elle avait besoin de lui...

Il espérait de tout son cœur que ce n'était rien de plus...

Talia attendit qu'il dorme pour se relever. Elle réfléchissait toujours mieux les mains occupées, un héritage de son enfance parmi les Hold. Elle but un peu de tisane d'écorce de bouleau et s'assigna la tâche de polir les pièces métalliques du harnachement de Rolan. Elle s'assit devant le feu, enveloppée de son manteau pour lutter contre le froid nocturne.

Dans quel pétrin ne se trouvait-elle pas! La tempête dehors, la tempête dedans...

Mais elle avait commencé à faire quelques progrès. Kris semblait content du travail de l'après-midi. Il avait raison sur un point: maintenant qu'elle avait trouvé son centre, elle était sûre de ne plus jamais perdre la capacité de le localiser.

Elle avait besoin de Kris pour continuer son entraînement – plus que de personne d'autre au monde.

La jeune femme espérait simplement que ce besoin ne se compliquait de rien d'autre, surtout pas du type de sentiment qu'elle avait éprouvé pour Skif.

Kris était beau, un véritable visage d'ange. C'était aussi quelqu'un dont elle était fière d'être l'amie. Il suffisait de voir la façon dont il risquait sa vie pour l'aider à reprendre le contrôle d'elle-même. Il était doux, gentil, prévenant. Elle avait, craignait-elle, utilisé inconsciemment son Don afin d'influencer l'image qu'il se faisait d'elle. Pour ce qu'elle pouvait dire, elle avait peut-être manœuvré, histoire de l'attirer dans son lit...

Talia savait qu'elle était loin d'être une beauté. Elle espérait simplement n'avoir pas semé en lui une affection plus profonde.

Elle serra son gobelet si fort que les jointures de ses doigts blanchirent. Elle ne savait plus ce qu'elle voulait. Certes, elle aimait bien Kris, mais pas à ce point.

Son attirance pour Dirk ne faisait aucun doute. On aurait dit qu'il était son autre moitié, et qu'elle ne s'était plus jamais sentie complète depuis qu'elle l'avait rencontré. À moins que…

À moins que quoi ?

Les Hérauts nouaient rarement des liens affectifs durables. Ils se contentaient de la camaraderie qui abondait au sein du Cercle, de liaisons purement physiques et du lien mental avec leur Compagnon. Il y avait des raisons logiques à cela ; leur vie était beaucoup trop dangereuse. Quand Ylsa était morte, Keren avait failli la suivre dans l'au-delà, et elle l'aurait fait sans la présence providentielle de Sherrill.

Talia avait vu Dirk deux ou trois fois.

Mais pour les Hérauts, une fois suffisait.

L'esprit de la jeune femme vagabonda dans le passé.

Tard une nuit, tous étaient rassemblés dans la chambre de Keren autour de chopes de vin chaud, échangeant des propos parfois égrillards. La conversation dériva sur les récits ayant les Hérauts pour sujet. Ils se gaussèrent des exagérations les plus évidentes.

—Prenez le coup de foudre, avait gloussé Talia. Quelqu'un devrait dire aux Bardes que ce n'est pas sérieux ! Comment peut-on savoir au premier coup d'œil que la personne qu'on vient de rencontrer est celle qu'on aura pour partenaire toute la vie ?

— Ce n'est pas une exagération, avait répliqué Sherrill. Quand ça arrive à un Héraut, c'est comme s'il reconnaissait d'emblée son âme sœur, son autre moitié.

— Tu veux dire qu'une telle chose vous est advenue, à Keren et à toi ?

— La toute première fois où j'ai posé les yeux sur elle ; à l'époque, je n'avais que quatorze ans.

Keren avait acquiescé.

— Ylsa et moi l'avons compris dès que nous nous sommes rencontrées, au milieu de notre troisième année d'étude. Mais nous avons attendu d'être sûres qu'il ne s'agissait pas d'une toquade avant de nous engager.

— Et je n'ai pas voulu m'immiscer dans ce qui était de toute évidence une union pour la vie.

— Nous t'aurions accueillie avec plaisir. Pour te dire la vérité, nous nous sommes même posé la question, à l'époque...

— Mais je n'en savais rien, n'est-ce pas ? avait dit Sherrill en riant. C'est vrai, Talia, tous ceux qui ont eu à connaître une union pour la vie disent la même chose : c'est ainsi que cela s'est passé pour les parents de Selenay. Cela arrive la toute première fois, ou plus jamais.

— Et si ce n'est pas un lien pour là vie, rien ne peut y faire. Mon jumeau s'en est aperçu à ses dépens. Souviens-toi, Talia, je t'ai dit que j'avais une nièce et un neveu d'environ ton âge. Ce sont les enfants de Teren. Son Compagnon a mis sept ans de plus que le mien à le choisir. Mon frère a essayé de continuer à aimer son épouse ; il le voulait de toutes ses forces, mais ce ne fut pas suffisant. Il a passé quelques mois pénibles avant de s'avouer que sa véritable vie était avec le Cercle Héraldique et avec son Compagnon. À dire vrai, son ex-épouse ne semble pas s'en être formalisée. Elle s'est remariée sans l'ombre d'un regret. Ainsi, avait terminé Keren, quand on est un Héraut, on a un lien pour la vie tout de suite ou jamais.

Talia soupira.

Pour être honnête, elle devait reconnaître que les choses s'étaient passées ainsi lors de sa première rencontre avec Dirk. Ou *semblaient* s'être passées ainsi. Comment savoir s'il ne s'agissait pas d'une illusion ?

Les émotions qu'elle ressentait étaient bien réelles. Elles ressemblaient à un mal de dents chronique, toujours présent à l'arrière-plan.

Bon. Et Kris ?

Pour lui, elle n'éprouvait rien d'aussi profond. Elle l'appréciait, elle avait besoin de lui, mais c'était une sorte d'amour différent, plus fraternel.

Kris semblait réagir de même ; à part au lit, il la traitait plus comme Alberich traitait ses élèves que comme sa maîtresse.

Talia soupira. Elle avait au moins réussi à clarifier ses sentiments, ce n'était pas si mal. Elle termina sa tisane, qui était froide, rangea le harnais et retourna se coucher.

Elle se força à s'endormir, car elle avait besoin de repos. Mais avant tout, elle devait reprendre le contrôle de son Don. Si elle n'y parvenait pas, tout ça risquait de se terminer par la mort de quelqu'un : la sienne, celle de Kris…

Ou les deux.

Chapitre 10

Talia connaissait un moyen sûr de contrôler son Don : travailler jusqu'à l'épuisement. Elle se levait tôt chaque matin et réveillait Kris. Ils préparaient le petit déjeuner à tour de rôle, puis, sachant qu'il leur resterait bien peu d'énergie à ce moment-là, mettaient à cuire quelque soupe ou ragoût pour le repas du soir.

Après un déjeuner copieux, Talia enveloppait les pattes des Compagnons de bouts de chiffons pour les protéger de la couche de glace, coupante comme du verre. Alors les six occupants de l'abri sortaient dans le froid matinal et se mettaient au travail.

Rolan et Tantris cassaient la glace en se cabrant et en se laissant retomber de tout leur poids ; Talia et Kris prenaient leur suite. Ils ramassaient les morceaux brisés et les poussaient sur les côtés de la piste. Les chirras creusaient avec leurs pattes avant puissantes. Quand ils avaient terminé, Kris et Talia évacuaient de nouveau les morceaux, et le cycle recommençait.

Ils travaillaient sans interruption de l'aube à midi. Après un repas rapide, le labeur reprenait. Chaque soir, le trajet de retour devenait plus long. C'était une des choses qui aidaient Talia à tenir le coup. Certains jours, ils n'avançaient que de quelques pas, d'autres, ils progressaient de manière encourageante.

Quand la nuit tombait, Kris s'occupait des Compagnons pendant que Talia pansait les chirras, ou l'inverse. Ils s'assuraient toujours que les chirras n'avaient pas été blessés, car ces animaux ne pouvaient pas prévenir leur Élu, au contraire des Compagnons.

Enfin, l'un ou l'autre s'occupait de nourrir les quadrupèdes et de les mettre l'abri pour la nuit.

C'était le travail physique le plus dur qu'ils aient jamais accompli. Glacés jusqu'à la moelle la plus grande partie de la journée, ils souffraient de courbatures une fois réchauffés. Ils avaient rationné les provisions. L'apport d'énergie ne compensait pas la dépense. En conséquence, ils devenaient plus minces et plus musculeux. Le changement était graduel, mais il arrivait à Talia de songer que ses amis seraient bien étonnés s'ils la voyaient maintenant.

Kris continua à la tourmenter mentalement pendant la première semaine, jusqu'à ce que l'ancrage et le centrage soient devenus des réflexes. Ensuite, il la laissa tranquille, lui donnant seulement de temps en temps un conseil. Le contrôle de Talia sur ses projections empathiques était instable, mais il ne la surprit plus en train de projeter inconsciemment ses pensées. Talia en était sûre, car il n'aurait pas manqué de le lui faire remarquer. Sa capacité à dresser des boucliers revenait lentement, maintenant qu'elle avait une base solide où les construire, mais ils n'étaient pour l'instant qu'une fine barrière, une sorte de voile mental.

Talia travaillait à rebâtir son contrôle avec presque autant d'énergie qu'à creuser le chemin.

La routine fut perturbée par la nécessité de laver de nouveau leurs vêtements. Ils y consacrèrent une journée. Le froid était un problème constant ; ils avaient dû couper du bois vert pour alimenter le feu, et celui-ci rendait beaucoup moins de chaleur que le bois mort. Talia avait parfois l'impression qu'elle n'aurait plus jamais chaud de sa vie.

Un après-midi, près d'un mois après leur arrivée à l'abri, la jeune femme leva les yeux un instant de sa tâche et s'aperçut avec stupéfaction qu'ils avaient atteint la route.

Tout aussi enneigée que le chemin la précédant l'avait été !

— Et maintenant, que fait-on ? gémit Talia, du désespoir dans la voix.

— Grands dieux ! soupira Kris en se laissant tomber sur un amas de neige gelée.

Il n'avait jamais pensé à cette éventualité – supposant depuis le début que la route principale serait dégagée.

— La tempête doit avoir été bien plus grave que nous le pensions, dit-il au bout d'un moment. Sinon, les équipes de déblaiement auraient déjà atteint la route.

Perdu et décontenancé, incapable de mettre deux idées bout à bout, il laissa son regard errer sans but sur l'étendue glacée.

Talia essaya de garder son calme, mais un silence anormal se fit dans son esprit. La sensation d'être observée revint en force.

Kris le sentait-il ? Elle avait l'impression d'être retournée au temps où Keldar se matérialisait dans son dos, guettant sa première erreur pour lui fondre dessus. *Quelque chose* attendait qu'elle commette une erreur… et quand cela arriverait…

Elle étouffa un cri de panique.

Kris regardait la croûte de glace comme s'il était en transe. Il ne lui restait plus assez d'énergie pour dire un mot. Une sensation de malaise l'envahit peu à peu, comme si quelqu'un le regardait depuis le couvert des arbres enneigés.

Il n'avait pas une impression d'hostilité, plutôt de méfiance. Il essaya de dresser ses boucliers, mais la sensation augmenta.

Il lui sembla entendre un murmure presque inaudible, apercevoir des formes vagues qui semblaient se faufiler entre les arbres…

Talia lui avait avoué qu'elle avait eu des hallucinations ; peut-être était-elle en train de l'attirer dans un cauchemar irrationnel de sa fabrication.

— Bloque tes projections, cria-t-il, effrayé et en colère.

Talia s'indigna de l'accusation implicite. Elle rougit, puis pâlit ; enfin son contrôle craqua.

Kris reçut sa colère de plein fouet ; il tituba et tomba dans la neige durcie, blanc comme un linge.

L'être mystérieux qui les observait réagit aussi.

Talia s'immobilisa. Une puissance incommensurable envisageait de la détruire. Elle mit fin sur-le-champ à l'orage émotionnel ; Rolan vint se camper à côté d'elle dans une attitude farouchement protectrice.

Un sentiment de surprise émana de l'entité. Puis la sensation d'être observé cessa.

Talia aurait voulu mourir de honte pour ce qu'elle avait presque fait à Kris. Elle se détourna, appuya son front sur un arbre, et pleura amèrement.

Kris se releva maladroitement et l'enlaça.

— Talia, ma tourterelle, ne pleure pas, je t'en prie ! Je suis désolé, j'ai perdu mon calme. Mais cela n'arrivera plus. Je suis désolé… mais cette… chose qui nous observait…

— Je ne veux pas en parler. Pas maintenant…

— Ce n'était pas toi, n'est-ce pas ?

— Non, je le jure sur ma vie.

Il la crut.

— D'accord. Maintenant, voyons où nous en sommes. La tempête était plus violente que nous avions cru ; ceci est la partie nord de la route. Les équipes de nettoyage ne peuvent pas en être très loin, et nous ne sommes pas à court de nourriture. Tout ira bien.

— Nous aurons besoin de moins de vivres si nous nous reposons, dit Talia. Nous pouvons encore diminuer les rations.

Elle se sécha les yeux.

— Plaçons un signal pour qu'ils sachent que nous sommes là, dit Kris. Attends-moi ici, dit-il en montant sur le dos de Tantris.

Talia attendit, regardant de temps en temps derrière elle avec quelque angoisse. La chose qui les observait était passée à deux doigts de la détruire. Elle en était certaine, même si elle ne savait pas pourquoi, et ignorait ce qui avait amené l'entité à renoncer à la tuer. Elle s'accrocha au cou de Rolan, décidée à ne pas être prise au dépourvu. Apparemment, la créature avait décidé d'agir quand elle avait attaqué Kris.

Quand il revint, il portait quatre flèches blanches, deux longues branches et un bout de chiffon bleu.

— Ça se verra bien à distance, dit-il. Tiens, prépare-les, s'il te plaît, dit-il en lui donnant deux des flèches.

Il s'occupa de marquer les autres.

— Nous allons attacher deux flèches à chaque branche et les planter au milieu de la route. Les équipes de déblaiement comprendront que nous sommes là. S'il y a un Héraut parmi eux, ils sauront qui nous sommes grâce au Code des Flèches. Si nous ne signalons pas notre présence, ils risqueraient de ne pas venir jusqu'à l'abri. Personne ne voyage beaucoup sur ces routes en hiver, à part les Hérauts. Et nul ne sait où nous nous sommes « perdus ».

Quand ils eurent terminé leur signal rudimentaire, chacun dut aller le planter sur la route gelée.

— Plante ton signal à un croisement, je ferai de même. Avec un peu de chance, ils les trouveront avant d'abandonner les travaux.

— Kris... que se passera-t-il s'il neige de nouveau ?

— Par l'amour de la Déesse, Talia, n'y pense pas ! Va aussi loin que possible, mais reviens avant le crépuscule.

Jamais Talia ne s'était sentie aussi seule. Pas un son ne montait des bois enneigés bordant les deux côtés de la route.

Elle avança obstinément, souvent obligée de contourner des buttes qu'elle n'osait pas escalader. Ses yeux la brûlaient à cause de la réverbération. Pour une fois, elle était contente d'être si légère, car la croûte de glace ne risquait pas de craquer sous son poids.

Le silence était étrange et effrayant : aussi terrible, à sa manière, que les grondements de la tempête. Talia tremblait bien avant d'être arrivée au croisement où elle rebrousserait chemin, et ce n'était pas seulement de froid. Même si la sensation d'être espionnée avait disparu, il régnait sur la Forêt des Chagrins le froid de la mort et du désespoir. Quelle que soit la puissance à l'œuvre en ces lieux, celle-ci était inquiète et mélancolique. Talia le sentait, et ne se fiait pas trop à la protection théorique de son uniforme blanc de Héraut. Elle soupira de soulagement en trouvant un panneau de croisement à demi enterré. Une fois son signal planté au sommet d'un amas de neige, elle retourna sur ses pas.

Jamais elle n'avait été aussi contente de voir un être humain qu'au moment où elle aperçut Kris.

De retour à l'abri, Talia fit l'inventaire de leurs vivres.

—J'espère que les secours arriveront bientôt, dit-elle. Il nous reste assez pour une semaine, si nous faisons attention, mais pas plus.

—S'ils sont aussi inquiets que je le pense et que je l'espère, répondit Kris, la voix brisée par l'épuisement, ils travaillent nuit et jour. Cela ne devrait pas prendre bien longtemps.

—Ils auront du mal à nous reconnaître pour ce que nous sommes, dit Talia, plaisantant pour alléger l'atmosphère. Je doute que des Hérauts aient jamais eu l'air aussi délabrés et sales que nous !

Elle plissa le front, imita la grimace d'une vieille femme, et lâcha d'une voix grinçante :

— Des *Hérauts* ? Vous voulez me faire croire que vous êtes des Hérauts ? Je ne suis pas née de la dernière pluie, espèces d'imposteurs ! Scélérats ! Et où avez-vous volé ces chevaux blancs, hein ?

Kris la regarda un instant puis éclata d'un rire nerveux qui se transforma en fou rire. Talia lui emboîta le pas, tous deux devenant la proie d'une hilarité quasi hystérique. Ils s'affalèrent ensemble sur leur lit. Dès que l'un retrouvait son contrôle, il suffisait qu'il jette un coup d'œil à l'autre pour qu'il se remette à glousser.

— Par pitié, j'en ai assez ! haleta Kris.

— Alors cesse de me regarder, lui enjoignit Talia.

Ils détournèrent le regard jusqu'à ce que leurs hoquets se calment.

— À Berrybay, non loin d'ici, se trouve un abri de réapprovisionnement, dit Kris. Nous pourrons y faire nettoyer et traiter nos vêtements de cuir et y dénicherons des uniformes neufs. Mais les tailles risquent d'être un peu approximatives !

— Qu'importe, pourvu que l'uniforme blanc soit blanc, et pas gris ou plein de trous !

— Tu ne sais pas coudre assez bien pour arranger ça ? demanda Kris, ennuyé par l'idée de porter des vêtements qui ne lui iraient pas parfaitement.

— Mon cher ami, dit Talia d'un ton supérieur, sache que lors de ma première année de Collegium je *fabriquais* des uniformes blancs. J'ai peut-être cousu une partie de ta garde-robe.

Impressionné, Kris entreprit de retirer ses bottes.

— Donc ce n'était pas toi qui me jouais un tour, dehors ?

— Non, dit-elle fermement. Pas avant que tu te mettes à crier.

— Grands dieux ! Je dois être en train de devenir fou.

— Je ne crois pas, dit-elle, effrayée tout de même. C'est l'effet de l'isolement, de la fatigue...

— Qui me fait voir des choses ? Et toi, en vois-tu ?

— Non, admit-elle, mais j'ai en permanence l'impression que la forêt nous observe.

Kris sursauta.

— Tantris vient de me dire que tu as raison : la forêt nous surveille. Désolé. J'ai cru que c'était toi...

— J'ai vraiment perdu mon contrôle, pourtant.

— Oui, mais pas longtemps, et tu l'as repris seule, n'est-ce pas ?

— Pas tout à fait. La... chose qui nous surveillait m'a donné l'impression qu'elle allait me faire du mal si je t'attaquais. C'est à ce moment que j'ai retrouvé mes esprits.

— Tu les as retrouvés, c'est tout ce qui compte.

Le silence régna un moment. Puis Kris reprit :

— Jadus t'a laissé sa harpe. Donc, je suppose que tu sais en jouer. Veux-tu le faire pour moi ?

— Je ne suis pas aussi bonne que toi.

— Pour me faire plaisir ? demanda-t-il.

— D'accord, mais tu vas sans doute être déçu.

Elle s'enroula dans les couvertures pour se tenir chaud et prit la harpe. Elle n'avait jamais pratiqué devant quelqu'un d'autre que Jadus.

Elle joua *Danseuse d'Ombre et ChanteSoleil*. Une exécution très différente de celle de Dirk et lui. Eux accentuaient le côté optimiste, tandis que Talia insistait sur la nostalgie des deux amants. Elle avait raison de dire qu'elle ne jouait pas aussi bien que Kris, mais elle caressait la harpe comme elle chantait, avec beaucoup de sentiment. *Ombre et Soleil*, entre ses mains, aurait arraché des larmes à un mur.

— Je savais bien, dit Kris quand les dernières notes moururent, que tu te sous-estimais.

Elle haussa les épaules, mais n'en fut pas moins satisfaite de son appréciation. À sa demande, elle continua à jouer un moment.

— Je ne connais rien d'autre, avoua-t-elle à la fin du dernier morceau.

— Cela suffira, dit-il en reprenant la harpe. Il est plus que temps d'aller au lit !

Talia craignait ne pas pouvoir dormir, mais elle sombra dans un sommeil sans rêves dès qu'elle posa la tête sur son oreiller.

Trois jours plus tard, elle eut l'impression que l'abri avait rapetissé, tant elle se sentait à l'étroit. Claustrophobe depuis son enfance, elle était très énervée et redoutait de perdre de nouveau son sang-froid.

— Kris, dit-elle quand elle ne supporta plus de le voir faire les cent pas dans la pièce, tu ne veux pas sortir ? Je t'en prie, il vaut mieux que tu ailles quelque part !

Il s'arrêta et se tourna vers elle.

— Suis-je en train de mettre tes nerfs à rude épreuve ?

— Il n'y a pas que cela. Le sentiment que nous sommes surveillés… est revenu. Kris, suis-je en train de devenir folle ?

— N'oublie pas que Tantris m'a confirmé que la forêt nous espionnait. Je pense qu'il s'agit de la Malédiction de Vanyel. Elle a donné une sorte de conscience aux bois.

— Je crois que cette… chose ne m'aime pas.

— Tantris pense que tu la perturbes. Tu es un Héraut. Pourtant tu demeures un danger pour moi. Elle ne sait pas quoi faire de toi.

— Donc, tant que je garde mon contrôle, je ne risque rien.

— Je suppose. Pour t'éviter de le perdre, je vais sortir.

Quand il revint dans l'abri, il fut accueilli par une délicieuse odeur de viande rôtie.

— Je rêve, dit-il.

— C'est un rêve bien réel, dans ce cas, car nous allons nous régaler au repas de ce soir ! dit Talia en souriant. Regarde, deux lapins ! Le fourrage les attire, je n'ai eu qu'à les attraper. Je n'ai même pas gâché une flèche.

Ils mangèrent jusqu'à la dernière bouchée leur première nourriture fraîche depuis des semaines. Puis ils prolongèrent la fête en se livrant sans retenue à des jeux amoureux. Le cœur léger, ils s'endormirent d'un sommeil sans rêves.

Les chirras les réveillèrent le lendemain matin en s'agitant.

Rolan émit des ondes de contentement. Kris et Talia s'exclamèrent en même temps :

— L'équipe de déblaiement des routes ! Les secours arrivent !

— Tantris dit qu'ils seront là vers midi, et qu'il y a un Héraut avec eux. Ils ont atteint notre « poteau indicateur ». Le Héraut a demandé à son Compagnon de lancer un appel mental aux nôtres.

— Combien de sauveteurs ?

— Dix, plus le Héraut.

— Commençons à emballer nos affaires..., dit Talia, et à nettoyer l'abri.

— Puis nous irons les rejoindre là où le sentier coupe la route.

Ils quittèrent l'abri vers midi, après l'avoir remis en ordre.

Arrivés à la route, ils aperçurent dans le lointain l'équipe de déblaiement. Ils crièrent et firent de grands gestes.

Bientôt, les hommes furent à la hauteur du chemin qui menait à l'abri.

— Hérauts Kris et Talia ?

Ils ne connaissaient pas l'Élu qui accompagnait l'équipe.

— Oui, répondit Kris.

— Que la Dame soit louée ! Nous avons tous craint le pire. Si vous aviez été pris dans la tempête, je doute que vous y auriez survécu. Comment avez-vous fait ? Oh ! Mon nom est Tedric.

—Les chirras nous ont prévenus et nous sommes parvenus à rallier l'abri à temps. Heureusement, il contenait bien plus de réserves qu'il n'est courant ; je ne sais pas si nous nous en serions tirés, autrement !

—C'est la Sorcière du Temps, dit un homme de l'équipe. Elle nous a obligés à apporter un tas de choses dans l'abri, l'automne dernier. C'était apparemment une bonne idée !

—Bien, dit Tedric, je vois que vous avez pris vos affaires. Suivez-moi, vous serez au chaud et au sec avant la nuit. J'habite l'abri de réapprovisionnement de Berrybay. J'ai de la place pour vous, si ça ne vous gêne pas de partager un lit.

—Pas du tout, fit Kris gravement.

Il sentait Talia lutter pour garder ses boucliers malgré la présence de tant d'esprits autour d'elle.

—Nous dormons sur la paille depuis des semaines. Un lit de camp me semblerait une proposition formidable, même si je devais le partager avec Tantris !

—Parfait, je vous accompagne. Ces braves gens savent ce qu'ils font, nous pouvons les laisser à leurs travaux.

—Pour tout dire, souffla un des fermiers à Kris, Tedric est trop vieux pour être dehors par ce temps. Mais il n'est pas du genre à rester inactif, même s'il n'a plus la santé. Nous sommes censés veiller à ce qu'il n'en fasse pas trop. Mais quand il a appris que vous étiez portés disparus, il a tenu à venir. Il nous a fait peur. Une fois, quand nous avons trouvé des corps qui auraient pu être les vôtres, il est devenu tout bleu et il ne pouvait plus respirer. Heureusement que vous êtes en pleine forme, ou nous aurions eu un troisième cadavre sur les bras.

Ça éclairait la situation d'un jour différent. Kris éprouva plus de respect pour le vieux Héraut, qui lui avait d'abord semblé bavard et sans cervelle. Il vit que l'homme était plus vieux qu'il semblait ; son Compagnon le traitait avec ménagements, et il refusa de galoper devant pour qu'il puisse préparer l'abri à l'arrivée de ses invités.

Talia et Kris lui racontèrent ce qui s'était passé depuis leur découverte de l'épidémie à Waymeet.

— Vous êtes donc le Héraut de la reine, jeune fille, celui qui a le Don d'Empathie et de Guérison mentale ? Je me demande si vous pourriez faire quelque chose pour la Sorcière du Temps.

— Comme nous lui devons la vie, je serais heureuse d'essayer, dit Talia, en dépit du malaise qu'elle éprouva à l'idée d'utiliser son Don erratique. Mais qui est-elle, et pourquoi ce nom ?

— C'est une triste histoire, dit le vieil homme. Il y a quelques années, une jeune femme du nom de Maeven tomba enceinte sans savoir qui était le père. Les gens étant ce qu'ils sont, il y eut nombre de ragots, tant et si bien qu'elle dut regretter plus d'une fois que le bébé ait vu le jour. Au moment de l'accident, elle a dû se sentir très coupable.

» Le bébé commençait à peine à ramper. Il a réussi à sortir du panier où elle l'avait laissé pour aller travailler. Il est tombé dans le bief et s'est noyé. Découvrir le corps rendit folle la pauvre enfant.

— Mais pourquoi l'appelle-t-on « la Sorcière du Temps » ? demanda Kris.

— Elle avait sans doute un Don embryonnaire, que la folie a exacerbé. Vous la croisez, berçant sa poupée de chiffon, elle vous regarde avec des yeux étranges et vous dit de récolter les haricots car il va neiger cette nuit. Cela ne rate jamais. Elle peut voir le temps qu'il va faire des mois à l'avance. Voilà pourquoi les villageois l'ont écoutée quand il s'est agi d'ajouter des provisions dans l'abri. S'ils m'avaient prévenu, j'y aurais laissé plus de choses.

— Nous avons eu bien assez, le rassura Kris. Mais je crains que nous ayons pillé vos réserves !

— Ce n'est pas un problème, dit Tedric avec enthousiasme, je serai ravi d'avoir enfin quelque chose à faire ! L'hiver est une saison plutôt morte ici... Mais on dirait que vous avez bien besoin de vous rééquiper !

— J'en ai peur, dit Talia. Ces vêtements ne seront plus guère bons qu'à faire des chiffons.

— J'ai tout ce qu'il faut à l'abri, et je ne me débrouille pas trop mal avec une aiguille et du fil, lança Tedric. Je peux vous aider à vous vêtir décemment. Vous trouverez aussi de quoi nettoyer vos cuirs et vos manteaux.

— Fantastique ! dit Kris.

— Je pourrai vous aider à mettre les vêtements à notre taille, ajouta Talia.

— Parfait. Qu'est-ce donc ? dit-il, avisant la harpe enveloppée d'une couverture que Talia tenait sur ses genoux.

Le regard de Tedric s'éclaira quand il vit l'instrument.

— Lequel de vous est le musicien ?

— Tous les deux, monsieur, dit Kris.

— Mais il joue beaucoup mieux que moi, ajouta Talia. Héraut Tedric, nous vous serions très reconnaissants de nous procurer un nouvel étui. Nous avons dû utiliser l'ancien pour en faire des pelles.

— L'ébéniste sera heureux de vous rendre ce service. Moi, je rédigerai une note conseillant de mettre des pelles dans les abris. Tous les Hérauts n'ont pas à leur disposition un étui de harpe.

Ils dépassèrent Berrybay juste avant le coucher du soleil et atteignirent l'abri de réapprovisionnement à la nuit tombante.

— Grands dieux ! C'est immense ! Vous pourriez y loger la moitié du Collegium !

— La plus grande partie est consacrée au stockage, dit Tedric. J'ai trois pièces libres en cas de besoin, une seule disposant d'un lit. Passons aux choses sérieuses. Je suppose que vous apprécieriez un bain chaud. J'ai une vraie salle de bains, comme au palais ou au Collegium. Lavez-vous, je vous chercherai des vêtements propres pendant ce temps. Dès que vous serez prêts, on servira le dîner. Cela vous convient ?

— Merveilleusement, dit Talia, surtout le bain !

— Entrez directement par cette porte, dit Tedric, je m'occuperai de vos bêtes et de vos Compagnons. Allez à l'étage, tournez à droite, et vous tomberez sur la salle de bains. Elle est chauffée depuis plusieurs jours, car je savais que nous vous trouverions. Votre chambre est à gauche, au même étage.

Talia passa au bain en premier. Enveloppée d'une serviette, elle se rendit dans leur chambre. Tedric les avait précédés. Sur le lit se trouvait un assortiment de vêtements à peu près à leur taille.

Mais il y aurait du travail pour qu'ils leur aillent parfaitement.

Tafia s'allongea sur le lit avec l'idée de se reposer un instant…

Bien entendu, elle s'endormit profondément.

Kris alla parler en privé à Tedric, car il avait remarqué que le vieil homme était un peu mal à l'aise en présence de Talia. De plus, il savait qu'elle était le Héraut de la reine et quel Don elle possédait, choses qui n'étaient normalement pas connues de tous leurs collègues.

Trop fatigué pour faire preuve de diplomatie, il posa la question abruptement.

— Je l'ai su à cause des rumeurs, admit Tedric. Mais je n'imagine pas un *Héraut* mésusant de son Don, et je ne crois pas que le Collegium laisserait sortir quelqu'un sans la formation adéquate. Cependant, je dois vous prévenir : nombreux sont ceux qui aimeraient la prendre en défaut.

L'information ne fit rien pour rassurer Kris. Si quelqu'un découvrait dans quel état était Talia, sa réputation et celle du Collegium seraient gravement atteintes. Et la confiance que les Hérauts eux-mêmes avaient dans le Collegium serait ébranlée si l'on découvrait à quel point Talia avait été mal suivie par ses professeurs.

Ils ne pouvaient en parler à personne ; il devrait se débrouiller pour la ramener au niveau d'efficacité qu'elle avait en quittant le Collegium. Il termina sa toilette sur cette pensée peu encourageante et alla réveiller son amie.

Talia émergea de sa sieste de bonne humeur ; elle gloussa en voyant son image dans le miroir, avec ses vêtements trop grands.

— Si tu crois que tu as l'air ridicule, regarde-moi, lui dit Kris.

Son haut-de-chausses lui allait un peu mieux qu'à Talia, mais il était quand même trop long ; les manches de sa chemise lui couvraient les mains.

— Bah, il vaut mieux avoir à couper du tissu qu'à essayer d'en ajouter !

Kris était nu-pieds, mais la demeure était si bien chauffée que cela ne lui causait pas de désagrément.

Le vieux Héraut était dans la pièce qui combinait les fonctions de cuisine et de réfectoire. Il sourit en les voyant.

— Je vous ai préparé les premiers vêtements que j'ai trouvés, dit-il en guise d'excuse.

— Peu importe leur apparence, ils sont secs et chauds et c'est tout ce qui compte pour l'instant. Hum, l'odeur que je sens me fait oublier les habits que je porte. Je serais accouru, même vêtu d'un sac de toile !

Tedric eut l'air flatté.

— Quand on vit seul, on développe des passe-temps. Le mien est de faire la cuisine. J'espère que vous ne la trouverez pas moins bonne que celle dont vous avez l'habitude.

Talia rit de bon cœur.

— Depuis plus d'un mois, nous sommes habitués au porridge, aux vieilles racines et au ragoût de viande séchée. Après cela, votre repas ne peut que ressembler à un festin !

Ils se goinfrèrent de la venaison aux herbes et aux champignons, une nette amélioration de leur ordinaire des jours précédents.

Les chirras et les Compagnons avaient été soignés et installés par Tedric dans une écurie chauffée. À demi endormis, ils digéraient tranquillement leur copieux repas.

Kris aida Tedric à débarrasser quand ils eurent terminé ; Talia courut chercher la harpe.

— Nous avons pensé vous remercier de votre hospitalité par un petit récital, dit Kris en commençant à accorder l'instrument.

— On n'entend pas beaucoup de musique par ici, fit Tedric sans cacher son plaisir. C'est la seule chose qui me manque dans cette affectation. Quand je faisais des patrouilles, je rencontrais toujours des Bardes.

Le vieux Héraut savoura la musique et les chants. À l'évidence, la compagnie de ses pairs lui manquait aussi. Kris se promit de se souvenir de demander qu'on lui envoie de temps en temps des Bardes. Il ne fallait pas que le vieil homme soit privé de musique si longtemps.

Quand ils furent trop fatigués pour continuer à jouer et chanter, Tedric se leva et insista pour qu'ils retournent à leur chambre.

— Je ne sais pas ce qui m'a pris, de vous faire veiller ainsi ! Après tout, vous resterez ici le temps de refaire votre garde-robe. Mais peut-être vais-je cacher les ciseaux et les aiguilles une semaine ou deux !

Le matin suivant, quand ils s'éveillèrent, à regret car l'édredon de plume était douillet et difficile à quitter, ils découvrirent que Tedric avait déjà mis leurs cuirs et leurs bottes à tremper dans une solution nettoyante et assouplissante. Ils s'attaquèrent à la modification des vêtements, en utilisant comme modèle ceux qu'ils portaient en arrivant, complètement usés. À la fin de la journée, le travail était bien avancé, et nul n'aurait pu voir que les nouveaux habits n'avaient pas été fabriqués au Collegium, tant ils étaient bien faits. À la fin de la semaine, leur garde-robe fut reconstituée.

Alors, ils se mirent en devoir de remplir leurs obligations vis-à-vis des habitants de Berrybay.

Le repos avait fait beaucoup de bien à Talia, qui avait affermi le contrôle de son Don, et suffisamment reconstitué ses boucliers pour tenir le coup contre la pression extérieure. Ce n'était pas encore beaucoup, mais c'était mieux que rien. Elle pensait que son contrôle des projections émotionnelles tiendrait dans la plupart des cas, sauf si elle était effrayée, surprise ou attaquée. Elle ne savait trop comment elle réagirait dans un de ces trois cas, mais se faire du souci ne changerait rien.

Elle faillit perdre sa frêle protection quand ils pénétrèrent dans le village. Kris l'avait prévenue que les rumeurs les avaient suivis jusqu'ici, mais le *savoir* ne l'avait pas suffisamment préparée.

Les habitants lui jetaient des regards en coin ; en venant les consulter, certains portaient des amulettes contre la magie noire.

Elle essaya de garder une apparence impavide, mais les soupçons des villageois lui donnaient envie de pleurer de frustration.

Finalement, elle ne put plus le supporter.

— Kris, il faut que j'aille prendre l'air, murmura-t-elle.

Il jeta un coup d'œil à son visage tendu et hocha la tête.

— Vas-y. Et reviens quand tu seras prête, pas avant, dit-il gentiment.

Rolan et elle allèrent au-delà du village. Loin des gens, elle pleura, jura et flanqua des coups de pied dans la neige jusqu'à ce que ses pieds soient endoloris et son esprit épuisé.

Puis elle revint et assuma de nouveau ses fonctions.

Pourtant, elle se demanda comment les gens réagiraient, quand Kris et elle allèrent trouver la Sorcière du Temps, quatre jours plus tard.

La tristesse émanant de la petite maison de la Sorcière du Temps était si tangible que Talia avait l'impression de pouvoir la toucher. La sorcière était assise dans un coin sombre ; elle berçait une poupée de chiffon en chantonnant et ne prêta aucune attention aux trois personnes qui venaient d'entrer. Tedric leur chuchota que les gens du village lui apportaient à manger et entretenaient tant bien que mal sa demeure, car elle avait trop peu conscience du monde qui l'entourait pour le faire elle-même. Kris secoua la tête, sûr que Talia ne pouvait pas faire grand-chose pour elle.

Elle s'agenouilla à côté de la femme, sur le plancher sale, abandonna ses fragiles barrières et plongea dans l'esprit obscurci.

Kris était effrayé pour elle, car il ne savait pas comment fonctionnait son Don. Elle pouvait si facilement se laisser piéger par la folie de sa patiente !

Elle se releva au bout d'un long moment.

— Alors ? demanda Tedric.

— J'aimerais que vous fassiez amener ici le petit orphelin gitan dont la famille est morte il y a deux mois, dit-elle.

— Ici ? Pardonnez-moi, mais cela me semble un peu... fou.

— Ça l'est, dit-elle, mais c'est peut-être le remède qu'il faut à sa folie... Faites-le amener, voulez-vous ? Nous verrons si mon idée fonctionne.

Tedric revint une heure plus tard, un bébé chaudement enveloppé dans les bras.

— Maintenant, faites-la sortir, et débrouillez-vous pour qu'elle n'emporte pas cette poupée.

Talia se glissa dans la maison et remplaça la poupée par le petit garçon, qui se mit à pleurer.

Dehors, la démente leva la tête. Kris n'avait jamais assisté à une transformation aussi extraordinaire. Son regard s'éclaira ; en un clin d'œil, elle passa du statut de quasi-animal à celui d'un être humain pensant.

— Jethri ? dit-elle lentement.

Le bébé pleura de nouveau – plus fort.

— Jethri ! cria-t-elle en se précipitant dans la maison.

Elle prit l'enfant et le serra contre son cœur en riant, comme si on venait de lui rendre une partie de son âme.

Au même moment, chose des plus étranges, le bébé cessa de pleurer et se blottit contre elle en gazouillant.

Talia se laissa tomber contre le mur en se massant les tempes.

La femme détourna son attention du bébé et regarda Talia. Elle se dirigea vers elle avec hésitation.

— Héraut, dit-elle d'une voix claire, vous m'avez rendu mon enfant. Il était mort, mais vous l'avez trouvé et vous me l'avez rendu !

Talia leva les yeux.

— Je n'ai rien fait, ma dame. C'est vous qui l'avez ramené. C'est vous qui m'avez montré où le chercher.

La femme toucha doucement la joue de sa bienfaitrice.

— Tu retrouveras ce qui est tien, dit-elle d'une voix étrangement monotone. Personne ne pourra jamais plus te le reprendre. Ton désir le plus secret sera exaucé, mais pas avant que tu aies vu les Havres. Les Havres t'appelleront, mais le devoir et l'amour se mettront en travers du chemin. L'amour défiera la mort pour te retrouver ; ta plus grande joie succédera à ton plus grand chagrin. L'accomplissement de tes désirs ne se fera pas sans douleur.

— Toute joie a d'abord connu le goût amer du chagrin, dit Talia.

Les yeux de la femme perdirent leur expression lointaine. Elle reprit, d'un ton normal :

— Ai-je dit quelque chose ? Ai-je eu une vision ? Était-ce la réponse que vous cherchez ?

— Oui, c'était une réponse..., dit Talia. Mais n'avez-vous rien de plus important à faire ?

— Mon Jethri, mon petit amour ! s'écria-t-elle. Je veux tellement que tu me pardonnes... Oh, Héraut, comment vous remercier ?

— En aimant Jethri et en le soignant de votre mieux sans vous soucier de ce qu'en penseront les autres, lui dit Talia en faisant signe à ses deux compagnons de la suivre.

— Par le ciel ! dit Tedric, quelle étrange magie avez-vous invoquée là ?

— À dire vrai, je n'en sais trop rien moi-même, répondit Talia en se frottant les yeux. Quand je l'ai touchée, j'ai senti une sorte de… de lien… qui l'attachait à quelque chose ; à ce moment, j'ai vu la page du livre d'enregistrement qui parlait de ces gitans et du bébé survivant. Il aurait eu du mal à trouver une famille d'adoption, et elle avait besoin d'une seconde chance… Est-ce que cela a le moindre sens ?

— Plus que je ne pensais, dit Kris. Crois-tu possible que… ce bébé puisse vraiment être le sien ?

— Je n'en sais rien, Kris. Il est à peu près du même âge, et ils se sont *reconnus*, comme deux êtres qui manquent d'amour, au moins, mais je ne me hasarderais pas à en dire plus.

— C'est une question bien triviale, intervint Tedric, mais… maintenant qu'elle a retrouvé la raison, croyez-vous qu'elle perdra sa capacité de prédire de temps ?

— Je ne le pense pas, dit Talia. Un tel Don redevient rarement dormant une fois qu'il a été éveillé.

— « L'amour défiera la mort pour te retrouver », cita Kris. C'est une prédiction étrange et bien ambiguë, me semble-t-il.

— Les prophéties sont souvent ambiguës, dit Tedric. C'est une chance qu'elles soient beaucoup plus précises quand il s'agit de savoir le temps qu'il fera.

» Venez, maintenant. Vous êtes fatigués et affamés. Vous avez besoin d'un bon repas et d'une bonne nuit de sommeil avant de reprendre la route.

— Et, quoi qu'en dise la prophétie, mon plus cher désir, en ce moment, est une de vos pièces de venaison suivie d'une soirée paisible entre amis et d'un bon sommeil dans votre confortable lit de plume. Je n'ai pas besoin de chercher les Havres !

Talia eut un rire fatigué et passa ses bras dans ceux de Kris et de Tedric.

Rolan leur emboîta le pas.

Une épreuve réussie. Maintenant, il ne lui restait plus qu'à continuer à survivre…

Chapitre 11

— Bien, mon petit oiseau, dit Kris, nous sommes au milieu de l'été, te voilà à la moitié de ta mission de probation. Donne-moi ton évaluation, s'il te plaît.

— Sérieusement ?

— Tout à fait.

Ils étaient revenus à l'abri où ils étaient passés en arrivant, en bas de leur secteur. Bientôt un courrier leur apporterait les dernières nouvelles de la Cour ; jusque-là, ils étaient libres – une oisiveté délectable.

— Cela a été pénible, dit-elle, appuyant sa tête sur ses bras. J'aurais souhaité que ces neuf mois n'aient jamais existé. Te souviens-tu de notre arrivée dans un village où les gens avaient entendu des rumeurs sur moi…

— Oui.

— Que se serait-il passé si mon Don s'était ainsi « détraqué » à la Cour ? Cela aurait été cent fois pire.

— Mais tu aurais pu avoir une aide plus efficace que la mienne.

— Peut-être, mais j'aurais sûrement provoqué des dégâts d'abord. Grands dieux ! quand j'y pense… Un tel orage mental lâché sur la Cour… Au moins, j'ai maintenant le contrôle *conscient* de mes projections, même si mes boucliers ne sont pas entièrement revenus.

— Tu as toujours des problèmes pour t'isoler ?

— Tu m'as vue au milieu d'une foule. Tu sais que je ne peux pas rentrer au palais tant que mes boucliers ne fonctionnent pas comme avant, et que nous ne pouvons en parler à personne, pas même à un autre Héraut.

— Tu l'as donc compris toute seule.

— Cela n'était pas bien difficile ! Si les gens savaient que les rumeurs sont partiellement vraies, ils croiraient que *tout* est authentique. De plus, il y a autre chose que je dois découvrir à mon sujet avant de pouvoir rentrer.

— Laquelle ?

— Le « pourquoi » de mon Don. L'inquiétant, c'est que ces rumeurs de manipulation étaient bien près de la vérité. J'ai utilisé mon Don pour évaluer des Conseillers, et je me suis servie de cette connaissance... À quel moment cela devient-il de la manipulation ?

— Je n'en sais rien...

— Et maintenant, je crains d'utiliser mes capacités.

— Diable ! Cela m'inquiète aussi. Rien de tout cela ne serait arrivé si j'avais tenu ma langue.

— Cela aurait pu surgir à un pire moment...

— Et peut-être pas. Ce qui est arrivé est en partie ma faute.

Elle ne répondit pas.

— La situation n'était pas brillante, reprit-il, mais je crois que les choses sont en train de tourner à notre avantage.

— Je l'espère.

— Tu t'en tires très bien pour tout le reste.

Il était mal à l'aise et elle le sentait. C'était à cause d'elle, à titre personnel, pas dans sa fonction de Héraut.

Grands dieux! Elle avait toujours pris soin de garder leur relation sur un registre amical. Elle espérait n'avoir rien fait pour qu'il tombe amoureux d'elle. La plupart du temps, elle pensait avoir réussi, mais il la regardait parfois d'un air étrange. Elle était désormais sûre de ne rien vouloir de plus de sa part, ayant pour lui des sentiments assez semblables à ceux qui l'unissaient à Skif.

— Je me demande où est Dirk, fit-il soudain. Je sais que, ce trimestre, il parcourt aussi le secteur.

— Il a de la chance de ne pas être obligé de manger ta cuisine, dit-elle en souriant. Dis-moi, pourquoi m'appelles-tu toujours « petit oiseau » ?

— C'est le nom que te donne Dirk. Il dit que tu lui rappelles une alouette des bois.

— Comment sont-elles ? Je n'en ai jamais vu.

— On ne les voit généralement pas ; on les entend. Les alouettes des bois sont très timides ; petites et marron, elles se confondent avec les buissons. Elles ne sont pas éblouissantes, mais très jolies, dans leur genre. Pourtant ce n'est pas à cela qu'il pensait. Les alouettes des bois ont la plus belle voix de tous les hôtes de la forêt.

— Oh ! dit-elle, surprise du compliment.

— La nuit de la fête, quand nous avons chanté ensemble, il m'a soufflé à voix basse : « C'est une alouette des bois. Une petite alouette timide ! » J'étais d'accord avec lui. Je le suis toujours, quand il a raison !

— Vous êtes un peu fous tous les deux, dit-elle en riant.

— Non, ma dame, nous sommes des Hérauts. C'est presque la même chose, mais pas tout à fait !

On les appela depuis le chemin qui menait à l'abri : c'était le courrier.

Skif!

—Par ma foi, vous m'avez l'air en bien bonne santé pour deux Hérauts qui ont failli périr de froid et de faim dans la tempête! Dirk s'est beaucoup inquiété!

—Si tu peux faire passer le message, dis-lui que le pire est que Talia a perdu l'étui de sa harpe, lança Kris en riant.

—Ah bon? Ma foi, je n'aurai pas le choix! Il m'a *ordonné* de venir lui faire mon rapport dès que j'en aurai terminé avec vous!

—Amène ton Compagnon à l'abri, dans ce cas. Nous risquons d'en avoir pour un moment...

—J'apporte des informations et du matériel, dit Skif. J'espère que vous êtes prêts. Voulez-vous les nouvelles d'abord, ou vos paquets?

—Les deux, dit Kris avec un sourire d'enfant. Pendant que nous déballerons nos paquets, tu nous donneras les nouvelles.

La première était que Gaytha et Mero avaient surpris tout le monde en décidant de se marier. Fiancés, ils seraient unis à l'automne. Kris en resta bouche bée, mais Talia, plus fine mouche, n'en fut pas autrement surprise.

Keren s'était fracturé le bassin l'hiver précédent. Elle avait fait une mauvaise chute en sauvant un jeune Compagnon bloqué sous un arbre renversé par le vent. Sherrill avait assumé ses obligations d'instructrice d'équitation.

Alberich avait pris sa retraite, sauf pour les classes les plus avancées. Personne n'avait été étonné qu'il choisisse Jeri pour lui succéder.

Ce printemps, les Compagnons avaient choisi vingt nouveaux Hérauts. Pour la première fois depuis des années, le Collegium était plein. Personne ne savait si cette soudaine abondance d'Élus était une bonne ou une mauvaise chose.

Elspeth s'en tirait particulièrement bien ; Talia fut heureuse de cette nouvelle. Elcarth avait quelque peu allégé son emploi du temps protocolaire, et elle travaillait comme une damnée.

Il y avait peu de nouvelles de la Cour, mais elles n'étaient pas bonnes. Le moulin à rumeurs avait tourné, surtout au sujet d'Elspeth et de Talia. La moitié d'entre elles concernaient Talia, les autres l'inaptitude d'Elspeth à recevoir la couronne, car elle était trop influençable, trop dépendante des Hérauts – surtout de Talia – pour assumer de telles responsabilités.

Kris remarqua sans la commenter l'ombre de chagrin qui passa dans les yeux de Talia.

— Mais je leur ai dit à tous qu'ils se trompaient. Elspeth n'est qu'une gamine normale, un garçon manqué, comme Jeri. Et j'ai affirmé qu'en aucune façon tu ne pourrais faire mauvais usage de ton Don. Maintenant, à vous. Racontez-moi ce que vous avez fait pendant tout ce temps. J'ai pour mission de rapporter tous les détails.

Kris lui raconta tout, à part la désintégration des boucliers de Talia.

— Heureusement que nous avions la harpe de Jadus avec nous, dit la jeune femme pour terminer. La musique nous a aidés à tenir le coup. Et nous avons découvert que les étranges légendes concernant le chant des chirras sont vraies.

— Pas possible ?

— Elle dit la vérité, Skif. Les chirras chantent. Fredonnent, plutôt. Mais ils le font en mesure ; ils sont capables de suivre une mélodie.

— Vous pouvez le prouver ? Sinon, je vais avoir du mal à convaincre les sceptiques que vous dites vrai, à commencer par moi.

— Vas-tu passer la nuit avec nous ? demanda Kris.

— Si je ne vous gêne pas.

— Tu peux rester si tu nous aides à préparer le repas, taquina Talia.

— Tout vaut mieux qu'être obligé de manger ma propre nourriture, soupira Skif. Dirk ne m'a pas laissé cuisiner lors de ma mission de probation. Je ne l'en blâme pas. Je suis la seule personne, à ma connaissance, qui ait réussi à carboniser des artichauts bouillis.

— Bien. Tu auras ta démonstration du chant des chirras après le repas.

Ils tinrent parole. Skif fut surpris, au début, mais il se rendit vite à l'évidence. Il admit même qu'il appréciait les étranges harmoniques.

Après les chants, ils échangèrent des récits de voyages. Skif connaissait un nombre incalculable d'histoires drôles. Une fois, il avait dû sauver la personne à qui il apportait les messages des attentions amoureuses d'une vache très déterminée.

Mais au milieu d'une des histoires les plus divertissantes, Talia se leva et partit de façon plutôt abrupte.

— Ai-je dit quelque chose qui n'allait pas ? demanda Skif, stupéfait.

—Je n'en ai pas la moindre..., commença Kris.

Puis il pensa à quelque chose.

Il ferma les yeux et appela mentalement Tantris. La réponse le fit sourire.

—Elle va revenir, dit-il, dès qu'elle se sentira plus à l'aise.

—À l'aise ?

—Skif, Cymry, ton Compagnon, est une femelle.

—C'est plutôt évident, non ?

—Et Rolan est un étalon, qui n'a pas vu de femelle depuis des mois. Le Don de Talia est l'Empathie, et Rolan est *toujours* avec elle, mentalement...

—Oh ! J'avais oublié une petite expérience que nous avons faite ensemble. Elle ne peut pas bloquer les images provenant de son Compagnon, c'est ça ?

—Tout à fait. Tu n'as pas beaucoup d'aptitudes à la communication mentale, je crois ? Tu es donc à l'abri des ébats de Cymry. Mais cela ne vaut pas pour Talia...

Skif gloussa.

—Dommage que ton Tantris ne soit pas une femelle.

—J'ai déjà eu la même pensée, admit Kris en riant aussi.

Skif reprit son sérieux d'un seul coup.

—Kris, je sais que ce ne sont pas mes affaires, mais est-ce que Talia et toi vous êtes... euh, tu vois ce que je veux dire ?

—Tu as raison, ce ne sont pas tes affaires ! Alors pourquoi poses-tu la question ?

—Il fait partie de mon travail de remarquer ce qui se passe. Et puis... j'ai une dette envers Dirk. Il m'a sauvé la vie, quand Cymry et moi sommes tombés dans le ravin, pendant ma mission de probation.

» Il se comporte étrangement chaque fois que quelqu'un parle de Talia. Ce bon vieux Dirk a failli m'arracher le cœur quand j'ai été incapable de lui donner des nouvelles, à part les rumeurs qui circulaient sur votre sort. Donc, si vous êtes plus que des amis, j'aimerais le savoir. Je pourrais au moins essayer d'adoucir le choc.

— Par le ciel ! soupira Kris, je n'en sais rien. Je sais ce que je ressens pour elle, de l'amitié et c'est tout. Mais je ne sais pas, ce qu'*elle* ressent, et j'ai peur de le lui demander !

— J'ai l'impression qu'il y a plus là-dessous que tu ne me dis !

— Dirk a eu une déception très cruelle, il y a quelques années. Depuis, il ne s'était plus intéressé aux femmes. Jusqu'à Talia, apparemment.

— Il se comporte comme un homme qui a trouvé la partenaire de sa vie, si tu veux le savoir. Je dirais qu'il est presque obsédé…

— Talia montrait des signes similaires. Maintenant, je ne sais plus… Nous… avons couché ensemble, au moment de la tempête. Il y a eu tout un tas d'autres complications et maintenant je ne sais plus où j'en suis. Et j'ai très peur qu'elle fasse une fixation sur moi.

— Que vas-tu faire ? demanda Skif.

— Rompre avec elle, avant que cela devienne trop sérieux. Mais, par le ciel ! n'en parle pas à Dirk !

— Ne crains rien.

Talia revint et se rassit, l'air plus calme.

— Ça va mieux ? demanda Kris.

— Oui, merci. Skif, dit-elle en se tournant vers lui, j'espère que tu es prêt à soigner un Compagnon enceinte pendant quelques mois !

— Allons, Talia, ce n'est pas la première fois que Cymry joue à ce petit jeu, et rien de tel ne s'est encore produit !

— Tous les étalons ne sont pas comme Rolan, dit-elle. N'as-tu jamais entendu parler de l'exceptionnelle fertilité du Compagnon du Héraut de la reine ?

— Diantre ! Je n'y avais pas pensé...

— Je parierais une outre de vin que Cymry n'y a pas pensé non plus, dit Kris.

— Tu as gagné, dit Skif avec un sourire penaud. J'espère que Teren aime le travail d'estafette, il sera le seul disponible pour me remplacer...

Il s'installa dans son sac de couchage, l'étonnement se lisant sur son visage.

Le lendemain se passa à mémoriser tout ce que Skif leur communiquait.

— Que lui as-tu dit ? demanda Talia tandis qu'il repartait par le chemin qu'il avait emprunté en venant.

— Que nous avions des problèmes que je ne pouvais pas lui expliquer en détail. J'y ai été obligé, il a bien vu que tu n'allais pas très bien.

— Grands dieux, pauvre Elspeth ! Dire qu'elle doit affronter ces rumeurs toute seule ! Il *faudrait* que je sois auprès d'elle, et je ne *peux* pas y être...

— C'est vrai, tu ne peux pas. Et retourner maintenant ne te ferait aucun bien, et à elle non plus.

Ils revinrent à l'abri. Kris ressassait quelque chose et Talia s'en rendait compte.

Elle aussi était mal à l'aise, sans savoir de quoi il s'agissait exactement, sinon que cela les concernait, Dirk et elle. Cela voulait-il dire que Kris était plus attaché à elle qu'il aurait été souhaitable ? Elle ne voulait pas le faire souffrir, mais ce n'était pas lui qu'elle désirait. Ah ! si seulement il lui parlait…

Ils lurent leur courrier en silence. Talia n'en avait pas beaucoup ; c'étaient surtout des notes assez brèves, sauf la dernière enveloppe, qui était fort volumineuse ; pourtant elle n'en reconnaissait pas l'écriture.

À son étonnement et à sa grande joie, la lettre était de Dirk. Il espérait que leur amitié à tous trois grandirait avec le temps, disait-il, car ils partageaient un grand intérêt pour la musique. Depuis qu'il était affecté au secteur qui abritait les quartiers généraux de la Guilde des Imprimeurs et des Graveurs, il pouvait se procurer aisément des livres de musique, et il avait voulu partager ses trouvailles avec ses amis.

Il était pourtant étrange qu'il ait envoyé les manuscrits à Talia et non à Kris.

Kris toussota ; Talia leva les yeux vers lui.

— Oui ?

— Dirk n'est jamais aussi prolixe, dit-il. D'habitude, j'ai de la chance si je reçois une demi-page.

— C'est étonnant.

— C'est le moins qu'on puisse dire ! Si je connais bien mon Dirk, il passe toute la lettre à ne pas parler de ce qui l'intéresse vraiment. On dirait qu'il évite d'écrire ton nom pour ne pas se trahir.

— Voici les livres de musique qu'il a envoyés, dit Talia.

— Par le ciel ! cela a dû lui coûter une petite fortune ! (Il parcourut la pile d'ouvrages.) Il ne fait pas de doute que cela t'est destiné, ajouta-t-il, lui tendant un petit volume relié de cuir bordeaux.

C'était un recueil de ballades, contenant la version longue d'*Ombre et Soleil.*

—Je sais qu'il a deux copies de ce livre, un de ses favoris, toutes deux reliées en bleu ; il n'ignore pas que j'ai aussi cet ouvrage, car c'est moi qui le lui ai montré. Voilà pourquoi il t'a envoyé les manuscrits, et pas à moi.

—Mais…

—Talia, il faut que je te parle. Sérieusement.

Nous y voilà, pensa Talia, angoissée.

—Je… t'apprécie beaucoup. Tu es une femme de grande valeur ; je n'aurais jamais dû te laisser t'amouracher de moi.

—Quoi ?

Elle resta un moment le regard vide, n'en croyant pas ses oreilles.

—Dirk vaut vingt types comme moi, continua-t-il ; tu t'en rendras compte si tu y réfléchis un instant. Je ne peux pas te donner autre chose que de l'amitié, Talia. Et je ne veux pas te laisser ruiner ta vie et celle de Dirk en te laissant penser…

—Attends un peu ! Tu crois que je suis amoureuse de toi ?

Un peu étonné, il lança :

—Bien entendu.

Son air supérieur fut la goutte d'eau qui fit déborder le vase. Talia laissa libre cours à sa colère.

—Comment ça, bien entendu ? Parce que toutes les autres femmes sont à tes pieds, tu t'imagines que moi aussi ? Me prends-tu pour une écervelée ?

— Mais…

Et dire que tout ce temps elle s'était fait du souci pour lui ! Elle avait eu peur de le blesser, et voilà que le rustre osait supposer qu'elle était tombée amoureuse de lui, simplement parce qu'ils avaient couché ensemble !

Il avait l'air étonné, son visage angélique affichant une expression d'incompréhension totale.

D'un direct du droit parfaitement exécuté, elle l'envoya bouler cul par-dessus tête.

— Espèce de coquelet arrogant ! Au moins, cette fois, tu ne pourras pas prétendre que j'ai fait un mauvais usage de mon Don.

Il leva les yeux vers elle en se tâtant la mâchoire.

— Non… c'était une attaque bien physique, en effet…

Elle tourna les talons avant qu'il ait eu le temps de se relever, quelque peu vacillant, et partit en direction du petit lac.

Il sentit sa colère monter. Après tout, il n'avait pas eu l'intention de l'insulter.

Au bout d'un moment, il commença à s'inquiéter.

Il la suivit dans le lac.

Elle lui attrapa les jambes par-dessous et le força à plonger sous l'eau, puis lui échappa.

— Je suis une imbécile amoureuse de Votre Grandeur, n'est-ce pas ? Alors, essaie donc de m'avoir.

Mais quoi qu'il fasse, elle se dérobait toujours.

À la fin, épuisé, il grimpa sur la rive et s'affala sur sa couverture.

Elle sortit de l'eau et le fixa d'un regard incendiaire. Il leva une main.

— Ça suffit, tu as gagné. J'ai perdu, je le reconnais. Je suis un idiot, et un rustre.

Elle s'assit auprès de lui et se sécha les cheveux.

— Qui t'a appris à nager comme ça ?

— Sherrill. Je savais déjà tenir sur l'eau, mais elle m'a apporté la technique. Alberich l'en a chargée après que les Bleus m'eurent expédiée dans la rivière. À la fin des « leçons », elle m'a fait passer un « examen » en me poussant tout habillée dans l'eau en plein hiver. J'ai réussi, puisque je suis toujours en vie ! Je n'y ai perdu qu'une paire de bottes ; heureusement, elles étaient devenues trop petites.

— Rappelle-moi de ne pas te contrarier si nous nageons ensemble, dit-il avec un sourire.

— Pauvre petit Kris ! À moitié noyé, et vaincu par une femme !

— Et complètement crevé, termina-t-il.

— À ce point ? fit-elle avec une moue de déception.

Elle se mit à le caresser de manière si intime qu'il lui fut impossible de garder son sang-froid. Il se retourna si rapidement qu'il l'emprisonna sous son poids.

— Je vais te montrer si je suis fatigué, marmonna-il.

Il lui retourna caresse pour caresse ; ce qui devait se passer arriva.

Épuisés mais satisfaits, ils restèrent immobiles un moment. Puis Talia se leva et, sans un mot, replongea dans l'étang.

Quand elle en ressortit, elle était d'humeur plus paisible. Kris se lava aussi dans la petite mare.

Lorsqu'il revint, elle était presque sèche. Il se sécha aussi, et tendit à Talia la bouteille que Skif leur avait laissée.

—Ainsi donc, nous sommes à la veille du festival d'Été, fit-elle. Nous ne fêtions jamais l'été, chez les Hold.

—Pourquoi pas ?

—D'après les Anciens, ce n'est pas une fête religieuse, mais un divertissement frivole, et une bonne excuse pour se vautrer dans le stupre. Que font les gens, la veille du festival d'Été ?

—Tes Anciens n'avaient pas tout à fait tort, sourit-il. Dès le coucher du soleil, tout le monde part dans les bois pour un pique-nique. On commence en groupe, mais les couples se forment pour la nuit… et, le matin, les hommes cueillent les plus belles fleurs…

—Pour l'élue de leur cœur ? dit-elle un peu cyniquement.

—Non, pour toutes les femmes. Au moment du festival, chacune reçoit une guirlande, quel que soit son âge. Celles qui sont déjà mères ou qui le seront bientôt ont aussi un panier de fruits. Il y a encore des pique-niques ce jour-là, en famille, cette fois. Les Bardes adorent ce festival, ils en repartent toujours les poches pleines, et une belle dame ou un jouvenceau à leur bras. C'est un peu comme un anniversaire, sur une plus grande échelle.

—Les familles hold ne fêtent pas les anniversaires ; ils se contentent de faire un discours sur les responsabilités, qui augmentent avec chaque année.

—Quelle est la date de ton anniversaire ?

—La veille du festival d'Été. Ce soir. C'est sans doute la raison de ma bizarrerie. Seul un démon peut avoir eu le culot de naître par une nuit si licencieuse.

—Voilà pourquoi tu as l'air bizarre aujourd'hui ! Tu aurais dû me le dire.

— J'ai été un peu méchante, n'est-ce pas ? Je suis vraiment désolée.

— Tu t'es accommodée de mes humeurs assez souvent pour que je m'adapte aux tiennes de temps en temps, dit-il.

— J'aurais dû t'en parler plus tôt… Nous deux, je veux dire. Ça aurait mieux valu. Tu m'aurais évité de craindre que tu te sois amouraché de moi, parce que je t'avais influencé sans le vouloir avec mon Don. Je me suis demandé si tu aurais couché avec moi, sans cela. Je ne suis pas exactement une beauté fatale, dit-elle avec un sourire, et je t'ai surtout causé des ennuis, au cours de ce voyage.

— Par les dieux !…

Ne trouvant pas ses mots, il lui tendit la bouteille.

— Talia, tu es une jeune femme parfaitement adorable. J'ai de l'affection pour toi à cause de ça, et pas parce que ton Don m'a manipulé. Dirk a peut-être un lien pour la vie avec toi ; si c'est le cas, j'en suis heureux. Je ne souhaite rien d'autre que votre bonheur.

— Je… je ne sais pas quoi dire.

— Ne me tape plus dessus, en tout cas. Ça, je pourrais aisément m'en passer ! Qu'y a-t-il d'autre à signaler ?

— Je suis fatiguée de devoir lutter pour ce que les autres ont si aisément. Fatiguée de sentir la responsabilité d'un royaume peser sur mes épaules ; lasse d'être seule et de devoir me battre seule.

— Eh bien…

— Je sais que c'est comme ça, mais je n'ai pas envie de prétendre que j'*apprécie* cet état de fait ! Et pour finir, je suis déçue parce que personne ne m'a jamais offert de guirlande de fleurs pour le festival d'Été.

—Je te comprends…, dit Kris avec la conviction exagérée de quelqu'un qui a un peu trop bu. Tu ne serais pas troublée si tu avais ce que tu voulais, mais tu ne peux pas, donc tu l'es.

—Ta façon de parler ne me semble pas très claire.

—Elle le deviendra dans un verre ou deux, dit Kris.

Flottant sur son nuage, il tendit la bouteille à Talia.

Quand elle fut vide, la jeune femme était d'excellente humeur.

—Je suis excessi-trêmement… exci… très… content que nous puissions dormir à la belle étoile, dit Kris. Ch'est… c'est très agréable, et de toute façon je ne peux plus marcher.

—Les étoiles sont très jolies, reconnut-elle. Pas envie de bouger non plus…

Bientôt, son souffle régulier lui fit comprendre qu'elle s'était endormie. Il tira la couverture sur leurs têtes et s'endormit aussi.

Il s'éveilla avant elle et se leva avec précaution, espérant ne pas la déranger. Puis il s'enfonça dans les bois.

Talia fut réveillée par un parfum subtil. Elle ouvrit les yeux pour découvrir que quelqu'un avait posé un bouquet près de sa tête.

—Joyeux festival, Héraut Talia, et bon anniversaire, dit Kris. Dommage que tes autres amis n'aient pas pu t'apporter de cadeaux, mais nous sommes un peu loin d'eux… Accepte ce modeste présent en guise d'excuses pour la nuit dernière. Je n'avais pas l'intention de t'insulter.

—Kris! Tu n'avais pas besoin de faire ça!

— Oh que si ! De plus, cette odeur, que tu sembles apprécier, est censée être un remède contre la gueule de bois. Et regarde les tiges, s'il te plaît.

À la base du bouquet, il y avait un anneau d'argent représentant deux mains entrecroisées.

— Je te remercie, Kris, et j'accepte tes excuses… si tu acceptes les miennes pour t'avoir frappé.

— J'en serais plus que ravi. J'avais l'intention de t'offrir ce gage d'amitié au festival d'Hiver, mais comme tu m'as dit que c'était ton anniversaire… J'espère qu'il va t'aller, tu ne peux pas savoir combien il est difficile de faire faire un anneau pour quelqu'un sans que la personne soit au courant ! Il est pour la main droite, l'autre a une autre vocation…

— Il me va parfaitement, dit-elle après l'avoir glissé à son doigt.

Pour la première fois depuis des mois, elle se sentait détendue et heureuse. Elle jeta ses bras autour du cou de Kris et ouvrit une voie de communication mentale, pour lui faire sentir ce qu'elle ne pouvait exprimer avec des mots.

— Oh, cela me rendrait ivre aussi vite que le vin que nous avons bu hier soir !

Elle comprit l'avertissement et ferma cette « écoutille » ; mais elle savait que le bref contact n'avait pas été déplaisant.

— Comment s'appellent ces fleurs ? Je ne les connaissais pas, et je n'ai jamais rien senti d'aussi délicieux de ma vie…

— Ce sont des fleurs des bois qui n'éclosent qu'à l'époque du festival. On les nomme des « rêves de jeune fille ». J'ai pensé qu'elles te feraient plaisir.

— Je les adore, dit-elle, respirant à pleins poumons, les yeux à demi fermés. Je ne saurais expliquer… elles sentent le soleil, le bonheur… le plus cher de mes souhaits…

— Un petit déjeuner, par exemple ? dit Kris d'un ton faussement absorbé.

— Si c'est ton plus cher désir, je pense pouvoir le satisfaire. C'est mon tour, de toute façon. Et cela me permettra de te remercier d'avoir été si gentil avec moi alors que j'ai essayé de t'assassiner, la nuit dernière !

— Comme tu aimes tant ces fleurs, je ferai en sorte qu'il y en ait dans ta guirlande de mariée, même si je dois les cultiver dans une serre.

— Je pensais que tu n'avais pas du tout la main verte.

— Pour toi, petite tourterelle, je suis prêt à la plonger dans un pot de peinture, si nécessaire. Je tiens toujours mes promesses et j'ai bien l'intention d'honorer celle-ci !

— Je ferais donc mieux de tenir la mienne et de te préparer à déjeuner. Comment aurai-je ma guirlande si je te laisse mourir de faim ?

Ils ramassèrent leurs affaires et retournèrent à l'abri, bras dessus, bras dessous.

Chapitre 12

Au-dessus d'eux, les oies passèrent, volant vers le sud. La journée était superbe pour l'automne ; Talia et Kris écoutèrent les requêtes des villageois dehors, assis à une table. Le dernier à se présenter fut un petit garçon conduisant un très gros cheval de trait. Il leur tendit un message.

Talia parcourut la lettre et la passa sans un mot à Kris, qui la lut à son tour. Pendant ce temps, l'enfant débraillé qui la leur avait apportée remuait du bout de ses souliers un tas de feuilles dorées.

— Cela s'est produit quand ?

— Il y a deux jours ; mais la querelle dure depuis des années. Ça n'aurait pas été pire que d'habitude si le puits n'avait pas été empoisonné. Voilà pourquoi grand-père m'a envoyé. Il pense qu'il vaut mieux régler ça avant qu'il y ait des morts.

Talia regarda la position du soleil et fit un rapide calcul mental.

— Je serais d'avis que nous partions tout de suite. Qu'en penses-tu ?

Kris chassa machinalement quelques feuilles mortes de la table.

— Nous n'avons plus de requêtes à écouter, mais le voyage risque de prendre le reste de l'après-midi. Il faudra chevaucher la moitié de la nuit pour rattraper le temps perdu. Nous ne pourrons pas nous réapprovisionner avant le Carrefour de Knowles.

Les barrières de Talia s'effondrèrent à ce moment-là. Elle sentit l'anxiété du garçon avec une intensité telle qu'elle en eut la nausée. Malgré ses efforts, elle ne put rétablir ses défenses que partiellement. Mais elle captait toujours l'inquiétude de l'enfant.

— Tu penses que nous devrions nous réapprovisionner maintenant et partir demain matin ?

— C'est à peu près ça.

— Je ne suis pas d'accord. Rassemblons nos affaires et allons-y.

Elle sentit sa désapprobation tandis qu'ils suivaient l'enfant.

— Tu as laissé le gamin te manipuler, dit-il finalement alors que leurs montures et leurs chirras faisaient voler les feuilles dorées dans leur sillage.

— Non. Un puits empoisonné est une affaire très grave, ici. La querelle est inquiétante. Veux-tu avoir des morts sur la conscience parce que tu auras perdu un jour pour acheter des provisions ?

Elle chuchotait, mais elle était en colère.

— Quelle importance peut avoir mon opinion ? grommela Kris. Pour la dernière partie de ta probation, c'est toi qui donnes les ordres. Sauf si tu te montres trop stupide !

Elle bouillait de colère. Ils se disputaient de plus en plus souvent, parfois violemment. Kris semblait la prendre à contre-pied par pure obstination.

— Espèce de traître ! explosa-t-elle lorsqu'elle comprit soudain pourquoi. Tu t'opposes à moi pour voir s'il est *possible* de me manipuler !

Kris sourit tristement :

— Désolé, mon cœur, j'ai mes ordres. De toute évidence, si quelqu'un est capable de brouiller ton jugement, c'est bien ton conseiller. Mais maintenant que tu le sais...

— Tu peux arrêter de me donner des migraines, dit-elle du tac au tac. À présent, occupons-nous de ce qui est réellement important.

— Tu aurais pu utiliser ton Don, dit-il alors qu'ils s'installaient pour dormir.

La querelle une fois réglée, non sans peine, ils avaient voyagé très tard dans la nuit pour atteindre leur abri.

— Je... je ne suis pas encore sûre de ce qu'il est moralement permis de faire. Avoir ce Don et devoir supporter tous ces gens qui déversent leurs problèmes dans mon esprit est déjà assez dur ; je ne sais toujours pas quand il est correct de l'utiliser.

— Et si ça avait été la seule solution, qu'aurais-tu fait ?

Cela inquiétait Kris. En cas d'urgence, il avait peur de la voir se paralyser d'appréhension. Il était sûr qu'elle utiliserait son Don encore moins pour l'attaque que pour la défense.

— Je ne sais pas, répondit-elle. Les seuls qui aient le Don d'Empathie sont les Guérisseurs, mais ils n'ont pas à faire face aux mêmes situations que moi. Je n'ai pas de réponse. Quelles sont *vraiment* les limites ?

Il soupira et la prit dans ses bras. C'était le seul réconfort qu'il pouvait lui apporter.

— Moi non plus, je n'en sais rien, mon petit oiseau. Je n'en sais rien.

Kris avait mal à la tête. Et la fraîcheur de l'abri ne parvenait pas à le soulager. La journée avait été tout sauf bonne. Les rumeurs sur Talia s'étaient désormais répandues partout où ils allaient. Ce n'était pas leur première visite à Langenfield, et pourtant les villageois les reçurent avec quelque appréhension. À l'évidence, un grand nombre portaient des talismans contre le mauvais œil. Ils n'avaient pas une bonne opinion du jugement ou des capacités de la jeune femme.

Talia s'efforçait de donner une impression de confiance, d'intelligence et de fiabilité; Kris savait qu'elle avait commencé à trembler au moment où ils avaient franchi les portes du village.

Cette réaction se reproduisait chaque fois qu'elle entrait dans un nouveau hameau. Il sentit la main de Talia sur son épaule.

— C'est moi qui devrais avoir cette migraine, dit-elle.

— Tu aurais dû me laisser t'aider!

— Mais tu ne pouvais rien faire. Les sermonner? Je dois *gagner* leur confiance, de façon que leurs craintes les quittent naturellement.

— Je pourrais leur faire croire que c'est moi le chef.

— Oh, quelle bonne idée! dit-elle, sarcastique. Ils croiraient simplement que tu me manipules comme une marionnette.

— Mais je pourrais t'offrir mon appui.

Sa colère était l'écho de celle de Talia. Leurs yeux se rencontrèrent. Puis la jeune femme rompit le contact ; Kris vit qu'elle avait les poings serrés.

— J'étais sur le point de te frapper, avoua-t-elle. Avec mes boucliers en mauvais état et l'obligation d'affronter ce type de situation, je me sens comme une harpe aux cordes trop tendues.

Kris se calma au prix d'un grand effort.

— Je ne devrais pas te provoquer ainsi. Intellectuellement, je te comprends. Tu dois gagner la bataille toute seule. Émotionnellement, c'est une dure pression pour nous deux ; je ne peux pas m'empêcher de vouloir t'aider.

— C'est pour ça que je t'adore, mon poussin, dit-elle en lui donnant un baiser. Oh, attends ! La journée a été si pénible que j'ai failli oublier !

Elle sortit en trombe et revint un moment plus tard, un petit paquet à la main.

— C'est pour toi. Bon anniversaire, Kris !

— Comment as-tu su… ?

— Allez, déballe ton cadeau !

C'était un anneau, identique à celui qu'il lui avait offert des mois auparavant.

— Oh ! Je… je ne le mérite pas…

— Mon œil ! Tu l'as gagné une dizaine de fois, même si j'ai *effectivement* envie de te tuer une ou deux fois par semaine.

— Seulement ? dit-il avec un sourire.

— Ou tu t'améliores, ou je deviens plus tolérante. J'ai aussi prévu un gâteau au miel, et une bouteille de vin.

Elle se mit sur la pointe des pieds et posa un baiser sur le bout de son nez.

— Voilà ! Il ne nous reste plus qu'à fêter dignement l'occasion !

Leur prochain arrêt était celui qu'elle redoutait plus que tous les autres : Hevenbeck.

L'après-midi avait été plaisant, avec un temps superbe, froid mais ensoleillé. Talia n'avait aucune raison de penser que les gens de Hevenbeck seraient pires que les autres. Seuls le vieil avare et son épouse devaient se souvenir d'eux…

À plusieurs kilomètres du village, une vague de peur, de colère et de douleur frappa Talia. Elle pâlit et vacilla sur sa selle. Kris se précipita pour l'empêcher de tomber.

— Kris…, chuchota-t-elle. Peux-tu employer ta Vision à Distance et me dire ce qui se passe à Hevenbeck ?

Ce fut le tour de Talia de le soutenir quand, en transe profonde, il « vit » ce qui était arrivé.

— Des pillards venus du Nord…, marmonna-t-il. Comment ont-ils fait pour traverser la Forêt des Chagrins ?

— Combien ?

— Une dizaine.

— Nous pouvons nous en charger.

— Diable ! J'avais espéré que tu terminerais ta mission de probation sans voir de bataille.

— Nous n'avons pas le choix. Ils ont des problèmes. Nous *devons* intervenir.

— Talia, je suis un Héraut parmi d'autres, mais tu es le *seul et unique* Héraut de la reine !

— Je tire mieux que toi. Si cela peut te rassurer, je te promets d'éviter les corps à corps si je peux. À deux, nous pouvons nous occuper d'une dizaine de pillards.

— D'accord.

Ils cachèrent les chirras dans un fourré ; Talia murmura à Rolan :

— Dis-leur de rester à l'abri jusqu'au soir, mon petit amour. Si nous ne sommes pas revenus, qu'ils retournent au village précédent. Tu es prêt ?

Il hocha la tête.

— Et toi ? dit-elle, se tournant vers Kris.

— Hâtons-nous. Ces forbans étaient sur le point d'enfoncer les portes du village.

Ils partirent au galop, sans essayer de couvrir le bruit de leur arrivée. Devant le village, le rouge des flammes le disputait au noir des cendres et au pourpre du sang, le tout se découpant sur la blancheur aveuglante de la neige.

Les pillards étaient en train de défoncer les portes. Le bruit de l'approche des Hérauts fut étouffé par les coups de masse qui pleuvaient sur le chênefer du portail et par les cris de guerre des pillards. Quatre ou cinq d'entre eux gisaient sur la neige. Aucun cadavre ne portait de carquois, seulement des armes de poing.

Talia encocha une flèche à son arc et visa soigneusement.

Elle poussa un cri ; les assaillants se retournèrent et elle choisit une cible.

La flèche siffla.

Un des pillards la reçut dans la gorge ; il l'agrippa des deux mains ; le sang gicla, tachant ses doigts et la neige. Il tomba au moment où Talia tirait de nouveau. Les deux flèches suivantes rebondirent sur l'armure du torse et le bouclier de bois de deux autres brigands. Kris ne s'était pas arrêté, mais il avait chargé droit devant, vers la porte maintenant abattue. Les pillards qui étaient restés dehors se précipitèrent à sa rencontre.

Un autre homme tomba, une flèche fichée dans l'œil droit. Rolan la prévint qu'il allait changer de position. Elle s'accrocha à ses étriers pendant qu'il pivotait et se plaçait à côté de la palissade. Un troisième bandit s'écroula, la poitrine transpercée.

Une colonne de fumée âcre montait du village. Talia toussa, les yeux larmoyants tandis qu'elle cherchait à tâtons une autre flèche.

Les trois hommes restants tombèrent comme des mouches. L'un leva la main pour lancer sa hache de guerre, mais il ne termina jamais son geste, une flèche lui ayant transpercé la gorge. Rolan fondit sur les deux derniers ; il écrasa la tête du premier avec un bruit horrible qui fit frémir Talia. Elle tua le dernier, lançant sa dague avec la précision d'un vétéran. L'homme eut l'air vaguement étonné quand la lame s'enfonça dans sa poitrine. Puis ses yeux se révulsèrent et il tomba.

Talia se précipita à l'intérieur. Elle y trouva des bâtiments en flammes et une foule paniquée. En un clin d'œil, elle aperçut le bœuf affolé qui chargeait et l'enfant qui courait droit vers lui.

Rolan réagit à son signal mental. Talia eut tout juste le temps de se pencher et de ramasser l'enfant. L'animal en furie les frôla au passage. Elle posa le gamin sur le pas d'une porte.

Kris n'était nulle part en vue ; il n'y avait plus aucun pillard.

Talia mit pied à terre et commença à calmer la population, utilisant pour cela la puissance de son Don. Bientôt, elle eut mis sur pied une petite brigade antifeu.

Pas le temps de penser : l'heure était à l'action. Elle pria pour que ses boucliers mentaux tiennent. S'ils cédaient, qui pouvait dire ce qui se passerait ?

Les incendies étaient pratiquement maîtrisés lorsque Kris reparut. Éclaboussé de sang, il avait les yeux vides. Tantris marchait près de lui. Talia laissa les villageois se débrouiller avec le peu qui restait à éteindre et le rejoignit. À ce moment, elle s'aperçut qu'elle s'était foulé la cheville gauche, et que son épaule droite était endolorie – sans doute d'avoir ramassé l'enfant à la volée.

Elle rencontra le regard de Kris et y lut le même désespoir et le même écœurement que le sien. Elle retira l'épée ensanglantée de ses mains et lui frôla le poignet, espérant lui donner un peu du réconfort dont elle aurait eu tant besoin elle-même.

Tantris avait une blessure peu profonde le long de l'épaule.

—Ils ne voulaient ni se rendre ni s'enfuir, dit Kris. Le Guérisseur est mort, ainsi que la pauvre folle. Il y a dix tués et deux fois plus de blessés. Dieu merci, aucun tué parmi les enfants. Le couple d'avares... ils sont morts en essayant de sauver leurs poulets. Trois maisons ont été brûlées à l'autre bout du village.

Il regarda les paysans rire et danser au milieu des ruines.

—Pauvres gens... ils pensent que c'est terminé. Mais ils n'en sont qu'au début. Les maisons à rebâtir, les réserves de nourriture perdues, et le plus pénible de l'hiver encore à venir…

— Ce n'est pas comme dans les ballades, n'est-ce pas ? dit Talia amèrement.

— La vraie guerre n'y ressemble jamais. Viens, nous avons du travail.

Leur second arrêt à Waymeet fut presque embarrassant. Kris fut accueilli en héros pour avoir soigné la population pendant que Talia partait chercher de l'aide. Il fallut rappeler à ces braves gens les limites que devaient respecter les Hérauts pendant leur patrouille, faute de quoi ils seraient repartis chargés de plus de cadeaux que les chirras n'en pouvaient porter.

Cet arrêt leur remonta le moral, car à Waymeet personne ne portait de talisman contre le mauvais œil, et nul ne jeta de coups d'œil en coin à Talia. Mieux encore, ses boucliers tenaient toujours.

Ils restèrent un peu à Berrybay avec Tedric, qui les gâta pendant deux jours et les écouta parler de leurs pénibles expériences, ce qui acheva de les réconforter.

Le vieil homme leur apprit que, depuis leur visite, les Bardes itinérants s'arrêtaient chez lui pour la nuit ; il se passait rarement un mois sans qu'il en reçoive un.

Kris pensa à ce qu'il avait suggéré dans son rapport et sourit.

Maeven, la Sorcière du Temps, et son enfant adoptif allaient on ne peut mieux. Ses capacités de prédiction avaient augmenté. Les gens de Berrybay lui avaient alloué une partie de leurs récoltes pour qu'elle puisse se consacrer à son Don. La prêtresse locale d'Astera la formait pour en faire sa remplaçante.

Les boucliers de Talia continuaient à tenir.

Au cours des dernières semaines de leur patrouille, le printemps arriva timidement. Dans moins d'un mois, ils remettraient les chirras au prochain Héraut affecté à ce secteur et rentreraient au Collegium.

C'était presque terminé. Talia sentait que son contrôle était revenu. Ses boucliers semblaient plus forts que jamais. Si seulement...

Si seulement elle avait pu répondre aux questions qui la hantaient, la tenant éveillée la nuit. En l'absence de réponse, comment oserait-elle utiliser de nouveau le Don avec lequel elle était née – sauf en des circonstances bien précises ?

Les oiseaux tout juste revenus du sud pépiaient dans les buissons bourgeonnants. Les arbres étaient couverts de feuilles d'un vert tendre. Il n'y avait aucune raison de redouter des problèmes. Quand Kris lui demanda de baisser ses boucliers et de projeter son esprit vers Westmark, Talia obéit.

Elle ne s'était pas attendue à la vague d'émotions qui l'assaillit. Kris l'empêcha de tomber de selle.

—Qu'y a-t-il ? Ce ne sont pas des pillards, sûrement ?

—Non, mais je sens... la mort. Il y en aura d'autres si je ne me hâte pas. Conduis les chirras, je pars en avant.

Arrivant aux abords de Westmark, elle entendit crier et perçut un grondement sourd bien avant de voir la foule. Pas besoin d'être en transe pour capter ses émotions. Elle ressentit une émanation morbide – le mal à l'état pur. Puis cela passa. La Dame en soit louée, ces gens n'avaient pas encore trouvé leur victime. Elle sentait de la peur, mais ce n'était pas la panique aveugle de quelqu'un qui a été pris.

Comme elle approchait, un homme sortit de l'ombre des portes de la ville, où il avait trouvé refuge, et courut vers elle. À sa vue, la populace se mit en mouvement.

L'homme avait l'air décidé à se jeter sous les sabots de Rolan, si nécessaire, mais le Compagnon et elle parvinrent à éviter de le piétiner. Elle fit volter Rolan et s'interposa entre le fugitif et ses poursuivants.

L'étranger saisit le pommeau de sa selle et haleta :

— Justice…

Talia ne mit pas pied à terre. Si les choses tournaient mal, elle pourrait prendre le malheureux en croupe et l'emmener loin de là. Reconnaissant son Compagnon et son uniforme de Héraut, la foule s'arrêta.

— Pourquoi pourchassez-vous cet homme ? demanda Talia d'une voix haute et claire.

La foule s'agita, mal à l'aise. Un homme s'en détacha ; d'après ses vêtements coûteux, c'était un notable.

— Ce colporteur est un étranger et un assassin, dit-il. Nous voulons seulement lui faire subir le sort qu'il mérite.

— Non, Héraut, gémit l'homme accroché à sa selle. Je suis colporteur, c'est vrai, un étranger. Mais je ne suis pas un assassin, je le jure !

Un cri de colère collectif s'éleva.

— *Attendez !* cria Talia d'une voix forte. Ce n'est pas un crime d'être un étranger. La reine accorde la justice à tous ceux qui la réclament, dans les limites du royaume.

Cet homme a réclamé justice, et je la lui accorderai. Vous qui l'appelez un meurtrier, l'avez-vous vu tuer ?

— Le corps gisait dans sa caravane, encore chaud ! protesta le porte-parole du village.

— La caravane était-elle fermée ? Non ? Dans ce cas, comment pouvez-vous affirmer que le corps n'a pas été placé là pour incriminer le colporteur ?

Elle sentit qu'ils n'avaient pas pensé à cette possibilité. Ces gens n'étaient pas fondamentalement mauvais. Si quelqu'un les poussait à réfléchir, ils oublieraient leur soif de sang.

— Cette affaire sera traitée suivant la loi. Que le village se rassemble sur la place. À ce stade, chacun de vous est suspect. Qu'on m'apporte aussi le corps.

— J'ai entendu parler de vos semblables, ma dame Héraut, dit le colporteur. Je vous jure que je n'ai pas accompli cette vile action. Vous pouvez me mettre à l'épreuve.

— Il n'y aura pas d'épreuve ; si vous êtes innocent, vous n'avez rien à craindre, lui dit Talia calmement. Je ne sais ce qu'on vous a dit de nous, mais je vous assure que vous aurez ce que vous m'avez demandé : la justice.

Le colporteur marcha à ses côtés tandis qu'elle se rendait sur la place pavée où elle statuerait. L'endroit regorgeait de monde, mais une zone dégagée lui avait été réservée.

Elle remarqua une forme immobile, enveloppée d'un drap.

La victime.

Talia choisit deux dizaines d'hommes robustes, s'assura par empathie qu'ils n'étaient pour rien dans le meurtre, et leur donna pour mission de garder les issues de la place. Elle ne doutait pas que le meurtrier, une fois sur le point d'être démasqué, tenterait de s'enfuir.

Elle retira le drap qui cachait la victime. La jeune fille, presque une enfant, avait été battue et sa nuque était brisée. Elle avait été jolie et bien vêtue, mais ses vêtements étaient déchirés en plusieurs endroits.

Rien de ce que Talia percevait de l'esprit du colporteur ne correspondait à un acte aussi brutal. Mais sa peur collait bien au sentiment fugitif qu'elle avait eu en approchant de la bourgade.

— Qui était cette petite ?

— Ma fille adoptive.

Un homme barbu à la mâchoire carrée s'avança. Talia nota qu'il ne lui avait pas donné son titre honorifique de « Héraut ». Cela pouvait signifier beaucoup… ou rien du tout.

— Qui l'a trouvée, et quand ?

— Il y a une heure, Héraut, dit une femme grisonnante en tablier de cuisine. Mon gamin l'a découverte en allant chercher chez le colporteur des articles qu'il avait mis de côté pour moi.

Elle poussa devant elle un jeune homme blond d'une quinzaine d'années.

— Dites-moi *comment* vous l'avez trouvée, aussi précisément que possible, demanda Talia.

— Je suis allé à la caravane. Il n'y avait personne, alors je suis entré, comme il avait dit que je pourrais le faire. Dans l'obscurité, j'ai trébuché sur quelque chose. J'ai ouvert la porte en grand, et j'ai vu… c'était Karli…

J'ai cru qu'elle était malade, ivre peut-être, et je l'ai secouée. Mais sa tête a roulé de façon si bizarre…

—Cela suffit. Ce pauvre enfant n'aurait jamais dû être témoin d'une mort violente.

» L'un de vous avait-il vu la victime en compagnie du colporteur ?

Plusieurs personnes les avaient aperçus. Ils semblaient intimes, se chuchotant des choses mais arrêtant quand on approchait.

L'homme qui disait être le père adoptif de la petite prit parole :

—Nous perdons du temps ! N'importe qui peut voir que ce rebut d'humanité l'a tuée ! Il la voulait, et quand elle a refusé il l'a tuée. Ou, si elle a accepté, il l'a tuée après pour qu'elle ne le force pas à l'épouser.

Le discours ne ressemblait pas à celui d'un père écrasé par le chagrin.

—Je suis l'instrument de la justice de la reine, rappela froidement Talia. C'est moi, et nul autre, qui décide si nous perdons du temps ou non.

» Jusque-là, rien n'implique le colporteur dans le meurtre. Je suis sûre qu'il n'était pas le seul homme avec qui elle ait parlé. Ne vous voyait-elle pas tous les jours ? Cela suffit-il à vous rendre suspect ?

L'avait-elle imaginé, ou l'homme venait-il de pâlir ?

—Colporteur, qu'avez-vous à déclarer pour votre défense ?

—Puis-je dire toute la vérité ?

—Non seulement vous *pouvez*, mais vous *devez*.

Elle invoqua l'Enchantement de Vérité, qui lui permettrait de savoir si l'homme ne mentait pas.

Elle se concentra ; un halo bleu apparut autour de la tête et des épaules de l'accusé. La lueur était visible de tous, à part le principal intéressé.

— Dites-nous toute la vérité, colporteur. Parlez librement. Vous ne pouvez plus lui faire aucun mal car elle a rejoint les Havres. C'est votre vie que vous défendez, ne l'oubliez pas.

— Elle est venue me voir plusieurs fois, dit-il. Elle voulait que je l'emmène avec moi quand je repartirais.

— Pourquoi ?

— Parce qu'elle voulait échapper à quelque chose. À quoi, je ne sais pas. Elle m'avait seulement dit que personne ne la croirait si elle en parlait. Elle m'a d'abord proposé de l'argent, puis elle s'est offerte elle-même. (Il soupira.) J'ai eu tort d'accepter, je sais, mais elle était jolie et je ne suis qu'un homme… Je devais la retrouver sur la route demain soir, à la tombée de la nuit. Après lui avoir parlé ce matin, je ne l'ai plus revue vivante.

La lueur ne tremblait pas. Il était maintenant évident pour chacun que le colporteur disait la vérité. Mais s'il n'était pas coupable, qui l'était ?

— Ce n'est qu'un tissu de mensonges !

Le beau-père de la jeune fille bondit, apparemment décidé à étrangler le colporteur. Rolan se cabra et Talia tira sa dague. Dans le flot de colère et de peur qui émanait de l'homme, elle vit la scène qu'il revivait et sut la vérité.

— Attrapez-le ! cria-t-elle.

Plusieurs costauds bloquèrent le chemin du fuyard et le maintinrent en place malgré lui.

Elle ne pouvait l'accuser sur la seule base de ce qu'elle avait « vu ». Mais, si elle se fiait aux détails qu'elle avait captés, elle aurait une autre preuve.

— Où est la sœur de Karli ? demanda-t-elle.

Des mains poussèrent en avant une jeune fille apeurée. La gamine avait environ quatorze ans et un petit minois doux et timide.

— Je ne voudrais pas vous forcer à parler, dit Talia, mais je le ferai si vous m'y obligez.

Puis elle reprit, à voix haute :

— Dites-nous toute la vérité sur l'homme qui prétend être votre père adoptif, et vous serez libre.

La promesse de liberté sembla ranimer le courage chancelant de la jeune fille :

— Oui ! Oui, je vais dire la vérité. Karli voulait lui échapper ! Depuis que notre mère est morte, il nous oblige à partager son lit la nuit !

Les villageois regardèrent la jeune fille et son beau-père avec un étonnement mêlé d'horreur.

— Sale menteuse ! hurla l'homme.

— Je dis la vérité ! hurla la jeune fille, les yeux dilatés de peur, de rage et de honte. Quand nous nous débattions, il nous frappait, il nous menaçait et il nous prenait de force. Karli avait juré de s'échapper, mais il a découvert son plan. Il a dit qu'il lui apprendrait à se conduire comme il faut.

— Elle ment !

— Je me serais bien enfuie avec ma sœur, mais comment aurais-je pu gagner ma vie alors que j'attends un enfant ? *Son* enfant, maudit soit-il !

Ses nerfs lâchèrent et elle se mit à sangloter hystériquement. Une des femmes la prit par les épaules. D'autres la suivirent et formèrent un cercle protecteur autour d'elle, la cachant à la vue du forcené.

Talia se tourna vers l'homme, pâle de colère.

— Vous avez cherché la victime et vous l'avez trouvée avec le colporteur. Vous vouliez lui donner une bonne leçon, mais elle vous a défié et votre folie a pris le dessus. Vous l'avez battue si fort que vous l'avez tuée, puis vous avez caché son corps dans la caravane, sachant qu'on accuserait le colporteur. Si vous étiez parvenu à le faire tuer avant que j'arrive, personne n'aurait jamais cherché le vrai coupable.

Elle transféra l'Enchantement de Vérité vers l'homme. Quand il rouvrit la bouche, il fut obligé de dire ce qu'il pensait.

— Oui ! Et pourquoi me serais-je gêné ? Je les loge, je les nourris, elles m'appartiennent, comme leur mère m'appartenait ! Elle est morte trop tôt. Je n'ai pas profité d'elle comme je l'entendais. Prendre sa place était le devoir de ses filles.

Talia ressentit un fabuleux écœurement. Aucune punition ne semblait adéquate pour un acte aussi vil. Froidement, la jeune femme prit une décision.

Sa colère monta jusqu'à ce qu'elle trouve le biais qui allait lui permettre de mener à bien l'action qu'elle venait de décider. Une sorte de bief s'ouvrit en elle. Un flot d'énergie surgit. Elle força l'homme à établir un contact mental avec elle. Cela n'avait rien à voir avec le rapport amical qu'elle partageait avec Kris. Ce n'était ni plus ni moins qu'un viol mental, une action dont elle ne se serait jamais crue capable. Puis elle attira la jeune fille dans cette union monstrueuse, et obligea l'homme à *devenir* sa victime et à revivre ses angoisses et son chagrin.

Le violeur poussa un cri aigu, puis se raidit et tomba à genoux. Les hommes qui le tenaient sursautèrent, surpris, et le lâchèrent, mais il n'était pas en état de profiter de la situation. Quand ils le relevèrent, il avait le regard vide et la bouche à demi ouverte. Un filet de bave dégoulinait de son menton, et il ne restait plus la moindre lueur de santé mentale dans son regard. Talia l'avait enfermé dans une boucle sans fin où il revivait chacun des tourments que sa belle-fille avait subis sous son emprise.

Les villageois reculèrent.

— Héraut ? demandèrent-ils. Que devons-nous faire de lui ?

— Ce que vous voulez, qu'il vive ou meure n'a plus d'importance. Son châtiment lui a été infligé.

— N'y a-t-il rien que vous puissiez faire pour cette pauvrette ? demanda une des villageoises. Je suis sage-femme et… croyez-vous que ce serait mal si elle venait à « perdre » cet enfant ?

Les gens se dispersèrent, trop choqués pour réagir. Talia marcha vers le groupe de femmes qui entourait la jeune fille. Elle entra en transe et l'examina. La gamine étant bien trop jeune, l'enfant à naître se révéla malformé. Talia plongea la jeune fille dans une transe de guérison qui durerait quelques jours.

— Ce que vous suggérez arriverait tôt ou tard, car le bébé n'est pas normal. Mais il vaudrait mieux pour elle que cela se passe maintenant. Elle déteste l'enfant qu'elle porte autant que l'homme qui l'a forcée à le concevoir.

Débarrasser son corps d'une vie impure l'aidera peut-être à repartir sur de meilleures bases.

La sage-femme aida ses compagnes à ramener la jeune fille chez elle.

Sur la place, il ne resta bientôt plus que le colporteur.

— Ma dame Héraut, ma vie vous appartient, dit-il.

— Dans ce cas, je te la rends, colporteur. Fais-en bon usage.

L'homme s'éloigna sans demander son reste.

Alors se fit entendre le tintement des clochettes qui ornaient les harnais des Compagnons.

Oh, par la Déesse, cela suffit! Je ne pourrais pas en supporter davantage!

Talia leva les yeux et rencontra le regard de Kris, arrivé depuis peu.

— J'ai assisté à la fin, et j'ai appris le début par la bouche de la sage-femme, dit-il. Mais...

— Mais vous avez énoncé un jugement et une punition, Héraut, dit une voix étrangère.

C'était celle d'une femme d'un certain âge, à l'allure énergique. Talia vit deux visages inconnus derrière celui de Kris. Une femme de l'âge de Keren, mais plus solidement bâtie, et un homme un peu plus âgé que Kris, qui portaient les flèches des Messagers Spéciaux sur la manche de leur uniforme blanc.

Des Messagers Spéciaux. Leurs Compagnons leur avaient sans doute indiqué de venir à la rescousse.

— Vous avez utilisé votre Don sur cet homme, n'est-ce pas ? demanda l'homme.

— Oui, et je le referais si c'était à refaire.

— Estimez-vous que c'est moralement acceptable ?

— Tuer des pillards est-il moralement correct ? Le Don fait partie de moi, il est sous mon contrôle. J'ai pris une décision raisonnée et motivée. Si l'homme accepte sa culpabilité, il pourra se défaire de la compulsion qui le pousse à mal faire. Cela m'a semblé correspondre mieux à son crime que le tuer ou l'emprisonner. J'ai jugé et choisi la punition. Je maintiens ma décision.

Tous deux hochèrent la tête, l'air satisfait.

— Dans ce cas, je pense qu'on n'a pas vraiment besoin de nous ici, dit la femme. Bonne route à vous, ma sœur, mon frère…

Ils partirent sans un regard en arrière. Il ne restait que Kris.

— Tu as bien agi, Héraut Talia, dit il doucement.

Elle aurait aimé se décharger de ses responsabilités sur lui. Mais si elle le faisait, elle se diminuerait à ses propres yeux. Si cette patrouille avait été ordinaire, elle n'aurait pas eu de Kris sur qui se reposer parce qu'elle se sentait trop épuisée, trop malade ou trop écœurée pour assumer sa tâche. Et trop effrayée… trop effrayée pour prouver à ces gens que leur confiance n'était pas mal placée, qu'un Élu pouvait incarner la guérison aussi bien que la punition. Il convenait de leur rappeler qu'un Héraut avait des pouvoirs que les coupables devaient craindre et dont les innocents n'avaient rien à redouter. Kris ne pourrait pas faire cela à sa place quand elle serait en fonction.

Elle soupira. Son tuteur sentit dans ce soupir toute sa fatigue et son chagrin. Son cœur saignait pour elle, mais c'était l'épreuve du feu, par laquelle tout Héraut passait un jour ou l'autre. Quel que soit le prix à payer, le devoir primait. Elle avait prouvé qu'elle contrôlait son Don, qu'elle était prête à accepter les responsabilités morales qu'il faisait peser sur elle. Elle devait maintenant démontrer qu'elle avait la force mentale et émotionnelle d'effectuer chaque travail qu'elle entreprendrait.

Elle n'avait pas le choix, et lui non plus. Ils avaient accepté cette charge en même temps que les autres aspects de leur vocation de Héraut.

Ce qui n'empêchait pas Kris d'avoir mal pour elle.

Elle leva les yeux, et lut dans son regard ce qu'il pensait.

— Je devrais contacter le conseil de la ville, le maire et le scribe, dit-elle en se redressant. Nous avons du pain sur la planche.

Kris la regarda s'éloigner, la tête haute, rien ne trahissant son tumulte intérieur.

Désormais, elle méritait pleinement le titre de Héraut.

Kris la précéda dans l'abri le plus proche de la ville. Tout était prêt quand elle arriva, les épaules voûtées de fatigue. Les règles de la probation permettaient à son tuteur de faire ça pour elle.

Talia se mit au lit longtemps avant lui. Elle dormait quand il la rejoignit, ou du moins le crut-il d'abord. Mais il l'entendit pleurer tout bas. Il la prit dans ses bras ; elle sanglota sur son épaule jusqu'à ce qu'elle s'endorme d'épuisement.

Le deuxième jour, elle se fit communiquer les rapports et les nouvelles et commença à régler les querelles. Les villageois la considéraient comme une créature de légende, puissante et pas nécessairement bienveillante.

Talia avait le droit de choisir l'ordre dans lequel elle rendait la justice. Normalement, elle n'usait pas de cette prérogative, mais cette fois elle en décida autrement.

Elle choisit pour premiers cas ceux qui demandaient du tact, de la compréhension et de la gentillesse. Les villageois commencèrent à se détendre. Le troisième jour, ils riaient aux plaisanteries dont elle émaillait ses commentaires. À la fin de la même journée, leur peur était oubliée. Quand elle les quitta, le quatrième jour, elle avait restauré auprès d'eux la réputation des Hérauts. Kris était si fier d'elle qu'il rayonnait littéralement tandis qu'ils cheminaient vers leur prochaine destination.

Les dieux furent cléments envers Talia ; Kris et elle ne rencontrèrent plus aucune situation de crise jusqu'à la fin de la mission.

— Je n'arrive pas à croire que c'est terminé, dit Talia quand ils sortirent du dernier village.

— Tu peux y croire, dit Kris en riant, car c'est la vérité ! Voici le lieu de rendez-vous, droit devant nous. Et si mes yeux ne me trompent pas…

— Tes yeux ont raison. Voilà un Compagnon en train de paître, et j'aperçois deux mules.

— Cette nuit est la dernière que nous passerons dans un abri. Cela va-t-il te manquer ?

— Manger ta cuisine, ou la mienne, et dormir sur la paille, tu crois que ça m'enchantait ? Tu plaisantes !

Kris gloussa.

— Oyez ! entonna-t-il, emphatique, notre vaillant successeur a entendu le tintement argentin des sabots de nos Compagnons !

— Ou le cliquetis des rares pensées qui se bousculent dans ton crâne vide…

Talia et Rolan partirent en avant.

— C'est Griffon ! cria la jeune femme en approchant du Héraut.

C'était bien lui. Il avait reçu son uniforme blanc en même temps qu'elle, mais il avait apparemment fini sa mission de probation un peu plus tôt.

Elle sauta à terre à côté de lui et lui donna un baiser retentissant qui fit monter le rouge aux joues du jeune homme.

— Il y a une auberge à une demi-heure d'ici, dit-il quand Kris fut arrivé auprès d'eux. J'ai pensé que vous aimeriez dormir dans un lit digne de ce nom. Dès que Faris a perçu les premières pensées de Rolan, j'y suis allé, et je les ai prévenus de vous attendre.

— Excellente idée, et merci ! répondit Kris, touché par la prévenance de Griffon. Cela fait une éternité que nous n'avons pas dormi dans un vrai lit.

— C'est faux, dit Talia, nous l'avons fait chez Tedric, il y a un peu plus de quatre mois.

— Ce qui me semble une éternité ! affirma Kris. Griffon, je te conseille vivement de t'arrêter à l'abri de réapprovisionnement le plus au nord de Berrybay. Tedric est un hôte excellent. Il adore avoir de la compagnie, et sa cuisine… hum, sa cuisine !

— Quant à moi, intervint Talia, mon premier conseil est de te méfier de l'autre petite surprise qui risque de t'attendre dans le Nord…

Elle lui raconta rapidement l'épidémie qui avait décimé Waymeet, et lui décrivit les symptômes de la maladie.

Ils lui firent part à tour de rôle des problèmes et des dangers qu'ils avaient rencontrés dans le secteur, puis lui remirent leurs chirras et leurs provisions. Griffon les aida à charger leurs affaires sur les deux mules. Au crépuscule, il était installé dans l'abri ; Kris et Talia étaient prêts à reprendre la route.

Quand les lumières de l'auberge apparurent dans le lointain, Kris remarqua le frisson qui parcourut Talia.

— Je sais, dit-il doucement, c'est terminé, et c'est pourtant *maintenant* que commence la partie la plus difficile. Mais tu es prête. Fais-moi confiance, mon petit oiseau, tu es tout ce qu'il y a de prête.

— Tu en es sûr ? demanda-t-elle d'une toute petite voix.

— Aussi sûr que possible. Tu es prête depuis Westmark. Si tu as pu affronter ce problème et le régler, tu peux affronter n'importe quoi : des nobles susceptibles, une héritière et ses problèmes d'adolescence, un Héraut au cœur blessé...

— Un Héraut amoureux aspirant à un lien pour la vie ?

— Ça aussi. Tu es prête, mon petit cœur. Et si tu oses me faire mentir...

— Oui ? fit-elle sarcastiquement.

— Je... je demanderai à un Barde d'écrire une ballade sur toi et de te dépeindre sous un jour désavantageux.

— Par la Déesse ! cria-t-elle en portant une main à son cœur, tout mais pas ça !

L'effet dramatique fut gâché par le rire qui lui échappa aussitôt.

— Conduis-toi correctement, si tu ne veux pas connaître ce sort, bien pire que la mort ! Et songe qu'un dîner nous attend, puis des lits de plume. Après ça...

— Oui, soupira-t-elle. Après ça, nous rentrerons enfin à la maison.

Cet ouvrage a été imprimé
en mai 2012 par

CPI
FIRMIN-DIDOT

27650 Mesnil-sur-l'Estrée
N° d'impression : 111545
Dépôt légal : mai 2012
81120052-2

Imprimé en France